文春文庫

善医の罪

久坂部 羊

文藝春秋

目次

善医の罪

第一章　突発事

1

夕刻のナースステーションは、いつも慌《あわ》ただしい。

看護記録をつける者、不要品を処分する者、準夜勤務の引き継ぎの用意をする者、明日の検査を確認する者などが、忙しく立ち働いている。

白石《しらいし》ルネは、看護師たちの動きを背中に感じながら、電子カルテのモニターを見つめていた。

横川達男《よこかわたつお》、六十六歳。クモ膜下出血。意識不明の重体。

入院後のCTスキャンでは、破裂した動脈瘤《どうみゃくりゅう》は、中大脳動脈《ちゅうだいのうどうみゃく》の分岐部にあった。もっとも出血しやすい場所だ。血液検査のデータには、見たくもない数字が並んでいる。肝機能の低下、ビリルビンの上昇、高いCRP（炎症性のタンパク）……。

「横川さんのご家族が、揃われました」

担当看護師の堀田芳江《ほったよしえ》が報《しら》せにきた。

ルネはモニターの画面を閉じ、「わかりました」と静かに答える。

気が重い。それでも行かなければならない。

浦安厚世《うらやすこうせい》病院の六階にある脳卒中センターは、最新の設備を備えた専門病棟である。クリーンルームの横にある面談室に行くと、狭い部屋に四人の家族が横一列に座っていた。

ルネは堀田を伴って、四人に向き合うように着席する。

「お忙しいところ、ご足労をおかけしました」

家族への説明は、ていねいかつ低姿勢が基本だ。よい話ならまだしも、深刻な内容のときはなおさら気をつけねばならない。ルネの声は女性としては低めだが、包み込むような柔らかさがある。母親がオランダ人である彼女は、日本語になまりはないが、外見が日本人離れしている。彫りの深い顔立ちに、色の薄い瞳は冷たい印象を与えかねない。上司にそう指摘されてから、彼女は常にできるだけ穏やかな口調で話すよう心がけていた。

治療の経過を説明すると、四人は黙ってうなずいた。これまでにも何度か繰り返した内容だ。質問のないことを確認して、いよいよ本題に入る。

「今日、みなさんにお集まりいただいたのは、重大な決断をお願いしなければならないからです」

最初に反応したのは、横川の長女、石毛《いしげ》厚子《あつこ》だった。

「重大な決断なんて、先生、脅かさないでくださいよ。父の容体が悪いのは聞いてますが、まだ元気になる見込みはあるんでしょう」

ルネは口元を引き締め、困惑を悟られないように微笑んだ。この一週間、状況が刻一刻と悪化して、回復の兆《きざ》しがないことは何度も説明してきたが、家族にはやはり受け入れられないのだろう。どう話を切り出そうかと考えていると、厚子がさらに言葉を重ねた。

「もしかして、手術が必要なんですか。脳の手術だから、イチかバチかになるんでしょう。その決断をしろというんですか」

「いえ。今の段階で手術は考えられません」

先走る厚子を制し、ルネは何とかペースを取りもどそうとした。堀田に指示して、壁際に置いたモニターに横川の治療経過を表示させる。

横川達男は、八日前の日曜日、仕事先でクモ膜下出血の発作を起こして倒れた。出血の程度は重症で、病院に着いたときには心肺停止の状態だった。一階の救命救急センターで蘇生《そせい》処置が施され、心拍は再開したが、意識はもどらず、自発呼吸も不十分だったので、人工呼吸器が装着された。脳卒中センターに転室したのは、翌日の月曜日である。

横川は、もともとルネが診《み》ていた患者だった。昨年の五月に軽い脳梗塞で入院し、ルネが主治医になって、外来でフォローしていた。塗装店を営んでいるが、経営は楽ではないらしく、今回の発作も、日曜日に息子と二人で新小岩の現場で仕事をしている最中に起こったのだった。

ルネは経過表を見ながら、ゆっくりと説明する。

「こちらの病棟に移ってから、治療にはベストを尽くしてきましたが、残念ながら意識を回復させることはできていません。奥さまには昨日、少しお話ししましたね」

いちばん奥に座っている横川の妻、保子《やすこ》に話を向けた。六十代半ばにしては老けて見える保子は、夫の急な入院以来、混乱と動揺が続いているのか、声をかけてもほとんど反応しない。

昨日の日曜日、家族が見舞いに来るかと待っていたら、厚子も長男の信一《しんいち》も仕事があるとのことで、姿を見せなかった。唯一やってきた保子は、意識もないまま人工呼吸器につながれた夫を見て、「とても耐えられないので、何とかしてほしい」と、ルネに訴えた。何とかしてほしいとはどういうことか。訊ねると、消え入りそうな声でこう答えた。

「この管を抜いてほしいんです」

「でも、それは治療を中止することになるんですよ」

若干、早い気はしたが、横川の状況を考えれば、あながちまちがった判断とも思われなかった。それで大事な話をするので、家族全員に集まってもらうよう保子に頼んだのだ。察しのいい家族なら、成り行きから心の準備をしてくれそうなものだが、保子はただ単に集まるよう伝えただけのようだった。

「お二人は少し聞いていただいていますか」

信一とその妻、祥子《さちこ》に確認する。信一は照れ臭そうに頭を掻きながら答えた。

「はあ、容体が思わしくないというのは聞いていますが」

これまでの説明でも、信一は反応が鈍く、状況を正しく理解しているのかどうかわかりにくかった。祥子も夫の横で黙っている。窓のない部屋で、空気がいつも以上に重苦しかった。

厚子が焦《じ》れだしたので、ルネは思い切って言うべきことを口にした。

「たいへん申し上げにくいことですが、横川さんは現在、ほぼ脳死の状態にあると言わなければなりません」

「何ですって」

厚子の声が跳ね上がった。

「脳死ってどういうことよ。そんなの聞いてない。先週までひとことも言わなかったじゃない。なんで急に脳死なのよ」

「急にではなくて、徐々に状況が悪化して……」

「だってまだ倒れて一週間よ。ついこの前まで元気で働いてたのに、おかしいじゃない。それに父は六十六よ。死ぬには早すぎる。そんなの到底、受け入れられない」

「姉さん。落ち着きなよ」

信一がなだめると、振り向きざまに弟に嚙みついた。

「脳死になったらもう助からないのよ。あんたはそれでもいいの」

「いいわけないだろ」

「だったら、落ち着いてなんかいられないでしょ」

信一は四十すぎのようだが、その年齢になっても姉の剣幕に歯が立たないらしい。

「石毛さん、どうぞ冷静になってください。お父さまは多臓器不全で、一昨日から黄疸《おうだん》が出ているし、昨日から下血《げけつ》もはじまっています。このまま治療を続けると、ひじょうに思わしくない状態になる危険性が高いのです」

「思わしくない状態って何よ」

目を血走らせ、キンキン声で聞く厚子に、ルネはできるだけていねいに説明した。

「無益な延命治療というのをご存じですか。このまま治療を続けると、横川さんは器械に生かされるような状態になって、人として尊厳が保てなくなるのです」

「尊厳が何よ。器械に生かされてたってかまわないわよ。死ぬよりましじゃない」

「すでにその状態に近くなっていますが、点滴や尿の管、輸血ルートにつながれて、たくさんのチューブが必要になり、いわゆるスパゲティ症候群のようになるのです」

「必要ならチューブでも何でもつなげばいいわよ」

どう言えばわかってもらえるのか。ルネは横にいる堀田をチラと見た。厚子の認識不足に苛立っていたらしい堀田は、自分の出番とばかりに早口で説明をはじめた。

「無益な延命治療を続けますと、全身に浮腫《ふしゅ》が生じて、手足は丸太のようになり、腹部も膨れ上がって、ひどい状態になるんです。まぶたも腫れて、顔全体も膨れて、口から舌もはみ出したりして、とても見ていられないことになります。皮膚も黄疸で黄色から緑褐色になって、最後はどす黒い土気色《つちけいろ》になります。あちこちから出血して、下血も増えて、真っ黒な血便が肛門からあふれます。そうなると部屋中、ものすごいにおいがして——」

「もういいわ」

ルネがたまらず止めた。厚子はルネを無視して堀田に食ってかかった。

「それは最悪の場合でしょう。父もそうなるとはかぎらないじゃないの」

「いえ。みなさんそうなります、亡くならないかぎり」

無神経な返答に、厚子は派手な巻き毛を逆立てそうな形相《ぎょうそう》になった。ルネが慌てて取りなす。

「その危険性が高いということです。わたしは横川さんの主治医として、そんな悲惨な状況になることだけは避けたいのです」

「だけど、治療を続けないと父は助からないんでしょう。先生は父の治療をあきらめるんですか。父を見捨てるんですか」

「そうではありません。横川さんの治療には、最後まで責任を持つつもりです」

「だったら、できるだけのことをしてくださいよ。一パーセントでも助かる見込みがあるなら、あきらめずに最後まで治療するのが医者の務めじゃないの。もうすべての治療

いそうよ」


感情が激した厚子は、両手で顔を覆い悔しそうに嗚咽《おえつ》を洩らした。

堀田は困惑顔をルネに向け、どうしようもないというように苦笑いを浮かべた。

「あの、父はもう助からないのでしょうか」

信一が今さらながら確認する。

「残念ながら、むずかしいと思います。多臓器不全になっていますから」

「そうですか」

落胆しつつも受け入れる兆しが見える。ルネは精いっぱいの誠意を込めて伝えた。

「できればわたしも最後まで治療を続けたいと思っています。ですが、医学的に見て、このまま人工呼吸などを続けることは、最悪の事態につながる危険性が高いのです。横川さんは以前から、無益な延命治療だけは受けたくないとおっしゃっていました。ご家族はお聞きになっていらっしゃいませんか」

保子は無反応。厚子はまだ両手で顔を覆っている。ルネは信一に目線を向けた。

「息子さんはご存じですよね。だからこそ、発作が起きたとき、救急車を呼ばずに、ご自分の車で病院に運ばれたのでしょう」

横川が発作で倒れたとき、信一は救急車を呼ぼうとしたが、まだ意識のあった横川がこう言ったというのだ。

――救急車は呼ぶな。浦安厚世病院に連れて行け。白石先生に頼んでるから。もし治療を望んでいたなら、救急車を呼ぶなとは言わないはずだ。救急車で近くの病院に運ばれれば、濃厚な延命治療が行われる可能性が高い。だから事情がわかっているルネの元に運ぶようにと、信一に命じたのだ。

これまで外来で診察をするたびに、横川は無益な延命治療はしないでくれと繰り返していた。

――従兄《いとこ》が心臓麻痺で倒れたとき、病院で何本も管を突っ込まれて、器械をいっぱいつけられて、生きたまま土左衛門みたいになって死んだんだ。顔がパンパンに腫れて、鼻がへしゃげて穴だけになってた。俺はあんなふうにだけはなりたくない。

何度も言うので、ルネは本心を確かめるために聞いてみた。

――医者は、はじめから無益な延命治療はしませんよ。助かる見込みがあるからするんです。横川さんは助かる見込みがあっても、延命治療を拒むんですか。

――うーん、どうだろ。

困った顔で腕組みをし、そのまま答えなかった。

いずれにせよ、現在の治療は救命救急センターで開始され、ルネが引き継いだのだった。今や助かる見込みはほぼゼロで、あとは悲惨な状態に急速に向かうとしか考えられない。そのことを、どう説明すればわかってもらえるのか。

「治療を中止するのは、ご家族にとっても苦渋の決断だと思います。ですが、これ以上続けると、つらい状況になるのは明らかです。そうなってから、やめておけばよかったと思われるご家族が多いのです。ですから、最善の方法として、治療の中止をお勧めしているのです」

ルネは真摯《しんし》な気持が伝わるように、精いっぱい言葉に力を込めた。

家族は四人とも沈痛な面持ちのままだ。それでは横川との約束を守れない。しかし、患者は見るも無残な状況になる。ここでルネが引き下がれば、家族の了承なしに治療の中止もできない。板挟みだ。それでもルネは可能なかぎり家族に寄り添うように言った。

「今すぐ結論を出していただかなくてもけっこうです。ご家族でよく話し合ってください。わたしはできるだけの治療を続けます。でも、あまり時間に余裕がないことだけはご理解ください」

説明はこれ以上ないほど重苦しい雰囲気で終わった。

2

医療には不確定要素がつきものだ。治療にベストを尽くしても、思わしくない結果になることもある。そんなとき、医師の真価が問われる。つらいけれども保身に走らず、最良の選択をするのか、医師としてのプライドにこだわって、無益な治療を続けるのか。

どの道を選ぶべきかは、自分の都合ではなく、患者の利益を最優先に決めるべきだ。つまり、善意の医師であること。ルネは常々そう自分に言い聞かせていた。

ナースステーションにもどると、後ろからついてきた堀田があきれたように言った。

「このまま治療を続けたら、ひどいことになるのは明らかなのに、家族はわかんないんですね」

「ご家族はたいていはじめてだからね」

「それにしても、あの娘さん、ブティック経営か何か知らないけど、父親が危篤なのに、よくあんな派手なブラウスを着てこられますね」

ルネが聞き流すと、堀田はまだ言い足りないように続けた。

「太ももなんかパッツンパッツンでしたよ。いまどきパンタロンなんて、ファッションセンスを疑いますよ。きっと安物の店だわ」

「堀田さん。あまりプライベートなことは言わないほうがいいわよ」

「あ、すみません。またやっちゃいました」

肩をすくめ、自分の頭を軽く叩く。堀田はルネより二歳上だが、どういうわけかルネが赴任したときから好意的に接してくれる。それはありがたいが、ときに「白石先生はあたしの憧れです」などと面と向かって言うので、当惑させられる。

ルネがこの病院に赴任したのは去年の四月で、大学病院からの派遣だった。所属する医局は脳外科で、専門はカテーテル治療だ。

カテーテル治療とは、細いチューブを肘や鼠蹊部《そけいぶ》の動脈から挿入して、血管の病変を治療する方法で、ルネがそれを専門に選んだのは、医学生のときに見た治療に感動した

動《どう》脈瘤や、血栓《けっせん》を取り除いたり、脳梗塞の血栓を取り除いたり、
からだ。かつては開頭術（脳を露出して行う手術）をするしかなかった脳の動脈瘤や、動《どう》静脈奇形《じょうみゃくきけい》を、安全かつ後遺症もなく治すことができる。脳梗塞の血栓《けっせん》を取り除いたり、脳出血の止血もできる。素晴らしいと思った。それで卒業後の研修を終えると、迷わず脳外科の医局に入ったのだった。

その後、彼女はカテーテル治療の修練を積み、最速で専門医の資格を取って、去年、三十二歳で医長としてこの病院に赴任した。脳卒中センターの若きエースとしての抜擢である。

実際、彼女は赴任のすぐあとで、脳出血の発作で緊急搬送された患者二人の命を救い、素早い血栓除去で、脳梗塞の患者を後遺症なしに回復させた。

ルネが医師の道を目指したのは、高校二年のときに、母親のオルガが乳がんになったことがきっかけだった。

オルガはロッテルダムの出身で、ライデン大学の日本語学科を卒業したあと、アムステルダムにある日本大使館の領事部で、ローカルスタッフとして働いていた。そこで父親の敏明《としあき》と知り合い、結婚した。当時、敏明は日蘭フーズという食品輸入会社で働いていた。

ルネは六歳までアムステルダムで育った。今でも覚えているが、日本人との「ハーフ」である彼女は、現地の幼稚園では特異な存在だった。容貌が東洋的だと言われたのだ。ルネ自身も自分はアジア系の雰囲気があると思っていた。

ところが、日本に来て小学校に入ったとたん、今度は外国人っぽい顔だと言われた。顔は同じなのに、どうして真逆のことを言われるのか。

ルネは小学校ではふつうに暮らしたが、中学校でひどいイジメに遭った。別の小学校から来たリーダー格の女子に目をつけられたのだ。なぜ彼女に嫌われたのかはわからない。しかし、相手は明らかにルネをターゲットにしていた。

一学期の遠足のときに撮ったクラス写真で、ルネはまばたきをしてしまい、大きな目が半分白目のように写った。

――何、これ？　白石のヘン顔。キャハハハ。

追従する女子たちが、「ヘン顔ルネ」と囃し立てた。男子もふざけて、「白目を剝け」などと要求した。靴箱にゴミを入れられたり、バイキン扱いされたり、陰湿なイジメが続いて、ルネは学校へ行きたくないと母に訴えた。オルガは「闘え」と言った。「そんなの無理」と答えると、オルガは学校に乗り込み、教師に状況を訴えた。表向きは平穏になったが、裏ではイジメがエスカレートした。

「ハーフ」であることがイジメの根っこにあるようだった。異質な自分。日本人っぽく見えるように、わざと目を細めたりしたが、それもまた「ヘン顔」と笑われた。自分の濃い眉もイヤだった。カットするとよけいに毛の断面が目立って、鏡の前で泣きそうになった。

結局、中学校では友だちもできず、暗黒の三年間をすごしたあと、高校は公立の進学校に入り、ようやくイジメから解放された。

ところが、高校では別の試練が待ち受けていた。母オルガの病気である。

オルガは日本に来てすぐに英会話スクールの仕事を見つけ、活動的な日々を送っていた。日本での生活が十二年目を迎えたとき、左胸にしこりが見つかり、病院に行くと、乳がんと診断された。当時オルガは四十二歳。日本でも温存手術が普及しはじめたころで、彼女も腫瘍の部分だけ切除を受けた。しかし、半年後に肝臓と骨盤に転移が見つかり、抗がん剤の治療を受けた。経過は思わしくなく、副作用で猛烈な吐き気とだるさに苛《さいな》まれ、効果も不十分だったため、オルガは治療の放棄を決断した。

ルネはそのとき、どうしても越えられない壁があるのを感じた。患者と医師の間にある圧倒的な情報の格差だ。医師にわかっていることが、自分にはわからない。母の治療をどうすべきか、母はいつまで生きられるのか、治療を拒否した母の決断は正しいのか。

この状況を解決するには、自分が医師になるしかない。幸い、ルネは成績がよかったので、医学部を目指すことも夢ではなかった。一年浪人したのち、彼女は公立大学の医学部に合格し、六年後には無事に医師免許を取得した。

3

堀田が業務にもどったあと、ルネはナースステーションの横にある重症管理室に入った。

横川達男は患者衣の前をはだけ、腰に毛布をかけられた状態で横たわっていた。口には気管チューブ、鼻には胃チューブがテープで固定され、両目も乾かないようにテープで閉じられている。胸と両手足には心電図の電極、手首には抗生剤の点滴ルートと動脈ライン、足首には輸血用のルート、鎖骨の下には中心静脈栄養のカテーテル、人差し指には血液中の酸素飽和度を測るパルスオキシメーターが装着され、導尿カテーテルにつながれた尿バッグには、濃いビールのような血尿が溜まっている。延命治療のフルコースだ。もちろん、意識はない。

室内には人工呼吸器の作動音が響き、心電図の甲高い電子音がせわしなく心拍を刻んでいる。音量はしぼっているが、これほど神経に障《さわ》る音はない。

横川には申し訳ないことをしたと、ルネは視線を落とした。発作が日曜日だったのが不運だった。横川自身、せっかくルネの元へ運ばれることを希望したのに、救命救急センターに搬送されてしまい、ルネが連絡を受けて病院に駆けつけたときには、フルコースの治療が開始されていた。

「心肺停止の時間はどれくらいだったのですか」

ルネが聞くと、救命救急センターの部長が答えた。

「息子さんの話では、病院に着く二十分ほど前に意識がなくなって、呼吸が止まったのはその十分後くらいだそうだ。搬送されたときはチアノーゼで唇は真っ黒だった」

脳への酸素供給が止まった時間は約十分。その状態でルネが診察していたら、蘇生処置はしなかっただろう。カウンターショックと心臓マッサージで心拍が再開しても、意識がもどる可能性は千にひとつあるかないかだからだ。

脳卒中センターに移されたあと、ルネはわずかな可能性に賭けて、今日まで治療を続けた。しかし、状況は悪化する一方だった。

外来で診察していたころの横川を思い出す。ずんぐりと太って首が短く、開襟《かいきん》シャツのボタンをいつもひとつ多めに開けていた。短く刈ったごま塩頭で、人のよさそうな細い目は笑うと皺に隠れるほどだった。身長一六二センチ、体重は八七キロ。

——もう少し体重を減らしたほうがいいですね。

毎回の診察で言うが、長年の体型は簡単には変わらず、せめて今以上に太らないようにと言うしかなかった。横川はいつも、「わかりました」と素直にうなずくが、「できますか?」と念を押すと、頭を掻きながら「むずかしいでしょうな」と他人事のように笑う。ルネがにらむと、慌てて「頑張ります」と言い直した。

そんな憎めない患者だった横川が、今、目の前で器械とチューブだらけになり、生きながら身体を崩壊させつつある。

横川の指の爪に、ペンキがわずかにこびりついている。それを見て、ルネは横川の日常を思った。彼が塗装業をはじめたのは、もともと絵を描くのが好きだったからと話していた。

——ガキのころ、スプレーで壁に落書きなんかしてたんだ。その延長でペンキ屋になったようなもんさ。はじめは雇われだったが、バブルのころに独立して人を雇う側になった。ところがバブルがはじけると、いっぺんに不景気になって、職人は解雇、今は息子と自転車操業さ。

――でも、休養はしっかり取ってくださいよ。血圧も高いですから。

――わかってるって。もう少ししたら息子に全部任せて引退するよ。それまでに商売を軌道に乗せとかなきゃな。

外来診察で、助かる見込みがあっても延命治療を拒むかと聞いた次の診察で、逆に横川が聞いてきた。

――先生は患者が助かる見込みがあっても、無益な延命治療はしないのかい。

むずかしい質問だ。

――うーん、どうでしょう。

困った顔で答えると、「先生も同じじゃねぇか」と横川が笑った。そのあとで、表情を引き締め、一重の目で真剣にルネを見た。

――俺はやっぱり、延命治療だけは受けたくない。器械につながれて、意識もないまま生かされるなんてまっぴらだ。だから、先生、よろしく頼むよ。

尊厳死協会のことも説明したが、「そういう面倒なのはイヤなんだよ」と、受け入れてもらえなかった。とにかくルネに全権委任ということのようなのだ。無茶振りのようだが、横川の強い意志が感じられた。だからこそ、ルネはその思いを裏切れないと思うのだった。

4

横川が救命救急センターから病棟に送られてきたあと、ルネは治療にベストを尽くした。なんとか父親を助けてほしいと、厚子をはじめ家族の強い希望もあった。しかし、状況は日一日と悪化する一方だった。

一昨日の土曜日、さらにショックな出来事があった。横川の幼い孫が見舞いに来たときのことだ。治療の現場は見せないほうがいいと思ったが、祥子に「お祖父《じい》ちゃんが生きているうちに会わせたいので」と言われ、仕方なく許可した。十歳と八歳の姉妹が怖がらないように、ルネは横川の毛布を顎の下まで引き上げ、できるだけ身体を見せないようにした。それでも顔は浮腫で腫れ上がり、口と鼻にはチューブが入っている。子どもには十分ショッキングだろう。泣きださないかと心配したが、部屋に招き入れると、存外、少女たちは冷静だった。

ルネがほっとしかけたとき、姉のほうが祥子に聞いた。

「ジイジはずっと病院に行ってたのに、どうしてこんなふうになっちゃったの」

「シーッ」

祥子が指を立てて制した。

思いがけない言葉にルネは打ちのめされた。その場に土下座して謝りたい衝動に駆られた。延命治療はしてくれるなと頼まれていたのに、こんなことになってしまって、ごめんなさい。

「お祖父ちゃん、頑張ってるのよ。よく見ておきなさいね」

祥子の言葉が錐《きり》のように胸に刺さる。

——これ、うちの孫なんだ。

以前、横川は幼い姉妹の写真を待ち受けにしているガラケーを見せてくれた。文字通り、目に入れても痛くないほどかわいがっていたのだろう。その横川をこんな状態にしてしまった責任は、わたしにある。

祥子たちは数分いただけで帰って行った。

ルネは医局にもどり、休憩室のソファに崩れ落ちるように座り込んだ。

「どうした、白石。深刻な顔して」

入ってきたのは脳外科医長の山際逸夫《やまぎわいつお》だった。ルネの五年先輩で、顕微鏡手術を得意とする専門医だ。土曜日だが、自分の患者を診にきたのだろう。答えずにいると、気楽な調子で訊ねた。

「横川さんはどうだ。少しは愁眉《しゅうび》を開けそうか」

「いえ……」

山際はロッカーから白衣を取り出し、勢いよく羽織ってルネの前に座った。

ルネは少し迷ったが、思い切って打ち明けた。

「今、横川さんのお孫ちゃんに言われたんです。ジイジはずっと病院に行ってたのに、どうしてこんなふうになっちゃったのって」

「仕方ないだろ。医者だってすべてを見通せるわけじゃないんだから」

ルネがうつむくと、山際は乱れた髪を掻き上げながら言った。

「白石もわかってると思うが、医療には不確定要素がつきものだ。病院にかかってたって、発作が起こるときには起こるさ」

「でも、それを容認したら、医療の無力を認めることになりませんか」

「そうさ。医療は無力なんだ」

山際は平然と言い放ち、歪《ゆが》んだ笑いを見せた。これまでも、彼は露悪的なことを口にすることが多かった。ルネは自分に言い聞かせるようにつぶやいた。

「わたしは自分が診ていた患者さんが悪くなったら、やっぱり自分に責任があると思うんです」

「フハハハ」

山際は鼻で嗤《わら》い、ソファの背もたれに両腕をかけた。

「白石は医者がそんなにすごい力を持ってると思っているのか。医者だってふつうの人間だぞ」

「でも、専門知識があるじゃないですか」

「だから患者の治療に一〇〇パーセント責任を負えというのか。そんなことができると思うのは、責任感でも何でもないぞ。ただの自惚《うぬぼ》れだ」

どうして山際は否定的なことばかり言うのか。彼は脳外科医として優秀で、手術の腕にはだれもが一目置いている。診断力も抜群なのに、なぜことさら医療を貶《おとし》めようとするのだろう。

「白石は医師になって何年だ。八年目？　そのうち六年は大学病院か。だったら、まだまだ医療の怖さがわかっていないな。ま、もう少し経験を積んだらわかるさ。それより今、自分がやるべきことを考えたほうがいいんじゃないか」

山際が示唆《しさ》しているのは、治療の中止だ。

「でも、まだ、もしかしたら……」

「おまえは素人か。よくそんな欺瞞《ぎまん》的なことが言えるな」

山際がおまえ呼ばわりをするのは、心底あきれている証拠だ。

横川の治療を続けることが、悲惨な状況になることはルネにもわかっていた。しかし、治療の中止は死を意味し、それを実行することに、彼女は未だ抵抗を感じていた。

山際はそんなルネの心情を見抜いたように、冷ややかに言った。

「本人からも頼まれてたんだろ。なら、そっちに責任を持つべきじゃないのか」

たしかにそうだ。ほとんど面識のなかった厚子や信一より、一年半近くも外来診察で関係を深めてきた横川本人の思いを大事にすべきだ。いくら横川の意識がなくても、約束を反故《ほご》にするわけにはいかない。

思い悩んでいるうちにも、横川がもっとも避けたかった状況に近づく。しかし、厚子たちは最後の最後まで延命への希望を捨てないだろう。どう説明すればいいのか。

ルネは医師と患者の間に横たわる深い溝に、身動きの取れない思いだった。

5

ルネが治療の中止を家族に打診した翌日の火曜日、未明に横川の鼻に入れた胃チューブから、赤黒い血液が逆流した。ストレス性の胃潰瘍《いかいよう》による出血だ。鼻出血もはじまり、テープで閉じた眼球からも血が滲《にじ》んだ。全身の出血傾向がはじまったのだ。

重症当直を続けていたルネは、午前三時に止血剤を投与したあと、迷った挙句、輸血の量を増やした。この状態が続けば、いずれ輸血した分だけ出血することになるだろう。貴重な輸血パックを無駄にすることになるが、やるだけのことはしなければならない。

その日の昼過ぎ、下血の量が急激に増え、胃チューブからの出血は鮮血になった。黄疸も進み、皮膚は前に堀田が言った通りどす黒い土気色になった。四〇度近い高熱も続いている。

夕刻、嫁の祥子がナースステーションを訪れた。もしや、家族の合意が得られたのかと期待したが、ようすを見に来ただけだという。ルネはショックを与えないよう、患者に会わせる前に面談室に案内して、未明からの変化を説明した。そのあとで祥子に訊ねた。

「昨日、お話しした件ですが、ご家族で話し合っていただけましたか」

「はあ、まだ十分には」

「やはり厚子さんが反対されているのでしょうか。このまま治療を続けると、横川さんの状態が心配なことは理解していただけていますでしょうか」

「もうすぐ義姉《あね》も来ると思いますが……」

それなら再度、ていねいに説明してみようとルネは思った。治療中止の決断は、決して急《せ》かしてはいけない。医師に誘導されたという印象を残せば、あとあと悔いが残る危険性がある。かといって悠長に構えていたら、横川との約束は果たせない。

どう話を進めようか考えあぐねていたとき、廊下にけたたましい声が響いた。

「だれか来て！　早く、だれかぁ」

「お義姉《ねえ》さんだわ」

祥子がそわそわと腰を浮かした。ルネも弾《はじ》かれたように面談室を飛び出す。重症管理室の扉から、厚子が悲愴な顔を突き出していた。ナースステーションに断らずに入室したらしい。

「早く来て。父が、父がたいへんなことに」

病室に入ると、横川の紙おむつが開かれ、投げ出された両脚の間に血便があふれていた。部屋中に猛烈な臭気が充満している。

「変なにおいがしたから、おむつを開けたら、真っ黒な便があふれてきたのよ。ああ、もうだめ。こんなんじゃ助からない。父さんは死んでしまう」

「落ち着いてください」

ルネが必死に声をかけたが、厚子は取り乱すばかりで、遅れて入ってきた祥子にも気づかないようすだ。堀田が入ってきて、場ちがいなほどのんきな調子で言った。

「下血ですね。はいはい、すぐきれいにしますからね。取りあえず隠しましょうね」

部屋の隅に置いてあった新聞紙を広げて、横川の下半身にかぶせた。

厚子がルネの両腕をつかみ、激しく揺さぶる。

「どうしてこんなことになったのよ。こんなめちゃくちゃなことになって、父がかわいそうよ」

爪が食い込み、ルネは思わず顔をしかめた。答えられずにいると、厚子は腕を離し、振り返るやひざまずいて横川の頰に両手を当てた。

「父さん、ごめんね。つらかったでしょう。もう十分よね。あたしが家に連れて帰ってあげる。こんな管、あたしが抜いてやる」

言うが早いか気管チューブを引き抜こうとした。

「あっ、だめ」

とっさにルネが厚子の手を押さえた。指を引き剝がすようにコネクターを放させる。幸い、テープで固定されていたので、気管チューブは抜けずにすんだ。

「何てことをするんです。気管チューブが抜けたら窒息ですよ」

「それでもいいわよ。わああぁっ」

厚子がその場に泣き崩れた。ベッドに突っ伏して言い募る。

「どうしてこんな目に遭わなければならないの。父が何をしたって言うの。もうどうせだめなんでしょう。それなら早く楽にしてやってよ。こんなの殺生《せっしょう》よぉ」

「石毛さん。お気持はわかりますが、早まったことをしないでください。状況をご説明しますから、面談室に来ていただけますか」

ルネは厚子の背中に手を当てて身体を起こした。何とか立ち上がらせて、廊下へと連れ出す。

「祥子さんもいっしょに来てください。堀田さん、下血の処置をお願いね」

「了解」

堀田は応援の看護師を呼ぶため、ナースステーションに行った。

面談室で向き合って座ると、厚子は茫然自失の体《てい》で視点も定まらない。

「お父さまのこと、驚かれたと思います。前もってお話ししておけばよかったのですが、うまく説明できなくて申し訳ありません」

謝ったが耳に届いていないようすだ。理解してもらえるかどうか不安だったが、状況を説明した。

「実は、今日の未明から出血傾向がはじまって、下血の量が増えたのです。今は胃と鼻と眼球から出血しています。止血剤と輸血の治療を継続していますが、かなりむずかしい状況です」

ドラマなら名医が現れて、奇跡の回復を実現するところだろうが、現実ではあり得ない。ルネは自らを鼓舞しつつ、次の説明に移ろうとした。

そのとき、厚子が低くつぶやいた。

「もう、やめて……。何もかもやめて」

思い詰めた表情に、深い絶望が浮かんでいる。ルネは口をつぐみ、厚子を見つめた。その顔は悲しみにやつれ、一気に十歳ほども老けたようだ。

「やめるって、治療をですか」

力なくうなずく。

「それがどういうことか、わかっていますか」

残酷だとは思うが、曖昧にしてはおけない。ルネはできるだけ穏やかな声で説明した。

「この前もお話ししましたが、治療を続ければ、状況はさらに厳しくなる危険性があります。今、治療をやめれば、それを避けることはできますが、それはすなわち……」

厚子が顔を上げ、半ば自棄《やけ》になったように口走った。

「だから、もうやめてって言ってるでしょ。何もかも終わりにして」

「治療をやめれば、横川さんの命も……」

「わかってるわよ。あんな姿を見せられたら、治療を続けてなんて言えない。父がかわいそうすぎる。今すぐ治療をやめてちょうだい」

性急な厚子にルネは困惑する。

「今すぐというわけにはいかないんです。ご家族のみなさんに、承諾していただかなければ」

「それなら早いほうがいい。面会が午後二時からなら、明日の二時にしてちょうだい」

「でも、みなさん、お集まりになれますか」

「あたしが集めるわよ。父さんのためよ。集まらないわけないでしょ」

「わかりました。では、明日の午後二時に、みなさんが集まったら気管チューブを抜きますので、最後のお別れをしていただきます」

ルネは低く言って頭を下げた。厚子は荒々しく席を立ち、祥子を追い立てるようにして帰っていった。

ナースステーションにもどると、堀田が看護記録をつけていた。ファイルから顔を上げて報告する。

「横川さんの下血、きれいにしときました。大したことなかったですよ」

「ありがとう」

ルネは疲れた視線で応じた。ため息とともに告げる。

「横川さんの娘さん、ようやく治療の中止を受け入れてくれたわ」

「そうですか。よかったですね」

堀田は明るい声で応じ、口元に手を当て小さく笑った。「下血を見たから決心したんでしょうね。まずいところを見られたと思ったけど、結果オーライですね」

ルネは暗い気持で顔を背《そむ》けた。

6

厚子が治療の中止を受け入れたことで、いったんは胸をなで下ろしたが、すぐに別の不安が頭をもたげた。厚子の判断はじっくり考えた末のものではなく、下血を見て衝動的に決めたものだ。あとで悔やんだり、まだ助かる道があったのではと悩んだりするのではないか。しかし、ここで再考を促せば、家族はまた混乱する。

医局にもどると、一日の仕事を終えた医師たちが、雑談しながら休憩室のソファでくつろいでいた。ルネはそこを素通りして、自分の机に着いた。

奥の席で、山際が夕刊を広げていた。紙面から目を離さずに言う。

「さっき、重症管理室が騒がしかったな」

「ご存じだったんですか」

混乱に気づいたのなら、応援に来てくれればいいのに。むっとしながら言う。

「横川さんのご家族が、治療の中止を承諾してくれました。明日、抜管《ばっかん》する予定です」

「そりゃよかったな」

目で記事を追いながら上の空だ。

「で、薬は何を使うんだ」

「薬は使いません。気管チューブを抜くだけで、低酸素状態になると思いますから」

「ほう」

気のない返事を洩らす。

「山際先生は、治療の中止を経験されたことがあるんですか」

「なぜそんなことを聞く。スムーズに死なす方法でも教えてほしいのか」

皮肉な反問にルネは無言で応じる。山際はバサリと音を立てて新聞を畳み、気怠《けだる》そうにつぶやいた。

「日本の患者や家族は、死を受け入れる覚悟がなさすぎるんだ。ただ治してくれ、死なせないでくれと求めるばかりで、自分がどんな非現実的な要求をしているか、まったく理解していない」

「仕方ないんじゃないですか。ふつうの人は専門的なことがわからないんですから」

「わからないんじゃない。わかろうとしないんだ。メディアもいい話しか伝えない。テレビに出てくる〝名医〟とか〝神の手〟とか呼ばれる医師たちに言ってやりたいよ。あんたはこれまで何人の患者を死なせたんだ、ってな。それをなかったことにして、都合のいいところだけ見せびらかして、医師として恥ずかしくないのかね」

たしかに、名医と言われる医師たちも、若いころには未熟故の失敗や不出来があったはずだ。

山際はつい余計なことを言ったとばかり、ふたたび夕刊を手に取った。しかし、落ち着いて読める状態ではないと悟ると、またも投げ出してルネに向き合った。

「白石のおふくろさんはオランダ人だったな。もう亡くなったと聞いたが」

「わたしが高校三年の終わりに、乳がんで亡くなりました」

「オランダ人なら、安楽死のことは何か言ってなかったか」

オルガが亡くなったのは、もう十五年も前だ。

ルネがどう答えようかと迷っていると、山際は問わず語りに続けた。

「オランダの安楽死法は知ってると思うが、徹底してるぞ。子どもでも、十二歳以上なら本人が望めば安楽死ができるんだ。それこそ個人の尊重じゃないか。日本も個人の尊重とか口では言うが、子どもより親の意見が通るだろう。逆に患者が高齢のときは、息子や娘の意向が通る。それが世間の意に沿うからだ。結局、本人より家族、家族より世間が優先されるんだ」

そうかもしれない。日本では死にゆく本人よりも、悲しむ家族のほうが共感を呼ぶ。

「で、君のおふくろさんは、安楽死を選ばなかったのか」

呼びかけが「君」になっている。少しは冷静になったのだろう。しかし、今度はルネが胸のざわめきを抑えられなくなった。

末期がんの状態になったとき、オルガは自ら治療を拒んだ。ルネは到底、承服できなかった。すべての治療を試したわけではないのに、どうしてあきらめるのか。父、敏明も反対してくれると思っていた。ところが、意外にも敏明はルネにこう言った。

——ママはよく考えた上で決めたんだ。その気持を尊重するのがほんとうの愛情だろう。

おまえはママを愛していないのか。そう問われている気がした。

もちろん愛している。だから、少しでも長く生きてほしい。

でも、それはおまえの感情じゃないのか。それをママに押しつけていいのか。

いつもは陽気な敏明が、悲し気な目でそう問いかけているようだった。

そうは思っても、納得することはできなかった。治療をやめてしまうことは、みすみす病気に負けることではないのか。母らしくもない。なぜ最後まで闘わないのか。

だが、治療をやめるとよいこともあった。副作用が消え、食欲が出て、少し元気になったのだ。おかげで、秋に家族で奥入瀬《おいらせ》に一泊旅行に行くことができた。

——日本の紅葉は、世界一だわね。

車椅子に乗ったオルガが、感慨深げにつぶやいた。治療に未練のあるルネは、盛りの紅葉などほとんど目に入らなかった。

オルガは静かに続けた。

——葉の一枚一枚が、輝いて見える。末期《まつご》の眼《め》ね。

はっとした。末期の眼は死にゆく人が、見るものを特別美しく感じることだ。ルネが顔を上げると、あたりの風景が一変した。色の粒子が輝き、葉の輪郭が指で辿れるほどにくっきりと見えた。末期の眼は死にゆく当人だけでない。周囲の者にも当てはまるのだ。なぜなら、母といっしょに見る紅葉は、これが確実に最後なのだから。

涙があふれた。オルガは腕を伸ばし、そっとルネの手を握った。振りほどきたい衝動と、母を抱きしめたい気持がせめぎ合った。ルネは母の手を握り返した。

たぎるような赤と黄色の葉が視界を覆い、渓谷の清流が時間を忘れさせた。鮮烈な印象が、母の手のぬくもりとともに、ルネの心に永遠に消えない瞬間を刻み込んだ。

旅行から帰ったあとも、母との一瞬一瞬がかけがえのないものとなった。

穏やかな日々はしかし、長くは続かなかった。骨盤の転移が痛みだし、モルヒネを使わずにいられなくなった。十二月に入って、オルガはオランダに行きたいと言いだした。最後にもう一度、故郷を見たいというのだ。

「車椅子で、しかもモルヒネを使いながらだったから心配したけど、母は言い出したら聞かない人だったから」

ルネが言うと、山際が低く訊ねた。

「おふくろさんがオランダへ行ったのは、安楽死を考えてのことか」

「わかりません。そうだったかもしれないし、そうでなかったのかもしれない。母は父と二人でアムステルダムに向かいました」

「なぜ君はいっしょに行かなかった」

「学校がありましたから。それに、母が父と二人で行きたいと言ったから」

そのときの苦痛がよみがえる。オランダで安楽死法が成立していたことはルネも知っていた。心配したが、母に安楽死のことは聞けなかった。聞けば、「そうだ」と言われそうな気がしたから。オルガがいったんこうと決めたら、ルネが泣き叫ぼうが殴りかかろうが、ぜったいに気持を変えない。それどころか、自分の感情を押しつけるなと怒るだろう。だからルネは、「ママが帰ってくるのを日本で待ってる」としか言えなかった。

——わかってる。

それだけ言って、オルガは敏明とともに飛び立った。待つ間の不安は、執行日の近づいた死刑囚のそれにも近かった。今日にも父から連絡があるのではないか、あるいは、母から直接の別れを告げられるのではないか。現地で荼毘《だび》に付された母の遺骨を抱いて、父が空港に到着する場面が何度も夢に現れた。

しかし、年末の十二月二十八日、オルガは敏明とともに日本にもどってきた。オルガはオランダ滞在中、ロッテルダムで両親の墓に花を供え、アムステルダムで旧知の友人たちに会い、敏明とともにむかし住んだアパートを訪ね、ダム広場のクリスマス市《いち》を楽しんで帰国したのだった。

「母が無事に帰ってきたとき、わたしはやっと安楽死のことを母に聞くことができました。なぜオランダでそれをしなかったのかって」

「おふくろさんは何と？」

「安楽死がベストとはかぎらない。自分が治療をやめると決めたとき、父とわたしがそれを受け入れたのだから、今度は自分が二人のために、最後まで生きる決意をしたのだと」

日本にもどったあと、オルガは骨転移の痛みが増して、モルヒネでも痛みを抑えることができなくなった。往診に来てくれていた医師は、強力な鎮静剤で眠らせることを勧めた。だが、彼女はそれを拒否した。

――薬で眠らされて生きるなんて、わたしは我慢ならない。

苦痛に耐える姿はとても見ていられないほどで、唸り声をあげ、ときには叫び声さえ上げてのたうちまわる姿は、まさに死との壮絶な闘いだった。それでもオルガは最後まで入院を拒み、二月二十二日の未明、自宅で息を引き取った。

「母の苦しみようを見ていたら、オランダで安楽死をさせてあげたほうがよかったかもと、何度も思いました。でも、すべては母の意志を優先した結果です。だからわたしは最後まで自分の気持を抑えたのです」

山際は珍しく神妙な表情でうなずき、ルネから目を逸らした。そして、ある種の敬意を込めるように低く洩らした。

「つらかっただろうが、医師としては貴重な経験だったんじゃないか」

7

その夜もルネは自宅マンションに帰らず、当直室に泊まった。二度、着替えを取りに帰ったが、横川が脳卒中センターに移って以来、九日連続の重症当直だ。

翌水曜日の朝、ルネは午前五時に起きて、横川のようすを見に行った。下血、吐血、鼻出血とともに、軽快の兆しはなかった。血圧、尿量、酸素飽和度は維持されているが、体温は三九度七分、脈拍も一二〇前後の頻脈だ。黄疸も進行し、皮膚の色はますます黒さを増している。

ルネは深夜勤務の看護師にねぎらいの言葉をかけて、当直室にもどり、ふたたび許される時間まで二度寝をした。

午前七時半。身だしなみを整え、院内のコンビニで買ったゼリータイプのプロテインを朝食の代わりにしたあと、脳外科の部長室に向かった。部長の小向《こむかい》潔《きよし》に、横川の治療中止を報告するためだ。小向はいつも早朝出勤だから、この時間でも早すぎることはない。

ノックをすると、温かみのある声が「どうぞ」と応じた。

小向は糊のきいた白衣にきちんとネクタイを締め、執務机で書類に目を通していた。

「横川達男さんの件ですが、ご家族が治療の中止を受け入れてくれそうなので、今日の午後二時に、全員が揃われたら抜管しようと思います」

「そうか」

小向が治療の中止を容認しているかどうかは、やや微妙だった。先週の金曜日、部長回診で横川を診察したとき、小向は厳しい表情を見せただけで、治療の中止までは言及しなかった。横から山際が、「家族に引導を渡すなら、早いほうがいいぞ」と口をはさんでも、無言のままだった。

とはいえ、横川が悲惨な状況に向かっているのは明らかで、治療を続けることの弊害は、当然、理解しているはずだ。

「自発呼吸はどうなんだ」

「わずかに反応はあります。でも、おそらくはすぐに止まるかと」

「ご家族は十分納得しているのか。あの娘さん、かなりたいへんそうだが」

厚子の過激な反応は、小向の耳にも入っていた。昨日、厚子が錯乱して横川の気管チューブを抜きかけたことを報告すると、背もたれから身体を浮かして聞いた。

「自己抜管したのか」

「いえ。すんでのところで止めました。テープ固定がしっかりしていたので」

「そうか。君も苦労するな」

小向はふたたび椅子に身を預け、同情の笑みを浮かべた。

「とにかく家族の納得が重要だ。くれぐれも慎重にな」

「わかりました」

ルネは一礼して、小向の部屋を辞した。

その足でナースステーションに向かう。看護師長にも治療の中止を伝えなければならない。

看護師長の加橋郁子《かはしいくこ》は、でっぷりした体型で、まだ四十代後半ながらやり手で通っている。もともとは大学病院の主任だったが、四年前に浦安厚世病院の橘《たちばな》院長が引き抜いて、脳卒中センターの看護師長に抜擢したのである。

「昨日は白石先生もたいへんだったわね」

厚子の騒動は、堀田から申し送りで聞いたのだろう。厚子から要請があったので、今日の午後二時に家族に集まってもらい、治療の中止を予定していることを告げた。

加橋は縁なし眼鏡を軽く持ち上げ、ことの重大さを吟味するように、険しい表情を浮かべた。

「治療の中止って、抜管？」

「そうです」

加橋が言葉を呑みこむ。ここで待ったをかけられたら、段取りが狂ってしまう。ルネは先走って加橋を説得しようとした。

「横川さんの今の状態を考えると、これ以上の治療は本人にも、ご家族にも大きな負担を与えることになると思うんです。小向部長の了解も得ています。ですから……」

「わかっています」

加橋はルネの言葉を遮り、大きく息を吸い込んだ。それを長々と吐いて、致し方ないというようにうなずいた。

「横川さんが回復する見込みはほぼゼロですものね」

「ご理解、ありがとうございます」

ほっとして頭を下げる。これで準備は整った。あとはそのときを待つばかりだ。

8

この日の午前、ルネは外来の診察日で、二十二人の患者を診察した。診察の間は目の前の患者に集中するから、横川のことは頭をよぎらない。診察はスムーズに進み、いつも午後一時すぎまでかかるのが、十二時四十五分に最後の患者を終わらせることができた。

それでも昼食を摂るひまはない。すぐに病棟に上がって入院患者の検査や治療内容をチェックし、次のカテーテル治療の予定を立て、退院間近の患者の外来予定を決めなければならない。午後一時半になったら、横川の治療中止の準備をはじめるつもりだった。ナースステーションで仕事に没頭していると、白衣のポケットで院内ＰＨＳが振動した。病院の交換台からだ。

「石毛厚子さんという方から、外線が入っています」

つないでもらうと、いきなり厚子がまくしたてた。

「今日ですけど、二時にはちょっと全員が揃わないので、夕方の六時に変更してもらえませんか。息子が来られないんです。高校二年だから学校なんですよ」

それくらい昨日からわかっているだろうにと、舌打ちしそうになるのを抑える。

「治療の中止は、できれば通常の勤務時間に行いたいんです。午後六時だと看護師も少ないので、せめて日勤中の午後四時までにお出でいただけませんか」

「それは無理。息子は早くて六時って言ってたから」

「でも、こちらも二時のつもりで予定していましたので」

食い下がると、PHSから尖った声が突き出た。

「無理だって言ってるでしょ。こっちは父との最後の別れなのよ。そっちの都合より、こっちを優先してください。それとも何、息子にはお祖父ちゃんとの別れをさせなくてもいいって言うの。うちの圭司《けいじ》はね、小さいころからずっとお祖父ちゃん子で、今度の入院もショックで家で泣いてたのよ」

とても交渉の余地はなさそうだ。ルネは時間の無駄を省くためだけに答えた。

「わかりました。ではそちらのご都合で結構です。午後六時にお待ちしています」

昨日、みんなを集めると言ったのはだれだと、PHSに悪態をつきたい気分で通話を終えた。

すぐに部長室に行き、小向に時間の変更を報告したが、返事は「わかった」のひとことだった。

続いて加橋にも変更を告げに行く。

「困ったわね。こういうことは日勤中に終わらせたいんだけど。あとの処置もあるんだし」

「わたしも困ると言ったんですが、石毛さんがどうしても変えてほしいとおっしゃって」

厚子の横暴ぶりは加橋も知っているから、それなら致し方ないという顔になった。勤務表を確認して、必ずしも悪くないというようにうなずく。

「準夜は堀田さんだわ。彼女、横川さんの担当だったでしょう。家族も知った顔がいるほうがいいんじゃない」

たしかにそうかもしれない。

「もう一人はだれですか」

「井川《いがわ》さんよ」

井川夕子《ゆうこ》は一年生看護師だが、新人の割にしっかりしているので、たぶん大丈夫だろう。

予定変更となれば、先にすませておかなければならないことがいろいろある。横川以外の入院患者の回診、カルテの記録、同意書の取得、地域連携室への連絡等々。

午後四時。堀田と井川が出勤してきて、十五分後に申し送りがはじまった。ルネはカウンターで電子カルテの記載をしながら、それとなく耳を傾けていた。背後のナーステーブルで、加橋が横川の治療中止と抜管の予定を堀田に告げている。

「そうですか。了解」

堀田が通常業務と同じ調子で応えた。井川は黙っている。

申し送りが終わると、遅出の看護師一人を残して日勤の看護師が帰っていった。遅出の看護師も午後六時にはいなくなるので、横川の治療中止は堀田と井川の二人とで行わなければならない。処置としてはさほどむずかしくはないが、問題はいかに家族の感情を傷つけずにすませるかだ。

カウンターで電子カルテに向き合っていると、堀田が井川を従えて近づいてきた。

「横川さん、いよいよですね」

「そうなの。よろしくお願いね」

「任せてください。準備はバッチリですから。井川ちゃんにもいい経験ですよね」

堀田が言うと、井川は堀田の後ろから遠慮がちに顔を出した。

「あの、治療を中止するのは、つまり、その、尊厳死ということですか」

「まあ、そうね」

ルネが答えると、井川は身を隠すように堀田の後ろに引っ込んだ。彼女は尊厳死をどう捉えているのか。いかに悲惨な状況を避けるためとはいえ、今の日本では大っぴらにできないことを理解しているのか。ルネが不安を浮かべると、堀田はそれを察したように大きくうなずいた。

「大丈夫。井川ちゃんもわかってますよ。横川さんの治療経過はずっと見てるんですから。ねえ」

念を押すように振り返る。井川が小さくうなずくと、堀田はルネの心配をよそに、さらに明るく続けた。

「井川ちゃん。あなた、一年目で尊厳死の現場に立ち会えるなんて、ラッキーと思わなきゃいけないのよ」

「ちょっと、ご家族の前でラッキーなんて言わないでよ」

「わかってますって。それくらいの常識はあたしにもありますから」

堀田はどことなく浮かれた調子で言い、井川とともに夕方の点滴を用意するために準備室に消えた。

9

午後五時四十五分。最初にやってきたのは信一と保子だった。

小柄な保子は憔悴《しょうすい》しきっているようすで、顔が硬直し、能面のように無表情になっている。信一は母親をいたわることにかかりきりで、ほかのことに気をまわす余裕はないという雰囲気だ。

「お待ちしていました。このまま重症管理室に行かれますか。それとも面談室でほかのご家族を待たれますか」

ルネが訊ねると、信一はすぐに決めかねるという顔で母親をのぞき込み、「どうする」と聞いた。保子は目線を下げたまま反応しない。信一はいつもの照れ臭そうな苦笑いを浮かべ、「とりあえず面談室で」と言った。

案内しようとすると、信一が後ろから訊ねた。

「あの、昨日、姉から電話で、今日、人工呼吸器の管を抜くと聞いたんですが、そしたら父はどうなるんですか」

思わずえっと声が出そうになった。ルネは信一に向き合い、感情的になってはいけないと自分を懸命に抑えながら伝えた。

「気管チューブを抜くのは、お父さまが生きたまま悲惨な状態になるのを防ぐためです。ですから、当然、生命機能は停止します」

「やっぱりそうなんですね」

「そのおつもりではなかったんですか」

「いや、そうだとは思ってました。でも、もしかしたらと思って、確かめたんです」

いったいどういう理解なのか。

「お母さまはご了解されているのでしょうか」

「説明はしていますが、母はもともと身体が弱い上に、店のことや今後の生活が心配で、体調がよくないんです。でも、だいたいの状況はわかっていると思います」

「だいたいでは困るんですが」

「大丈夫だと思います」

ルネは崖っぷちでつま先立ちをするような不安を感じたが、最終的な確認は家族が揃ってからすればいいと自分をなだめた。

続いて、祥子が二人の娘を連れてやってきた。パートの仕事を終え、学童保育に寄って娘たちを連れてきたようだ。

「今日はどうぞよろしくお願いいたします」

思い詰めたような表情は、状況を正しく理解していることをうかがわせた。しかし、確認はしておいたほうがいい。

「厚子さんからはどんなふうにお聞きですか」

「家族が揃ったら、人工呼吸器の管を抜いて、みんなでお別れをするのだと聞きましたが、それが何か」

「いえ。それでけっこうです」

ルネは少し安堵する思いで、祥子たちを面談室に案内した。

午後六時二分。ルネがナースステーションにもどってデジタル時計に目をやると、厚子がバタバタと駆け寄ってきた。

「ぎりぎり間に合ったわね。みんなはどこ?」

カウンターにいるルネを見て、厚子はまだだれも来ていないのかと言わんばかりに左右を見渡した。

「みなさん、面談室でお待ちです」

返事もそこそこに面談室に向かう。父親と最後の別れをするというのに、どうしてもっとしめやかに振る舞えないのか。ルネは他人ながら情けない思いで厚子のあとに続いた。

面談室に入ると、厚子が一同に向かってまくしたてた。

「圭司はどうしたの。まだ？　もう。あの子のために時間を遅らせたっていうのに。ちょっと待ってね。今呼ぶから」

バッグからスマートフォンを取り出してせわしなく操作する。院内は通話禁止だが、止めても聞く相手ではない。

「圭司？　あんた、今どこにいるの。六時って言ったでしょ。みんな集まってるのよ……。え、何。どこ？　……わかった。じゃあ、待ってるから。急いで来るのよ」

通話を終えてから、「病院の近くに来てるそうだから」と言い、大きなため息をついて座った。

「姉さん。石毛さんは呼ばなくていいのか」

信一が厚子に聞いた。

「いいわよ。あんな人、もう関係ないんだから」

厚子は旧姓にもどしていないが、少し前に離婚したらしかった。

午後六時十五分。ようやく圭司が現れた。今風の高校生で、急いで駆けつけたようすもない。

全員が揃ったところで、ルネは今一度、説明と確認を行った。

「人工呼吸のチューブを抜くと、呼吸が止まりますから、横川さんはそのままお亡くなりになると思われます。治療を中止することは、医師であるわたしにとっても、たいへんつらい決断です。しかし、これまであらゆる方法を試み、ベストを尽くした結果、もはや回復の見込みはなく、状況はひどくなるばかりです。今、我々にできることは、少しでも早く横川さんを苦しい治療から解放してあげることしかありません」

信一と祥子がかすかにうなずく。保子と圭司は無反応。厚子は目を赤くしてハンカチを握りしめている。少女二人は異様な雰囲気を感じてか、母親に身体を寄せたままだ。

家族に悔いを残させないために、ルネはさらに付け加えた。

「治療の中止は、何より横川さんご自身が望んでいらっしゃったことです。ですからみなさんにも、そのお気持を理解していただければと思います。何かご質問はありませんか」

全員を均等に見てしばらく待つ。だれも声をあげる者はいない。

「では、これから気管チューブを抜かせていただきます。最後のお別れになりますから、どうぞこちらへ」

先に立って、重症管理室に向かう。子どもを含む七人が、さすがに厳粛な足取りでついてきた。背後に気配を感じながら、ルネはいよいよだと気持を引き締めた。

10

重症管理室では、すでに堀田と井川が壁際に並んでいた。

あらかじめ堀田に指示して、心電図の電極や輸血のルート、微量点滴ポンプははずしてある。胃チューブも抜いて、なるだけ簡素な状態にしておいた。眼球にかぶせたガーゼも新しいものに替えてある。心電図をはずしているので甲高い電子音はなく、室内に聞こえるのは人工呼吸器の無機質な送気の音だけだ。

ルネが横川の枕元に近づくと、厚子を先頭に、家族全員がベッドの周囲に集まった。

「みなさん、おそろいですね。それではこれで最後になります」

ルネが静かに言って、一礼した。いよいよだ。厳粛な気持で頭を垂れる。別れの時間は十分に取らなければならない。

厚子が父親を見つめて両手を握りしめている。信一はあきらめきったようすでうつむき、母親の背中に手を添えている。保子は放心したような視線を夫に向け、祥子は二人の娘の手をしっかりと握った。圭司は厚子たちの後ろから暗い目で祖父を見つめている。

「では、よろしいですか」

ルネはベッドに向き直り、前屈みになって横川に話しかけた。

「横川さん。みなさんがお見えですよ。よく頑張られましたね。今から口の管を抜きます。それで楽になりますからね。少し辛抱してください」

堀田がルネの横で介助の姿勢を取り、井川は部屋の隅で神妙に目を伏せた。時間を止められるものなら止めたい。だが、ためらうことは許されない。ルネはゆっくりと手を伸ばし、人工呼吸器のスイッチを切った。

フシュー……。

最後の息のような音が洩れ、器械が作動を止めた。

部屋は無音となった。人工呼吸器のコネクターをはずし、チューブを固定しているテープをていねいに剝がす。5ccの注射器でチューブの先端にあるカフの空気を抜くと、チューブを止めているものはなくなった。

「では、気管チューブを抜かせていただきます」

その場の全員に確認して、チューブの湾曲に沿って静かに引き抜いた。半透明のチューブが途中から白っぽく変色し、茶色く壊死《えし》した組織がまとわりついている。肉体が崩壊しつつあることの証拠だ。堀田が用意した膿盆《のうぼん》に抜いたチューブを落とし、ルネは引き下がった。

「お父さんっ」

「親父ぃ」

厚子と信一が声をあげて横川にすがりついた。保子は夫をこの世に引き留めようとするかのように片手を前に出した。

ルネは顎を引き、じっとそのようすを見守った。悲しいけれど、これですべてが終わるのだ。気管チューブの汚れ具合からすれば、一両日中に内臓は壊死しはじめただろう。そうなったらもっとひどいことになる。だから、これでよかったのだ。

横川の胸が、喘《あえ》ぐように上下した。空気が吸えず、胸と腹がシーソーのように逆の動きになっている。胸の動きが止まったら、手を合わせて臨終を告げよう。ルネはそう心づもりして待った。

「父さん、しっかりして」

厚子が横川の肩を摑んで強く揺さぶった。顎が上がり、空気が肺に吸い込まれた。同時にのどから恐ろしく甲高い音が響いた。

ヒィーッ……、ヒイィーッ……。

かすれた警笛のような音だ。溺れかけの人が必死で息を吸うような、うめきとも叫びともつかない声。

「父さん、どうしたの。しっかりして」

厚子が恐怖に顔を引きつらせ、振り向きざまにルネに言う。

「父さんが苦しんでるんじゃないの」

ルネにも予想外の事態だった。まさかこんな声が出るとは。慌てたが動揺するわけにはいかない。ルネは横川の胸に聴診器を当て、呼吸音を確認した。ゴボゴボという水泡音が聞こえる。重症の肺水腫《はいすいしゅ》で、これではとても助からない。かと言って、このままようすを見ることもできない。

信一の娘たちが声をあげて泣きだした。祥子が「静かにして」となだめるが、上の娘が涙ながらに抗弁する。

「だって、ジイジが苦しんでるもん」

下の娘も競うようにしゃくり上げる。

「先生。何とかしてください」

厚子に言われ、ルネは焦った。こんな断末魔を小さな子どもに見せるのはまずい。

「堀田さん。ドルミカム、三アンプル、すぐに持ってきて」

「はいっ」

堀田は素早く準備室に薬を取りに行った。ドルミカムは注射用の鎮静剤で、麻酔の導入にも使われる薬だ。

堀田が注射器といっしょにステンレスのトレイに載せて持ってくる。ルネは素早く二アンプルを注射器に吸い、中心静脈栄養のルートから側注《そくちゅう》（三方活栓《さんぽうかっせん》から注入すること）した。五秒、十秒。横川の声は収まらない。

通常ならすぐに意識を失うはずだが、横川ははじめから意識がないので効果がないのか。ダメ元で残りの一アンプルを側注する。やはり、警笛のような声は止まらない。

「堀田さん、ホリゾンを二アンプル持ってきて。井川さんは横川さんの脚を押さえて」

横川の脚がけいれんするようにビクッ、ビクッと動いている。井川が顔面蒼白になりながら両手で足首を押さえる。ルネは横川の胸にもう一度、聴診器を当てた。一秒一秒が狂おしいほど長く感じられる。どうすればいいのか。

厚子がハンカチを握りしめたまま、上半身をわななかせた。信一は手出しできないもどかしさに、拳を握りしめている。保子も心配そうに身を乗り出す。何とかしなければならない。しかし、鎮静剤が効かない今、どうすればいいのか。声は出ているが、意識はないので本人は苦しくないはずだ。しかし、どうにかしてこのうめき声を止めなければならない。

堀田がホリゾンを持ってきた。何とかこれで収まってくれないか。ルネは横川の胸に聴診器を当てながら、祈るような気持で堀田に指示した。

「二アンプル、側注して」

堀田が慣れた手つきでアンプルから薬液を吸い、三方活栓から注入した。少し待つが、やはりのどの音は止まらない。それどころかピッチが速くなっている。

ヒィーッ、ヒィーッ、ヒィーッ。

二人の娘が怯《おび》えて泣き続ける。

「おまえら、泣くな」

信一が怒鳴る。祥子が娘たちをかばいながら、ルネに懇願する。

「先生、お願い。早く何とかしてください」

厚子が我慢しきれないようすで言った。

「いったいどうなってるの。とても見ていられない。ほかに先生はいないの」

ほかの医師を尊厳死に巻き込むわけにはいかない。しかし、だれか知恵を貸してくれないか。

横川ののどからゴボゴボと液体のあふれる音が洩れた。

「堀田さん。吸引をお願い」

痰の吸引をすると、横川の声は少し弱まった。脚のけいれんも止まったようだ。ようやく薬が効いたのか。しかし、横川の喘ぎはまだ続いている。

「ちょっとようすを見ていてください」

ルネは家族に言って、いったん重症管理室の外へ出た。次の方策があるようなそぶりだが、何のアイデアもない。現場を離れるのはよくないと思ったが、ともかく頭を冷やさなければ考えられない。廊下に出ると、無人のはずのナースステーションの奥に、白衣の人影が見えた。

11

ナーステーブルの奥に座っていたのは山際だった。

この時間には用もないはずなのにと、考える余裕もないまま中に入る。

山際がさほど興味もないというふうに訊ねた。

「横川さんの処置は終わったのか」

「抜管したら、うめくような声が出たんです。ドルミカムを側注したんですが止まらなくて、今はホリゾンで少しましになっています。でも、まだ呼吸は止まりません」

さすがに山際もそんな事態は想定していなかったようだ。あきれたようにつぶやく。

「思いがけないことが起こるもんだな。だから医療は怖いんだ」

「どうにかして止めることはできないでしょうか。家族がパニックになってるんです」

山際は手元にあったクリップを弄《もてあそ》びながら答えた。

「慌てたってはじまらんぞ。声を止めたいんなら、ミオブロックを使えばいい」

ミオブロックは筋弛緩剤《きんしかんざい》だから、静注《じょうちゅう》（静脈注射）すれば声は止まる。しかし、それは呼吸筋も停止させ、窒息を意味する。

「ミオブロックを使うと、尊厳死ではなく、安楽死になってしまいます。それは許されません」

「尊厳死だって許されないだろう。同じことだ」

「でも……」

ルネがなおも逡巡《しゅんじゅん》すると、山際は世話が焼けるなというふうに声の調子を上げた。

「使い方を工夫すればいいんだ。ワンショット（静注）で使うと安楽死だが、点滴にすればいいだろう」

「点滴だと効き目が弱くなります」

「だから、ミオブロックを高濃度にして、クレンメを全開にして投与すればいいんだよ。喉頭筋はミオブロックへの反応も早いだろう」

なるほど、それなら形の上では点滴だが、静注に近い効果が出るだろう。ルネが納得したのを見ると、山際はクリップを投げ出して言った。

「少しは頭を使えよ」

「ありがとうございます」

ルネは素直に頭を下げ、ナースステーションを出た。重症管理室から堀田がふて腐れた顔で出てきた。

「どうしたの」

「吸引したらちょっと出血したんです。そしたらあの娘さんが、ヘタクソって怒鳴って。せっかくしてあげてるのに、そんなふうに言われたらやる気もなくなりますよ。あたし、ほかの患者さんを看ないといけないので、横川さんは井川ちゃんに任せました」

「そんな」

引き留めようとしたが、堀田はさっさと病室の巡回に行ってしまった。仕方なくそのまま重症管理室に入ると、井川は横川の足元に立ち、不安そうに目を泳がせていた。横川のうめき声はふたたび大きくなり、ピッチも上がっている。

「井川さん。ミオブロックを三アンプル、手術部からもらってきてちょうだい。大至急よ」

ミオブロックは病棟では使わないので、手術部に取りに行かなければならない。井川はようやくこの場から離れられるとばかり、逃げるように出て行った。

「今、別の薬を取りに行かせましたから、もう少しの辛抱です」

家族に言うと、厚子が不服そうに横川の口元を指さした。

「これ見てくださいよ。さっきの看護師さんが乱暴にチューブを入れたから、こんなに血が出ちゃって」

口角に黒っぽい血がついている。のどの奥に溜まっていた血液だ。

「申し訳ありません。あとで注意しておきます」

取りあえず謝って、ゴム手袋をはめ、アルコール綿で横川の口元を拭《ぬぐ》った。胸がまた上下している。なんとかならないのか。ルネは自らの無力に身をよじるような焦れったさを感じた。

「白石先生。持ってきました」

井川がもどってきてアンプルの入ったトレイを差し出す。しかし、注射器がない。

「薬だけじゃだめよ。注射器がいるでしょ」

「あ、すみません」

堀田ならこんな手間はかからないのにと思いながら、待つこと二十秒。横川の胸の動きが激しくなり、ルネはふたたび聴診器を当てた。ゴボゴボと、肺に溜まった水で溺れるような音が響く。聴診器を当てたまま、注射器を数本つかんでもどってきた井川に言った。

「ミオブロックは点滴で使うから。二アンプルを混注して」

点滴の残量は一〇〇ミリリットルを切っている。井川が慣れない手つきでアンプルを折り、一アンプル吸って点滴バッグに注入しようとする。「二本まとめて」と、思わず声が跳ね上がった。

「入れたら全開で落として」

「はい」

井川がクレンメを全開にすると、中心静脈のルートから点滴が連なるように体内に流れ込んだ。横川のうめき声はややトーンダウンしたようだが、それでもまだやまない。

「残りの一アンプルも入れて。急いで」

「はいっ」

井川の声が震えている。こんなときに緊張している場合じゃないのにと、舌打ちが出かけるがなんとか抑える。

「あ、また口から血が」

厚子の指摘で、ルネはアルコール綿で出てきた血液を拭った。新しい出血ではなく、口腔内に溜まったものが出ただけだ。

急に喘ぎが緩やかになり、胸の動きが止まった。同時にうめき声も収まる。筋弛緩剤が効いたようだ。通常なら臨終の前に現れる下顎呼吸もない。ルネはもう一度、聴診器を横川の胸に当てた。無音だ。呼吸だけでなく、心臓も停止している。黄疸で黄緑色に染まった白目の中央で、瞳孔が黒々と散大している。まるで自分の死に驚いているかのように。

目のガーゼをめくり、ペンライトで瞳孔を調べた。

「点滴を止めて」

井川に指示してひと呼吸置く。腕時計で時間を確認し、厳《おごそ》かに告げた。

「午後八時二分。残念ですがご臨終です。力及びませんで」

決まり文句だが、何度言っても口ごもってしまう。

厚子たちが大きなため息を洩らすのが聞こえた。今の混乱で泣く余力も残っていないのだろう。いつの間にか、信一の二人の娘も泣きやんでいた。まったく不手際な看取りだった。申し訳ない気持でいっぱいだったが、手続きを進めなければならない。

「それでは、ご遺体の処置をさせていただきますので、しばらくロビーでお待ちいただけますか」

低く言うと、厚子たちはぞろぞろと重症管理室を出て行った。

「ご臨終ですか」

堀田がスライドドアを開けて入ってきた。家族が廊下に出たので、それと知ったのだろう。

「あとの処置をお願いね」

深いため息をついて、重症管理室を出た。両肩に土嚢《どのう》でも載せられたように身体が重い。ロビーのベンチ椅子に横川の遺族が座っている。ルネは無言で一礼し、カルテの記載をするためにナースステーションに入った。

12

山際の姿はすでになかった。無人のナーステーブルが、蛍光灯に照らされ白々しく光っている。壁際のパソコンを起動し、横川の電子カルテを呼び出す。キーボードに指を載せ、今日、いったい何度目かと思う深いため息をついた。

これでよかったのか――。

答えは出ない。とにかく手を動かして、正確に記録しなければと思う。人工呼吸器のスイッチを切ったのが午後六時五十分。気管チューブを抜いたあと、予想外に喉頭から発声が繰り返された。思い出すのもつらいうめき声。どうしてあんなことになったのか。ルネはきつく目を閉じ、唇を噛んだ。自分を励ますように頭をひと振りして、記載にもどる。

発声を抑えるためにドルミカムを三アンプル、ホリゾンを二アンプル、三方活栓からiv（静脈注射＝intra-venous）した。それでも収まらなかったため、ミオブロックを計三アンプル、di（点滴投与＝drip infusion）した。それが山際のアドバイスだったことは、もちろん書かない。

その後、発声は収まり、午後八時二分に死亡を確認した。

死亡診断書の『直接死因』は『多臓器不全』、その原因には『クモ膜下出血』と書いた。『死因の種類』は、1の『病死及び自然死』に丸をつける。

記録を終えて、ルネはひとり考え込む。ほかに方法はなかったのか。

尊厳死の決断は正しかったはずだ。しかし、横川には申し訳ないことをした。家族にも最後の別れがあんなふうになって、つらい思いをさせてしまった。小さい子どもにあんな光景を見せてしまったことは、悔やんでも悔やみ切れない。

テーブルに肘をつき、手のひらで目元を覆っていると、堀田が入ってきた。

「死後処置が終わりましたので、ご遺体を霊安室に運びます」

霊安室は地下にあり、専用のエレベーターを使って運ぶ。遺族は通常のエレベーターで降りることになる。

堀田が出ていったあと、ナースステーションのカウンターにだれかが近づいてきた。厚子と信一だ。ルネは緊張して立ち上がった。不手際を責められたなら、素直に謝罪しよう。そう観念して向き合うと、信一が先に頭を下げた。

「どうも、お世話になりました」

ルネは戸惑い、信一以上に深くお辞儀をした。

「こちらこそ力至りませんで、申し訳ありませんでした」

ルネはできるだけていねいに言い、そのままの姿勢を保った。厚子がどう反応するかが不安だった。

「白石先生。頭を上げて下さい」

静かな声だった。厚子は泣き腫らした目でルネを見つめ、自分を納得させるように言った。

「これが父の運命だったんです。白石先生にはお世話になりました。ありがとうございます」

無言で会釈を返す。不手際はあったが、厚子も信一も対応を認めてくれたのか。少なくとも礼を言いにきてくれたのは、ねぎらいの気持があったからだろう。

ルネはわずかながら救われる気がした。

二人が霊安室に向かったあと、堀田と井川が入れ替わりにもどってきた。

「二人ともご苦労さま。たいへんだったけど、なんとか横川さんを見送ることができたわ。ありがとう」

「ほんと、たいへんな家族でしたね」

堀田はまだ厚子に腹を立てているようだった。振り向いて井川に言う。

「看護記録は井川ちゃんが書いてよね。わたしは部屋にいなかったから」

「はい」

井川はそう答えながら、後まわしになっていた仕事を片づけるため、堀田とともにナースステーションを出ていった。

ひとり残されたルネは、記録用の丸椅子に座ったまま、しばらく動くことができなかった。いくらため息をついても、事態は変わらない。エネルギーを使い果たし、取り返しのつかない思いばかりが全身にのしかかる。

だが、患者は横川だけではない。ほかの入院患者が自分の治療を待っているのだ。いつまでも落ち込んではいられない。

そう自分を奮い立たせて、ルネは身体を引きずるように医局にもどった。

第二章　密告

1

――三年後。

「あれが今日のゴール、万丈岩《まんじょういわ》だ」

速水祐樹《はやみゆうき》が針葉樹の林道を抜けたところで立ち止まり、はるか先の稜線に突き出た岩を指さした。奥秩父の主脈、金鵬山《きんほうざん》の山頂にある巨岩は、十倍ズームの双眼鏡でも小指の先ほどにしか見えない。

「あそこまで行くのね」

ルネはポケットからGPSを取り出して位置を確かめ、八歩平《はちふだいら》から続くルートを確認すると、すぐさま前に進みはじめた。どんなに遠くに思えても、一歩ずつ近づけば必ず到達できる。鳥のように飛んでいければ楽だろうが、それでは見えないもの、感じられないものがある。

「さあ、白石ルネ。三十六歳のバースデーは天候に恵まれるか。日ごろの行いにかかっています」

速水が実況中継のように言う。

「女性の歳《とし》を軽々しく口に出さないの。無神経なんだから」

先を行くルネが、振り向きもせずに返す。

三十六歳の誕生日に、三六〇度の眺望を。それがルネの希望だった。それならと速水が企画したのが、金鵬山の万丈岩登りである。

「大月岩《おおつきいわ》のあたりからは八ヶ岳が見えるよ」

「みたいね」

ルネの胸に仄《ほの》かな思いがよみがえる。八ヶ岳連峰の赤岳にある行者小屋で、四カ月前、二人は出会ったのだった。

そのとき、ルネが早めの夕食を摂っていると、突然、前のテーブルから声をかけられた。

――もしかして、白石さんでしょう。

声に確信がこもっていた。

――僕、速水祐樹といいます。白石さんの大学の後輩です。医学部じゃなくて、教養学部だけど。

速水はいきなり話しかけたことを詫び、不躾にならない程度の距離を取って、山登りのことに話題を移した。ルネは学生時代に山岳部に所属し、奥穂高や白馬三山の縦走などを経験していた。医師になってからは、多忙で山へ行く余裕もなかったが、浦安厚世病院に移って三年がすぎてから、時間を見つけてまた山登りをはじめたのだった。

速水のほうは、大手出版社に就職したあと、山好きの同僚に誘われて山の魅力に取りつかれた口だった。編集者という不規則な仕事を調整しながら、かなりの頻度で登っているらしく、すでに難易度の高い剱岳や北岳も登頂していた。

山の話題で打ち解け、互いに単独行なので同行者を気にすることなく、三十分ほども話し込んでから、ルネはふと、どうして名前がわかったのかと速水に聞いた。

――大学祭のときに、医学部のブースで模擬健診をやってたでしょう。僕、あのとき白石さんに血圧を測ってもらったんですよ。

ルネは医学部でも目立つ存在だったから、他学部の学生にも名前を知られていたのだろう。

――あれから十年以上たつんですね。白石さんはぜんぜん変わってないから、すぐわかりましたよ。

――山で先生はやめてよ。あ、今は白石先生ですね。せっかく仕事を忘れてるのに。

――アハハ。そうですね。

速水は一学年下で、年齢は二歳ちがいだった。

東京にもどってから、速水が連絡してきていっしょに食事をした。そこでも山の話で盛り上がり、翌月には二人で甲斐駒ヶ岳に日帰りで登ることになった。

山登りをすれば、人となりがよくわかる。速水は一見、軽いノリのように見えて、ルネ以上に慎重だった。バツイチらしく、離婚の原因は彼が仕事にのめり込みすぎたことらしかった。

――編集者って原稿をまとめるだけだと思ってませんか。とんでもない。編集者の役割は、書き手が内側に秘めているものを、うまく引き出すことなんです。意外かもしれませんが、作家は必ずしも表現がうまくない。言いたいことをよりわかりやすく、もっと強烈に伝えるにはどうすればいいか。それを四六時中考えて、少しでもいい作品になるようにサポートするのが編集者なんです。

作家が聞いたら怒りそうな発言だが、熱い口ぶりには仕事に対する誇りが感じられた。

速水と山登りをするようになって、ルネの登り方も変化した。それまでは、ただひたすら頂上を目指していた。靴ずれができても、天候が悪くても、とにかく前に進む。医師という職業柄、結果がすべてとストイックに自分に言い聞かせていたからだ。しかし、速水の登り方はちがった。途中に咲く花や鳥の声、苔むした倒木などに目を向け、風を感じて深呼吸をする。時間を忘れ、自然の恵みに感動し、一歩一歩を愉しむような登り方だった。

大月岩に到着すると、十月の真っ青な空に太陽がまぶしく輝き、サングラス越しにも目を細めなければならないほどだった。

「この分なら、三六〇度パノラマは楽勝ね」

ルネが両腕を広げると、速水も目の前に広がる絶景を満足そうに眺めた。

「ここからは右手に富士山を見ながらの道になるよ」

「富士山はいつ見てもいいわね。オランダにはない風景だわ」

ルネが何気なく洩らすと、速水が思い出したように言った。

「オランダと言えば、この前、『悲願の安楽死』という本を作ったんだ。日本では、延命治療を中止して消極的に死なせる尊厳死も、筋弛緩剤などを投与して積極的に死なせる安楽死も、法的に認められていないだろ。その状況を変えるべきだという内容で、オランダのことも書いてあった。オランダでは毎年六千人くらいの人が、安楽死をしてるそうだね」

母親がオランダ人というだけで、しょっちゅう安楽死のことを話題にされる。そのことに食傷気味だったルネは、「らしいわね」とだけ応じた。

反応が芳《かんば》しくないのを察して、速水は弁解するように言い足した。

「その本の著者は神経内科医で、難病のALS患者の治療で苦労したらしくて、日本にも安楽死が必要だと言ってるんだ。ルネは脳外科だから、安楽死や尊厳死にはあんまり縁がないかもしれないね」

「そんなことないわ。現場ではいろんなケースがあるのよ」

速水の認識不足につい声が尖った。

思い出すのは、三年前の横川達男の看取りだ。今でも夢でうなされる。なんとかしなけれぱと焦り、どうにもできなくて、汗びっしょりになって目を覚ます。呼吸が乱れ、闇の中で自問を繰り返す。あのとき、どうすればよかったのか。

幸い、それ以後、尊厳死が必要な状況には巡り合わなかった。運がよかったのでも、腕が上がったのでもない。むしろ逆だ。治療に消極的になったからだ。むずかしい患者を受け持ったとき、ルネは横川のことが念頭に浮かび、積極的な治療に踏み切れなくなっていた。

――ずいぶんと弱気だな。

先輩医長の山際に揶揄《やゆ》されても、ルネは危険な治療に賭けることができなかった。たった一人の悲惨な記憶が、ルネの手足を縛ったのだ。

ナイフで削いだような岩稜《がんりょう》の続く道を、ルネは一歩ずつ踏みしめていく。急勾配でもないのに顔が下を向く。

「積極的な安楽死は議論の余地があるけれど、尊厳死は認めるべきだと思うわ」

唐突に言ったルネに、速水が「えっ」と顔を上げた。

「理由は？」

ルネは歩みを緩めず、自分の思いを告げた。横川の看取りを話し、それ以後、積極的な治療ができなくなったことを伝えた。悲惨な状況になりかけたら治療を中止できる尊厳死さえ認められたら、もっと大胆な治療ができるのにと。

速水は黙々と進むルネに言った。

「患者にすれば、治療に積極的なドクターのほうがありがたいように思えるけど、裏を返せば、危険も大きいということなんだな」

編集者だけあって、話のポイントをつかむのがうまい。ときにこちらがはっとするような意見も返してくる。

「ルネの主張は、医療者側の意見としてまっとうだと思うよ。だけど、現実に尊厳死法が成立しないのは、患者側の危惧があるからじゃないかな」

「危惧って何？　尊厳死法ができたら、医者が患者を殺すとでも言うの」

「そんな単純なことじゃない。早まった尊厳死が、ないともかぎらないということだよ。仲のいい家族ばかりじゃないから」

ルネは無言で登り続ける。速水が実例を挙げた。

「難病や寝たきりで、家族が長い間介護しているときもそうだ。はじめは一生懸命介護をしていても、何年も続くと疲れてくる。そんなとき、家族は早めに尊厳死を選んでしまうかもしれない。さらには、ルネにはちょっと言いにくいけど、尊厳死法があると、中には適当なところで尊厳死に切り替えてしまう医師がいないともかぎらない。そういう事態を防ぐためには、尊厳死法を作らないのがいちばんというのが反対派の主張だよ」

理屈ではそうだろうが、ルネには納得できなかった。彼女は医師であり、尊厳死法がないために、悩む側にいるのだ。

速水はルネの思いを汲み取るように続けた。

「もちろん、今言ったのはまれなケースだと思うよ。だけど、今の日本は犠牲者ゼロの精神が幅を利かせてるだろ。確率は低くても実際に起こり得ることを盾にして、尊厳死法や安楽死法が阻まれてる。そういう反対派を論破するのはむずかしいよ」

「この国にはびこる生命の絶対尊重も困ったことだわ」

「医者の君がそれを言う？」

速水はおどけたように言い、短く笑った。それを無視してルネが続ける。

「死を全否定する人も多いけど、見方を変えれば、死にも肯定すべき面があると思うわ」

「どういうこと」

「祐樹と知り合う前、わたし空木岳《うつぎだけ》で滑落して、死にかけたの」

速水にはまだ話していないことだった。

2

去年、ルネが晩秋の空木岳に登ったのは、山の名前に惹かれたからだ。標高二八六四メートル。無事に登頂し、下山の途中の尾根で、下りたら露天風呂で汗を流そうとか、イワナの骨酒を飲もうとか、よけいなことを考えていた。

足が滑り、一瞬、空と地面が逆になった。登山靴が宙を踏む。

落ちた！

同時に、止まれ！　と思って、全身が反応し、岩面にへばりついた。手応えはあったが、リュックの重さで身体が引きはがされた。激しくバウンドして全身を強打した。手袋越しに岩に爪を立て、止まるかと思った瞬間、またも重いリュックがルネを奈落へ引き込んだ。加速度を感じ、全身に死の恐怖が沸騰した。

次の瞬間、ルネの身体は岩の間にうつ伏せになり、すべてが静止した。なぜ止まったのかわからない。すぐ身体の左側に、絶壁が口を開いていた。

生きている。わずかに空気を吸い込み、自分が呼吸していることを確かめた。どこをどう打ったかわからないが、脊髄《せきずい》をやられていたら寝たきりになる。そう思って手の指を動かした。動く。次は肘。曲がる。足首も動かせる。脊髄は無事なようだ。

よかった。ほっとした瞬間、右胸に登山ナイフで突き刺されたかの激痛が走った。肋骨の骨折だ。指で確認する。少なくとも三本は折れている。どれくらい息が吸えるのか。ゆっくり横隔膜を下げようとして、すぐ顔をしかめた。通常の十分の一も吸えない。痛みと情けなさで涙が滲んだ。

そのまま瞑目して、気力の回復を待った。なすべきことは何か考える。身体の安定。状況の確認。左側は絶壁の谷底。右は滑落した斜面。自分のいる場所は幅六〇センチほどの岩の上だ。

どれくらい落ちたのか。岩を見上げるが、灰色の空が見えるばかりで登山道はまるで見えない。

助けを呼ばなければ。

伏せたまま腹を持ち上げ、リュックのストラップをはずす。痛みに耐えつつ、ズボンのポケットを探る。スマートフォンを取り出すと、スクリーンに亀裂が入り、起動しなくなっていた。ウェアを探るが、前ポケットに入れていたGPSもない。絶望と恐怖が込み上げた。

単独行でガスも出ていたから、滑落に気づいた人はいないだろう。リュックにつけたホイッスルを取り、思い切り吹いてみる。右胸に激痛が走る。それなのにホイッスルはかすれた音しか出ない。これで登山道まで聞こえるだろうか。

歯を食いしばって、できるだけ長く吹いてみる。お願い。だれか気づいて。焦りと恐怖に気持が挫《くじ》けそうになる。人の気配がまったくしない。

落ちたのは午後四時をすぎていた。あたりの空気が冷え、灰色の空が暗さを増す。恐ろしくて、ホイッスルを思い切り吹く。胸の痛みで咳き込み、斧で断ち割られたかと思うほどの痛みが走る。

だれにも見つけてもらえなければどうなるのか。遭難死した登山家の遺体とともに発見された覚え書きを思い出した。狂わんばかりの恐怖の記録。自分もそうなるのか。だれにも見つけてもらえず、飢えと寒さに苦しみながら、何日もかかって死ぬのか。恐ろしい。たった一度の人生が、こんなふうに終わるのか。

助かる可能性はどれくらいか。頑張れば助かるのか。それなら頑張る。しかし、もしここが登山道のはるか下で、ありったけの力で叫ぼうが笛を吹こうが、上に聞こえるはずもない場所なら、努力は虚しいだけだ。

寒い。全身がけいれんするように震える。吐き気もする。日が暮れたら、登山道は無人になる。運命はもう決まっているのに、無駄に歯を食いしばって、じわじわ死んでいくのはいやだ。

逃れる手立てはある――。

簡単なことだ。左側に寝返りを打つだけで、今度は確実に谷底まで落ちるだろう。一瞬で意識も消えるだろう。何ということもない。苦痛もなく、命を終えられる。そのほうがよっぽどいい。

右腕に力を入れ、身体を浮かした。目を閉じて、肘を突けばそれで終わる。楽になれる――。

それは医師ならではの判断だっただろう。死が決まっているのに、無理に引き延ばされる命の苦しみを知っているから。さらには、どんなに苦しんだ患者も、死に顔は完全な無であるのを何度も見たから。

そのとき、早まるなという声が、どこかから聴こえた。希望を捨てるな、とも。ルネは激しく反発した。無責任なことを言わないで。この状況のどこに希望があるの。

いや、可能性はゼロではない。逆に死を選べば、確実にゼロになる。しかし、それでも……。

どれくらい懊悩《おうのう》したのか。朦朧《もうろう》となりかけたとき、ヘリの爆音が聞こえた。小石がパラパラと落ちてきて、身体をロープで固定した救助隊員が斜面を蹴りながら下りてきた。赤と黄色の服を見たとき、幻影を見ているのかと思った。

――大丈夫ですよ。

そう言われた瞬間、身体中に震えの発作が起こり、相手の手をつかんだら放せなくなった。救助隊員はルネを抱きすくめるようにして、巻き上げ式のワイヤーでゆっくりと引き上げてくれた。落ちた距離は一五メートルほどだった。

苦しい死から逃れるため、より楽な死に向かおうとしたとき、ルネの心に兆したのは、絶望ではなく希望だった。仄温かい希望。それは今でも断言できる。

………

「だけど、結局は早まらなくてよかったんだろ」

一部始終を聞き終わってから、速水は反論を覚悟するように弱々しく言った。

「それは結果論よ。もしも助けが来なかったら、恐ろしい苦しみが待っていたんだから。無責任な希望で、苦しむ人に苦痛を押しつける権利はだれにもないはずよ」

「つまり、自殺も肯定するということ？」

「安楽死も自殺でしょ。尊厳死の意思表示も似たようなものよ。それが必要なときは厳然としてあるわ。事実は事実として認めるべきよ」

こういう言い方が、共感を呼びにくいのはわかっていた。そんなとき、ルネは自分を異質な存在だと感じる。割り切りすぎ、話が通じない、やっぱり日本人じゃないと。

「無理に賛成してくれなくていいわよ」

「ああ……」

黙って山頂を目指して進む。山登りは沈黙も不自然でないのがありがたい。

千代《ちよ》ノ満上《みちあげ》で絶壁の稜線を渡るころからガスが流れ、雲行きが怪しくなった。いつの間にか青空が灰色になっている。

ルネが立ち止まって空を見上げた。

「わたしが命を粗末にするようなことを言ったから、バチが当たったのかな」

「珍しいね。ルネが反省してる」

速水が茶化し、ルネも「反省ぐらいするわよ」と返した。

右は絶壁、左はハイマツの斜面の縦走路を進む。万丈岩が霧の彼方から徐々に姿を現した。ラストの尾根を越えて山頂に辿りつく。頂上にはカラフルなウェアを着た先行の登山者が、二十人ばかり休んでいた。

万丈岩は高さ約一五メートル、いくつもの巨岩が台形に積み重なったモニュメントのような岩塊だ。あたりはガスに覆われているが、風があって流れている。空を見上げると、青空もちらほら見えた。

「うまくいけばチャンスがあるかも」

言うが早いか、速水は万丈岩の左手前から登りはじめた。ルネは速水のコースをなぞるようについていく。岩の面にへばりつき、三点支持を確実にしながら次の足場に身体を持ち上げる。最後の出っ張りで、速水は腕をのばし、足を上げて、転がり込むように頂上に上がった。

ルネも続くが、腕の力が足りなくて身体が持ち上がらない。ここまで来てと歯を食いしばる。目をつぶり、死ぬ気で腕に力を込めると、ふいに首が絞まって身体が持ち上がった。速水が腹ばいになって、ルネの襟首を引き上げてくれたのだ。足場を得て、そのまま頂上に転がり込む。

「やっと来たわね」

立ち上がって、まわりを見渡す。ガスが流れ、空気が透明になった。

「ほら、富士山」

速水が南を指さした。薄水色の富士山が裾野まできれいに見える。下に濃い青の山影がグラデーションで重なる。速水が伸ばした腕をゆっくりと時計まわりに動かした。

「こっちが南アルプス、中央アルプス、八ヶ岳、で、向こうが北アルプス。富士山の反対側に浅間山、ぐるっとまわって朝日岳。曲りなりにも三六〇度の眺望」

「曲りなりはよけいよ。でも、すごい」

速水はウェアのポケットを探って、小さな箱を取り出した。

「誕生日おめでとう。これ、ささやかなプレゼント」

ルネが箱と速水の顔を交互に見る。リボンをはずして開けると、金細工の指輪が入っていた。

「僕はバツイチだから、受け取ってもらえるかどうかわからないけど」

「ありがとう。よろこんでいただくわ」

「よかった。石がないからエンゲージじゃないよ。ま、手付ってことで」

「何よ、それ」

怒りながらも嬉しかった。胸に熱いものを感じて、左手の薬指にはめると、ぴったりだった。

ほんの数分でふたたびガスが流れ、あたりが白っぽい霧に包まれた。互いに沈黙したまま見つめ合う。照れて先に目を逸らした速水が、驚きの声をあげた。

「わあ、見てごらん」

斜め後ろを指さす。振り返ると、雲のスクリーンに何かが映っていた。

「ブロッケン現象だ」

うっすらと二人の影らしきものが見える。周囲を薄い虹色に光る輪が囲んでいる。

「きれい、というか、神秘的……」

ルネがつぶやき、ふと現実感を失った。速水も時間を忘れたように見とれている。もしかしたら、これから新たな人生がはじまるのかも。

そう思った瞬間、風が流れて、虹の輪は幻のように消えた。

3

患者の頭側で、麻酔科医長の大牟田寿人《おおむたひさと》が聞こえよがしのため息をついた。

「おい。いつまで腹の縫合《ナート》にかかってんだ。もう麻酔が醒めちまうぞ」

手術台に一人残った研修医が、こめかみに汗を流す。

大腸がんの手術で、腹腔内の処置を終えたあと、執刀医の外科部長は「あとはよろしく」と、先に手を下ろした。第一助手の外科医長も、止血の確認を行い、閉腹《へいふく》は研修医に任せて手術台を離れた。二人がいなくなったとたんに、大牟田が苛立ちを露わにした。彼はこの研修医が大嫌いだった。デブで気弱で鈍くさい。それでいて外科医志望というのだから笑わせる。

「糸の間隔が揃ってないじゃないか。患者はな、傷しか見ないんだぞ。いくら腹の中できれいなオペをしても、傷が汚いとヘタな手術と思うんだ」

患者の頭側からプレッシャーをかける。

「今から筋弛緩剤なんか追加できんからな。もうすぐ患者が痛がりだすぞ」

焦らせるとよけいに研修医の手が震える。まったく不器用な野郎だ。こんなヤツでも二年もすれば、外科医でございって顔をするからムカつく。いっそのこと、無影灯を消してやろうか。

荒い鼻息を吐いていると、手術ガウンを脱いだ外科部長がようすを見にきた。

「どうだ。うまくいってるか」

「……はい」

汗みずくの研修医がマスク越しに答える。

「慌てなくていいからな。ていねいに縫ってくれよ」

外科部長は手術野にしか興味がなさそうで、麻酔科医には見向きもしない。大牟田は顔をしかめ、外まわりの看護師に言った。

「ちょっと、見といてくれ」

あのようすでは、閉腹が終わるまでにコーヒーを飲むくらいの時間はあるだろう。麻酔科医を無視する外科部長にはイラつくが、喧嘩をするわけにもいかない。

大牟田は帽子とマスクを取り、薄くなりかけた頭をガシガシと掻いた。自動販売機でコーヒーを買い、休憩室の椅子にふんぞり返っていると、だれかが入ってきた。脳外科の小向だ。去年、副院長に昇進した幹部で、次期病院長の呼び声も高い。小向にさえ気に入られていれば、外科部長なんかに気を遣う必要はない。

「先生もコーヒーを飲まれますか」

小銭入れを取り出しながら立ちかけると、小向は「いや、けっこう」と、ウォーターサーバーで水を汲み、大牟田の斜め前に座った。

「大牟田先生は赴任されてどれくらいになります。半年？　どうですか、うちの手術部は」

「快適ですよ。小向先生をはじめ、先生方はみなさんオペがうまいですから」

「麻酔科には苦労ばかりかけますね」

「とんでもない」

大牟田は満面の笑顔で手を振る。

「ご苦労されているのは小向先生のほうじゃないですか。スタッフにもいろんなのがいるようだから。だれとは言いませんが」

思わせぶりに言うと、小向が小さく笑った。大牟田がだれのことを言っているのか、察しているようすだ。

「大牟田先生。閉腹が終わりました」

外まわりの看護師が報せに来た。大牟田は小向に一礼して、手術場にもどった。気分は悪くない。おそらく小向も白石ルネにはいい印象を持っていないのだ。

――大牟田先生は、大学はどちらですか。

赴任早々、脳外科の白石が聞いてきやがった。そんなの関係ないだろと思ったが、隠す必要もないのでありのままを答えた。

――関東医大だけど。

そのとき、白石がフッと嗤ったように見えた。なんだ、こいつ。年長者に向かって失礼だろ。

少し前、関東医大の大学入試で、女性の受験生に不利な採点があったことが発覚し、マスコミで騒がれた。彼女の表情は、まるで関東医大出身の男性医師は、ズルをして医者になったとでも言いたげだった。このときから、白石は大牟田の仇敵《きゅうてき》になった。

大牟田の入試の成績がよかったことは、特別寄付金の要求がなかったことからもわかる。それでも学費は六年間で四千万円を超えた。父親が役場勤めだった大牟田家にそんな蓄えはない。母親が父親に頼み込み、先祖から受け継いだ畑を売って賄《まかな》ってくれたのだ。

そもそも大牟田が医者になろうと思ったのは、中学時代の担任のひとことがきっかけだった。

――寿人は町はじまって以来の秀才だから、きっと医者になれっぺよ。

栃木県と茨城県の境の町で育った大牟田は、小中学校を通じて、常に学年トップの成績だった。両親も期待し、彼自身もその気になった。

しかし、宇都宮の進学校に進むと、思ったほど成績はふるわなかった。最初の模擬試験は、四百人中百六十二位。大牟田は文字通り、寝食を忘れて勉強に打ち込んだ。おかげで成績は上がったが、医学部の合格圏内にはなかなか届かなかった。それでも、進路の変更はプライドが許さない。国公立、私立を含め、あちこちの医学部を受け続けて、二浪の末ようやく合格したのが関東医大だった。

入学してみると、大牟田のように苦学して入った者は少なく、都内の開業医の息子たちが潤沢《じゅんたく》な小遣いをもとに、派手な生活を楽しんでいた。大牟田は仲間に入れず、勉強とアルバイトに明け暮れる日々が続いた。

――今に見ていろ。

大牟田の情熱は、立派な医師になって、遊びほうけている同級生たちを見返すことではなく、楽で儲かる科に進んで、彼ら以上にいい暮らしをすることに向けられた。高収入が得られれば、両親にも楽をさせられる。そのためには、まかりまちがっても多忙な外科や内科、医療訴訟のリスクが高い小児科や産婦人科に進むつもりはなかった。

彼が志望したのは耳鼻科だった。耳鼻科なら、緊急で呼ばれることも少ないし、耳が遠い高齢者も多いから、患者には不自由しない。ところが、医局に入ると、教授が厳しい上に、旧態依然の体制で、とてもついていくことができなかった。次に眼科に転科したが、ここも手先の器用さが求められ、期待したほど楽ではなかった。皮膚科も考えたが、女性医師が多いのが気にくわない。そんなとき、フリーの麻酔科医が荒稼ぎをしているという話を聞き、大牟田は麻酔科に入局した。大学病院で二年勤務し、麻酔科の看板が揚げられる標榜医《ひょうぼうい》の資格を取ってから、フリーになった。時間も自由になるし報酬も悪くなかったが、当然のことながらフリーは働いただけしか収入は得られない。稼ごうと思ったら、けっこうハードな予定を組まなければならなかった。さらには、フリーの医者は常勤の医師から根無し草と軽んじられることもわかった。

やはり名のある病院に所属したほうがいい。そう思っているときに、浦安厚世病院で麻酔科医の募集があるのを知り、今年の四月に採用が決まったのだった。四十六歳の彼は、経歴に紆余曲折はあるが、標榜医の資格のおかげで医長の肩書きが与えられた――。

「はい、大きく息を吸って」

麻酔を切って患者に深呼吸を促す。研修医は傷を消毒し、滅菌フィルムを貼り付けている。大牟田は自発呼吸を確認して、患者の気管チューブを抜いた。

「オーケー。終了」

手術終了と同時に覚醒させるのが、麻酔科医の腕の見せ所だ。大牟田はさも自慢げに終了の合図を送った。

4

脳卒中センターのナースステーションは、異様な緊張に包まれていた。麻酔科の大牟田が、術前回診に来たからだ。ブルーの麻酔着にだらんとした白衣を羽織った大牟田は、眉間に深い皺を寄せ、いかにも不機嫌そうだった。

準夜勤務の看護師二人は、大牟田を避けるように病室まわりに出た。残っているのは、遅出の看護師の堀田芳江とルネの二人だけだ。

明日、大牟田が麻酔をかけるのは、ルネが主治医をしている十七歳の少年だった。バイクの事故で、外傷性の水頭症《すいとうしょう》になり、脳室に溜まった髄液を、腹腔内に逃がす細いチューブを挿入する手術を受ける。全身麻酔が必要なので、麻酔科の世話にならなければならない。

大牟田はこの病院に赴任して半年だが、気むずかしさは知れ渡っており、彼が術前回診に来たときには、ヒラの医員はナースステーションに待機すべしというのが、暗黙の了解になっていた。ルネは大牟田と同じ医長だが、堀田から連絡を受けて、すぐナースステーションに駆けつけた。自分が毛嫌いされているのを感じていたからだ。

思い当たることはある。大牟田が麻酔をかけていた開頭手術で、一度、患者がバッキング（しゃっくり）をした。

――危ない！

手術の助手をしていたルネが声をあげた。執刀医の小向が鉗子《かんし》を引いたときだったからよかったものの、脳内の処置中だったら組織を傷つけかねないところだ。

――筋弛緩剤、しっかり維持して下さい。

ルネが要請すると、大牟田は横を向いて舌打ちをした。年下の女性医師に言われたのが気にくわなかったようだ。しかし、ミスを犯したのは大牟田だ。

手術を終えたあと、ルネは年長の大牟田を立てて、「先ほどは失礼しました」と謝罪した。「こちらこそ」と、和解できるかと思ったのに、大牟田はふて腐れたようにこう返した。

――文句を言われるのは慣れてるよ、どうせ麻酔科だからな。

ひがみ根性丸出しだった。そう言えば、赴任の挨拶のときも、出身大学を聞くと急に機嫌が悪くなった。何も思っていないのに、勝手に邪推したらしい。

術前回診で電子カルテを見ていた大牟田が、突然、わざとらしく声をあげた。

「おい、負荷心電図をしてないじゃないか」

負荷心電図は中高年の患者や、狭心症の既往のある患者には必須だが、若くて元気な患者は通常の心電図だけですますことも多い。

「負荷心電図、必要でしたか」

「当たり前だろ。麻酔は負荷なんだよ。負荷心電図がなかったら、どんな反応が出るかわかんねぇだろ」

「ですが、患者は十七歳ですし、これまで発作のエピソードもありません」

「十七歳で発作がなければ、リスクはゼロだと言い切れるのか。一〇〇パーセント、不整脈や心筋梗塞は起こさないと断言できるのか」

「そうは言いませんが、明日の手術は侵襲《しんしゅう》の少ないV-Pシャントですし」

大牟田の顔色が変わった。

「おい、麻酔を甘く見るなよ。V-Pシャントだろうが、脳腫瘍だろうが、麻酔は同じなんだよ。それとも何か、V-Pシャントくらいで、うるさく言うなとでも思ってるのか」

「何もそんなこと……」

明らかに難癖をつけている。ルネは困惑と不快で顔を強《こわ》ばらせた。

「何だよ、その顔は」

大牟田が凄むように立ち上がった。ルネは唇を引き締めて相手を見返した。

「あんた、麻酔科をバカにしてるのか。こんなんじゃ、麻酔はかけられねぇ」

大牟田がバンッとテーブルを叩いた。離れたところで堀田が「ひっ」と小さい悲鳴を上げた。

このままだと喧嘩になる。迷惑を蒙《こうむ》るのは患者だ。そう思ってルネは怒りを抑え、頭を下げた。

「申し訳ありませんでした。なんとか麻酔をお願いできないでしょうか」

「無理だね。負荷心電図がないと安全を請け合えない」

「でも、もう検査室は閉まってますし、トレッドミルを動かすこともできませんので」

「マスターの負荷試験ならできるだろ」

トレッドミルはベルトコンベアの上を歩いて負荷をかける検査だが、マスターは踏み台昇降なので、病室でも可能だ。しかし、今からそれをやるとなると、患者は不安を抱くだろうし、ルネも主治医の信用を失いかねない。大牟田はそれを見込んで、わざと難題を押しつけているのだ。

「今から検査をするのは、患者さんにも負担ですし、すぐに夕食の時間になります。負荷心電図を省略したのはわたしのミスです。以後、気をつけますので、今回だけはこのままお願いできませんでしょうか」

ふたたび深々と頭を下げた。悔しいが、麻酔をかけてもらわないとどうにもならない。

「お断りだね。こんな杜撰《ずさん》な検査で麻酔をかけさせられたら、危なくて仕方がない」

「これだけお願いしてもだめですか」

「ああ」

いったいどこまでいたぶるつもりだ。ルネはこらえていた息を吐いて、頭を上げた。

「わかりました。では、小向先生に相談してきます」

大牟田がぎょっとするのがわかった。

「副院長に相談してどうするんだ」

「事情を話して、小向先生が検査をやれと言えばやります」

「もう副院長は帰ってるんじゃないのか。六時近いぞ」

「まだ、いらっしゃいます」

明らかに形勢逆転だった。大牟田は以前から小向におもねっていたから、難癖を知られると困るのだろう。忌々《いまいま》しそうに唇を歪め、目線を宙にさまよわせてから露骨な舌打ちをした。

「仕方ねぇな。今回だけは受けてやるよ。次からはやるべきことをやってくれよ。わかったな」

そう言い残して、ナースステーションを出て行った。

「何なんですか、今の。感じ悪いわぁ」

堀田がルネの横に来て、大牟田が消えたあとをにらんだ。ルネはヤレヤレというように椅子に腰を下ろす。

「あの先生、わたしを嫌ってるのよ。仕事なんだから、好き嫌いは抜きでやってほしいんだけど」

「大牟田先生って、ひどい女性差別者みたいですよ。きっと、過去にフラれたか何かで、女性に痛い目に遭ってるんですよ」

また堀田の当て推量の悪口だ。注意したいが、面倒なので「かもね」と軽く受け流した。堀田はまだ言い足りないように言い募る。

「知ってますか。あの先生、三流の私立医大に二浪もして入ってるんですよ。劣等感のかたまりで、地方出身もコンプレックスになってるらしいです。白石先生みたいに、都会育ちで公立大卒のドクターがうらやましくて仕方ないんじゃないですか」

大牟田の相手で疲れていたルネは、壁の時計に目をやって堀田に言った。

「もう六時よ。遅出は六時まででしょう。ご苦労さま」

「あ、ほんとだ」

堀田も時計を見上げ、そそくさと帰り支度をはじめた。

5

翌日のV-Pシャントは、問題なく終了した。

手術の開始前、ルネは大牟田に、「よろしくお願いいたします」と声をかけ、終了後には、「ありがとうございました」と頭を下げた。大牟田は小向に告げ口をされることを警戒しているのか、そっぽを向いたまま一応うなずいて見せた。冷戦にはちがいないが、ルネには有利な膠着状態だ。

数日後、ルネは速水と会う約束をして、ちょっと高級なタイ料理の店を予約した。誕生日プレゼントへのお返しを兼ねて誘ったので、できれば予定通りに行きたい。患者の急変や緊急入院がありませんようにと祈りながら、仕事を片付けていると、堀田が含み笑いの顔で近づいてきた。

「白石先生。今日は何かいいことあるんですか」

「どうして」

「だって、その指輪」

速水からもらった指輪は、勤務中ははずしているが、今日は病院を出たあとはめるのを忘れないように、夕方、薬指にはめたのだ。

「堀田さん、目ざといわね。これは友だちが誕生日にくれたのよ。今日はそのお返しにご馳走しようと思ってね」

「いいな。友だちって彼氏でしょう。うらやましいです。でも、超美人の白石先生なら、モテて当然ですよね。あたしなんか、彼氏いない歴二十ウン年ですからね」

自虐的に言って、忌々しそうな笑いを洩らした。

電子カルテの記載をすませ、明日の検査予定を確認して、更衣室で白衣から私服に着替える。幸い緊急事態は起こらず、スムーズに病院を出ることができた。予定の五分前に店に着くと、ウェイティングルームでジャケット姿の速水が待っていた。

「早いね」

「エスニック料理は大好きだから、待ち遠しくて」

ウェイターに案内されて、奥のテーブルに向かった。ドーム状の天井にオリエンタルな照明が下がっている。

「この前はありがとう。万丈岩からの眺め、すばらしかったわ」

「一瞬だったけど、ブロッケン現象も見られたしね」

速水はルネの左手の指輪を素早く確認し、満足そうに微笑んだ。

シーフードの冷菜とスパイシーサラダに続いて、豪華なトムヤムクンが運ばれてきた。

「このお店のトムヤムクンは、エビの代わりにロブスターが入ってるのよ」

土鍋風の器に、赤い温泉に浸かっているみたいなロブスターが、爪を皿の縁にかけている。

「スイスでは、生きたロブスターを調理するとき、熱湯に入れるのを禁じる法律があるらしいね。ロブスターには苦痛を感じる神経があるそうだから」

雑学に強い速水が蘊蓄《うんちく》を披露した。ルネはふと仕事モードになる。

「さすがは安楽死の先進国ね」

スイスには、海外から安楽死を希望する人を受け入れる団体が複数あり、日本人も何人か受け入れられている。その絡みで、速水が話しはじめた。

「今、ニュースになってる岩手県の承久《じょうきゅう》市立病院の連続尊厳死事件、ルネも知ってるだろ。知り合いのライターに聞いたら、妙な展開になってるらしいよ」

「どんな？」

「遺族が内科部長の味方をしはじめたらしいんだ」

承久市立病院では、内科部長が過去四年間に、患者七人の気管チューブを抜いて、尊厳死させたことが発覚して、少し前からマスコミを騒がせていた。ルネも興味はあったが、忙しくて新聞記事の斜め読みしかしていなかった。

「そもそも、あの事件がどうして発覚したか知ってるかい」

首を振ると速水が説明した。

「もともと、内科部長は病院の看板ドクターだったんだ。そこへ新しい院長が奥州《おうしゅう》大から赴任してきた。内科部長は格下の盛岡医大出身で、院長は内科部長の評判がいいのが気にくわない。それで院長派の看護師長が、最近の尊厳死を見つけ出して、院長に報告したんだ。院長はここぞとばかりに調査委員会を立ち上げて、過去の尊厳死についても調べた。院長として当然かもしれないが、警察に不審死として届け出て、マスコミに情報が洩れて大騒ぎになったというわけさ」

「じゃあ、院長のやっかみが事件の発覚につながったわけ？」

「内科部長サイドからの情報だけどね」

「事件が発覚したあと、新聞や週刊誌は内科部長への批判一辺倒だっただろう」

「で、妙な展開って」

たしかにメディアの論調はバッシングに近いものだった。問題視されたのは、内科部長が「阿吽《あうん》の呼吸」で尊厳死を行っていたことだ。内科部長はこう釈明した。

――患者の意識がないとき、家族に尊厳死の同意書を書かせることは、心理的な重荷を背負わせることになる。そのつらさは医師が背負うべきだと判断した。

それに対し、メディアは『同意なしに、尊い命を終わらせたことは許し難い』と非難を続けた。当然ながら、メディアは患者の遺族にも取材を行った。当初は曖昧な証言だったが、メディアが批判を繰り返し、内科部長がテレビや週刊誌で攻撃の的になると、遺族が彼を擁護しはじめたのだと、速水は言った。

「先生には感謝していますとか、今でも立派な先生だと思っているとか、全面的に内科部長の側に立つ証言が相次いだんだ。困ったのは、内科部長を殺人医師、暴走医師などと非難したメディアだ。振り上げた拳の下ろしどころがなくなったも同然だからな」

それで今は、終末期医療のあり方はどうとか、尊厳死は他人事じゃないとか、抽象的な話にすり替わりつつあるとのことだった。

話が終わると、メインのソフトシェルクラブのフライが運ばれてきた。カレー風味の甘いソースが香ばしい香りを立てる。

「このカニ、柔らかくて最高だね」

速水が深刻な表情から一転、笑顔になった。ルネも甲羅ごとムシャムシャ食べる。頰張りながら、ふと、このカニはどんな死に方をしたのかという思いがよぎった。ラストにフレッシュハーブの炒飯が出て、二人とも満腹になった。話が途切れたところで、ルネが思い出したように聞いた。

「承久市立病院の内科部長は、その後どうなったの」

「任意で警察の聴取を受けてるはずだ。逮捕はされていないけど、書類送検はされるだろうね」

「のんきに構えてるけど、祐樹はその意味わかってるの」

「何のこと」

「もし、内科部長が逮捕されたら、尊厳死イコール逮捕という空気が医療現場に広がるのよ。そうなったら、悲惨な延命治療が増えて、ひどい状態の患者が放置されるわ」

ついきつい口調になった。三年前の横川のことが脳裏をかすめたからだ。内科部長が逮捕されれば、ルネにとっても他人事ではなくなる。しかし、もう三年もたっているのだし、その後は何の動きもないのだから、気にすることはないだろう。

そう考えて、ルネはなんとか動揺を抑えた。

6

その日、大牟田は苛立っていた。

今夜は当直で、しかも明日は脳外科の長時間の手術に麻酔をかけなければならない。当直明けくらい、楽な手術につかせてほしいが、人手不足でそうもいかない。

午後、大牟田は洗いざらしの白衣を羽織り、明日の麻酔の術前回診に向かった。六階の脳卒中センターに行くと、仇敵の白石ルネがいて、医長の山際逸夫としゃべっていた。ムカつきながら電子カルテを開き、血液検査のデータを麻酔表にコピーしていく。

「えー、嘘でしょう」

突然、白石が声をあげた。山際が何かおかしなことを言ったようだ。山際は大牟田より五歳下だが、同じ医長で先任だから態度がでかい。大牟田は苛立ちをこらえて患者のデータを調べ続けた。

「アハハハハ」

今度は笑い声だ。大牟田は我慢できずにカウンターを叩いた。

「ちょっと、静かにしてもらえませんか。こっちは仕事してんだから」

「あ、すみません」

白石が小さく謝る。叱られた小学生のようにペロッと舌を出した。その仕草に大牟田の怒りが爆発した。

「おい、ふざけてるのか」

怒鳴ると、ナースステーションの空気が凍った。白石は謝ることもできず、色の薄い瞳を瞠《みは》っている。山際が取りなすように何か言いかけたが、声を聞くのも鬱陶しいので、大牟田は席を蹴るようにして立ち上がった。

「こんなところじゃ仕事にならん。術前回診は後まわしだ」

言い捨てて、ナースステーションを出て行った。

「なんだ、あいつは」

あきれたようにつぶやく山際の声が背後に聞こえた。

＊

その夜、堀田芳江も苛立っていた。

三交代勤務の日勤・深夜の日で、午後四時まで働いて、また午後十二時から翌朝の午前八時まで勤務しなければならない。病院に隣接する寮に帰って仮眠するが、明るいうちからそうそう眠れるものではない。

それに今日は、特に腹の立つことがあった。昨日、美容院で髪を切ってショートボブにしたら、白石ルネにこう言われたのだ。

——むかしの女の子の髪型みたいね。

だれかが「オカッパ？」と言い、まわりの看護師が笑った。笑ったのは白石ではないが、きっかけを作ったのは白石だ。

堀田は白石を真似てショートにしたのだが、自然なウェーブのある白石とちがって、堀田の髪はサラサラなのでペシャンとなってしまう。まるでカッパみたいと言われたように感じ、堀田はカッと汗が出るほどの屈辱を感じた。愛想笑いでごまかしたが、もちろん白石は気づいていないだろう。あの女は典型的な鈍感女なのだから。

むしゃくしゃして寝そびれたあと、堀田は大判のカップ焼きそばを食べ、冷凍のたい焼きを二枚解凍して、ダイエットコーラで流し込んだ。

このまま深夜勤務に入ると眠くなるので、早めに寮を出てコーヒーでも飲もうと、病院のロビーに立ち寄った。

照明の消えたロビーで、自動販売機の缶コーヒーを立ち飲みしようと思ったとき、待合室のベンチにだれかが座っているのが見えた。ブルーの麻酔着にだらんとした白衣を羽織っている。堀田と同じく、自動販売機の飲料を飲んでいるようだ。

「あら、大牟田先生。当直ですか。お疲れさまです」

挨拶すると、大牟田はだれだというように斜めに見上げ、堀田を認識したようだった。興味なさそうに、手にしたジンジャーエールをぐびりと飲む。立ち去らずにいると、

「脳卒中センターの看護師か」

大牟田は背もたれに上体を預けたまま話しかけてきた。

「脳卒中センターは今夜、緊急手術はないだろうな。この前、術後出血で夜中にオペをやりやがって、こっちは大迷惑だったんだ」

「その執刀、もしかして白石先生ですか」

「うん？　……白石じゃねえよ」

不審そうに堀田を見上げ、「だけど、なんでそう思う」と低く聞いた。

「別に理由はありません。でも、今日の夕方、術前回診のときたいへんでしたね。白石先生はいつもああなんです。こっちが仕事をしてるのに、おかまいなしにペチャクチャしゃべって」

「へえ、そうなのか」

大牟田が話に乗ってくるそぶりを見せたので、堀田は同じベンチの端に座った。

「白石先生は美人なのを鼻にかけて、傍若無人ていうか、空気が読めないところがありますから。男のドクターもデレデレしちゃって、だらしないんですよ」

「山際もそうだな」

「だから、夕方大牟田先生がガツンて言ってくれたんで、あたし、ちょっとスッとしたんです」

大牟田の表情が陰湿に緩む。

「あんたも白石が嫌いらしいな」

「当然ですよ。病棟で白石先生を好きなナースなんかいませんよ」

「だろうな。俺もムカつきっぱなしなんだ。あいつがいるだけで気分が悪い」

「わかります。それにここだけの話、白石先生って陰口がすごいんです。無邪気なふりをして、ドクターの悪口を言いまくってますから」

大牟田の顔がどす黒く歪む。

「俺のことも言ってるのか」

「言ってますよぉ」

堀田は上目遣いに声を落とす。「大牟田先生は劣等感のかたまりで、地方の出身で二浪もして三流の私立医大にしか入れなかったから、公立大を出たドクターを敵視してるって」

「くそっ。あの女、ぶち殺してやる」

「すみません。忘れてください」

「忘れられるか。ちくしょう。見てろよ、今に吠《ほ》え面《づら》かかせてやる」

堀田は大牟田の剣幕に恐れをなして、あたりを見まわした。だれかに聞かれたら、自分が出任せを言ったことがバレる。だが、ロビーには二人以外だれもいなかった。

「しかし、白石はガードが堅そうだからな。医療ミスでもやってくれればいいんだが」

大牟田のつぶやきに、堀田はふと閃《ひらめ》くものがあった。

「大牟田先生。これ、あたしが言ったってぜったいに言わないでくださいよ。実は、白石先生、以前、尊厳死をやってるんです」

大牟田の目が鋭く光った。獲物のにおいを嗅ぎつけたヤクザの目だ。

「いつの話だ」

「三年前です。クモ膜下出血の患者さんに」

「方法は?」

「気管チューブの抜管です。すぐにステる(=死ぬ。ドイツ語の sterben から)かと思ったら、患者さんがうめき声をあげてたいへんだったんです」

「薬は使ったのか」

「ええ。ドルミカムと、たしかミオブロックを」

大牟田の眉間がうねる。

「ミオブロック?　筋弛緩剤を使ったんなら安楽死じゃないか。で、そのあとどうなった」

「どうもなりませんよ。なかったことにされてるんです。遺族をうまく丸め込んで」

「おかしいじゃないか。安楽死を放置したら大問題だぞ」

「でしょう。あたしもそう思うんです。だけど、看護師じゃどうにもできないし」

「わかった。その患者の名前と入退院の日を教えてくれ」

堀田は横川達男の名前を伝え、日付は覚えていなかったので、亡くなったのはたしか十月だったとだけ教えた。

大牟田は狡猾そうに口元を歪め、ぬるくなったジンジャーエールをうまそうに飲んだ。

堀田も目を細めて缶コーヒーを啜《すす》る。二人の間に隠微な絆ができたようだった。

大牟田はふと思いついたように、受付カウンターの上に掲げられたパネルを見上げた。

「俺はこの病院憲章ってヤツも気にくわないんだが、ここの医者はみんな本気であんなことを考えてるのか」

病院憲章には次のように書かれていた。

『浦安厚世病院は、〝患者さま第一主義〟をモットーとし、患者さまと医療者の信頼、連帯を実現するため、日々、最新最善の医療を目指します』

堀田もパネルを見上げて、意地の悪い笑みを浮かべた。

「これは橘院長が来てから作ったんです。院長はきれい事が大好きですから」

「らしいな。患者にいい顔をして、人気取り専門みたいだもんな」

堀田にはどうでもいいことだったが、大牟田は橘にも反感を抱いているようだった。それより、今は横川の死を大牟田に伝えたことのほうが手柄に思えた。もしかしたら白石を窮地に追い込めるかもしれない。

「じゃあ、あたしはこれで」

堀田はベンチから立ち上がり、飲み干したコーヒーの缶をゴミ箱に捨てた。病棟へ向かう彼女は、楽しみがひとつ増えたという顔だった。

7

麻酔科の医局は四階の中央手術部にある。

午前零時。がらんとした医局には、当直の大牟田しかいない。

モニターの前に座り、先ほど堀田に聞いた患者の電子カルテをさがし出す。麻酔科の医師は術前回診でチェックする必要上、どのカルテも自由に閲覧できるパスワードを持っている。

横川達男。入院は三年前の十月十六日、退院は同二十六日。転帰は『死亡』となっている。退院時のサマリーには次のようにある。

『10月16日　ＳＡＨ（クモ膜下出血）にて、心肺停止状態で救命救急センターに緊急入院。蘇生処置にて心拍再開。人工呼吸器装着。翌日、脳卒中センターに転室。

以後、集中的加療を継続するも多臓器不全併発。

同26日20時02分　永眠される』

安楽死のことは書いていないが、当然だ。書けるはずもない。治療経過の最終ページを見ると、たしかに白石は意図的に治療を中止しているようだった。ただし、それが安楽死に当たるかどうかは微妙なところだ。

肝心の患者の死亡時に関わる記載は、次のようだった。

『18：50　抜管。抜管後、喘鳴《ぜんめい》、発声あり。呼吸音：全域湿性ラ音。肺水腫。

18：55　ドルミカム３Ａ iv　著変なし。

19：10　ホリゾン２Ａ iv　状態やや落ち着く。

19：55　ミオブロック３Ａ di　喉頭筋弛緩目的にて。

20：02　呼吸停止　心停止　瞳孔散大　死亡を確認す』

Aはアンプル、ivは静脈注射、diは点滴投与を示す。ドルミカムとホリゾンは鎮静剤だから、静脈注射をしても安楽死には当たらない。ミオブロックは、静脈注射をすれば呼吸筋麻痺で死亡するので、安楽死と見なされる。しかし、点滴では必ずしも呼吸は停止せず、カルテにも『喉頭筋弛緩目的にて』、すなわち発声を抑えるための投与とあるので、安楽死と断定するには無理があるかもしれない。これではせいぜい尊厳死だ。

大牟田はデスクに片肘をついて、モニターをにらみ続けた。これであの生意気な白石を追い詰めることができるだろうか。尊厳死というだけでは弱い。どこかにもっと決定的な落ち度はないものか。

考えていても仕方がないので、堀田にＬＩＮＥを送ることにした。今後の連絡に備えて先ほど「友達」に追加してある。

《横川のカルテを確認した。ミオブロックは点滴だから、安楽死とするには弱いぞ》

向こうは深夜勤務中のはずだが、すぐに返信が来た。

《ミオブロックは静注だったと思いますよ》

そうなのか。それなら、安楽死で追及できる。しかし、カルテの記載ではミオブロックの投与から死亡確認まで七分かかっている。静脈注射なら、一、二分で呼吸は停止するはずだ。やはり点滴だったのではないか。

モニターをにらんでいると、追加のＬＩＮＥが来た。

《介助した看護師から静注と聞いたので、まちがいないとおもいます》
《カルテにはdiとしか書いてないぞ》
《たぶん嘘を書いたんでしょう。あとで問題にならないように》
なるほど。ガードの堅い白石なら、それくらいはするかもしれない。それが証明されれば、安楽死の実行に加えて、隠蔽《いんぺい》工作でも追撃できる。
《証明できるか》
《看護記録と突き合わせたらいいんじゃないですか》
思わず指を鳴らした。三年前は看護記録が手書きだったそうだから、カルテ庫に行けば見られる。すぐにでも行きたいが、カルテ庫の鍵は事務部にある。こんな夜中に、事務部の当直に借りると怪しまれる。かといって、平日の勤務時間内でも理由を詮索されかねない。
《看護記録はあんたが見に行ってくれ。医者が見に行くと目立つから》
堀田に確認してもらえればと思ったが、返事はすぐ来なかった。次の説得を考えていると通知音が鳴った。
《先生が確認するほうがいいと思います。看護師では判断できないので》
堀田も渋っているようだ。大牟田は苛立ちながら頭を巡らし、《それなら二人で見に行こう》と、半ば自棄のようなメッセージを送った。さらに畳みかけるように送る。
《次の日曜日、俺は午後から当直だ。悪いが二時過ぎに病院に来てくれないか》

日曜日なら人も少ないので、詮索される危険性も低い。堀田はどうせ寮で暇にしているにちがいないとの読みで送ったら、意外な返事が来た。
《日曜日は私も日勤です。四時半に申し送りがすみますから、そのあとに行きます》
夕方なら時間帯も悪くない。
《了解。また連絡する》
時計を見ると、午前二時を過ぎていた。大牟田は当直室に入って、勢いよくベッドに横になった。彼もまた楽しみが増えたという顔だった。

8

日曜日の午後、大牟田は当直室のベッドに寝転がり、スマートフォンのゲームで時間をつぶした。緊急手術がないと、当直は暇で生あくびが止まらない。この時間を勉強に当てる者もいるが、大牟田は今さら論文を書く気もないし、新しい麻酔のトピックスにも興味がなかった。

LINEの通知音が鳴り、堀田から日勤の申し送りが終わったと報せてきた。

《わかった。事務部に下りていく》

大牟田はプリントアウトしたカルテを持って、中央手術部から一階の事務部に向かった。エレベーターホールからロビーに出ると、自動販売機の横に堀田が立っていた。

「待たせたな」

「あたしも今来たとこです」

堀田は色の悪い歯茎を見せて笑った。

「カルテ庫の鍵は、あんたが借りてきてくれるか」

「了解です。看護記録を見る理由も考えときました。院内セミナーで手書きと電子化のちがいを比較したいのでと」

堀田は悪知恵を誇るように言い、いそいそと事務部に入って行った。一分もしないで首尾よくカルテ庫の鍵を持って出てくる。

地下のカルテ庫にはこれまで足を踏み入れたことはなかった。鉄の扉を開くと、カビ臭いにおいが流れ出た。壁のスイッチで蛍光灯を灯す。古いカルテと看護記録が、年代別にスチールラックに保管されている。堀田が先に立って三年前の棚に移動した。入院番号順に整理されているので、見つけるのは簡単だ。

「ありました。これです」

横川の入院は十一日間だったので、看護記録もさほど分厚くはない。大牟田はページを繰り、期待を込めた目で紙面を追った。

十月二十六日の記録は次のように書かれていた。

『17：40　主治医指示により、胃チューブ抜去。心電図モニター中止。輸血ルート抜去。インフュージョン・ポンプ中止。眼部ガーゼ交換。

18:15 家族到着。主治医により気管チューブ抜去の説明。
18:50 人工呼吸器停止。
18:51 主治医により気管チューブ抜去。
家族が身体を揺すり、うめき声あり。
18:54 ドルミカム 2A iv
18:56 ドルミカム 1A iv
喘鳴持続。
19:12 主治医指示により、ホリゾン2A iv
喘鳴やや軽快。喀痰《かくたん》増量、吸引。
19:26 喀痰吸引。口腔出血あり。
19:42 手術部よりミオブロック3A借り出し
19:50 主治医指示により、ミオブロック2A di
19:58 主治医指示により、ミオブロック1A iv
19:59 呼吸停止
20:02 死亡確認

記録者の欄には、『井川』とある。
大牟田が電子カルテのコピーとせわしなく見比べながら、興奮した声を出した。

「おい。白石の記載よりずっと詳しいじゃないか。白石のは五分刻みだが、こっちは一分刻みだ」

「そりゃそうですよ。ナースは手の甲にボールペンで記録しながら、介助するように訓練されてますから」

そう答えて、堀田はそわそわと看護記録をのぞき込む。

「で、どうです。ミオブロックは静注でしょう」

大牟田は記録の最後を指ではじき、ふんと荒い鼻息をひとつ吐いた。勝利を確信した司令官のように厳かに言う。

「最初の二アンプルは点滴だが、一九時五八分に投与した一アンプルは、ivと書いてある。まちがいなく静注だ。で、呼吸停止はその一分後だ。これは立派な安楽死だ」

「でしょう。やっぱり白石先生、嘘の記録を書いてたんだ」

堀田がウキウキした顔で言う。蛍光灯の光の下で、大牟田の目は宝の地図でも発見したかのように輝いた。

9

安楽死の証拠をつかんだ大牟田は、それをどう使おうかと算段を巡らせた。できるだけ白石ルネをいたぶるにはどうすればいいか。それを考えるのは、存外、愉しい作業だった。

決定的な弱みを握ると、不思議と憎悪も和らぐ。大牟田は朗らかになり、麻酔科の同僚にも愛想がよくなった。

「大牟田先生。機嫌がいいですね。何かいいことでもあったんですか」

中央手術部の看護師に聞かれた。

「別に何もないぜ」

軽くいなしながら、ますますいい気分になる。

白石は相変わらず慇懃《いんぎん》な態度を崩さないが、大牟田はそれも余裕で受け流した。むろん、彼女を許したわけではない。人を舐めたような振る舞いと、許し難い陰口の代償が、どれだけ高くつくか今に思い知らせてやる。

自宅の賃貸マンションに帰ると、大牟田はコンビニで買ったいちばん高い弁当を肴に、ビールとウイスキーの水割りを飲む。食事が終わると寝室に行き、垢じみたベッドに寝ころぶ。チビチビと水割りを飲んでは蜜の味の空想を巡らせる。

俺が安楽死の情報を握っていると知ったら、白石は驚き、口止めのために土下座するかもしれない。そしたら俺は、その頭越しに言ってやる。これまでずいぶんと俺をバカにしてくれたな、この患者殺しの犯罪医者め、おまえの命運はこの俺が握っているのも同然だと。白石は恐怖に打ち震えるだろう。

じわじわと追い詰めて、仕事が手に着かないようにしてやるのもいい。あるいはマスコミにバラすと脅すのもいいかもしれない。そうすればあいつはもう俺の言いなりだ。

ずだ。

さらにウイスキーを呷《あお》ると、新たな考えが浮かんだ。安楽死のネタは病院への不満解消にも使える。医長の肩書きはくれたものの、未だにヒラ医員と同じペースで当直させられている。収入だってフリーのときより低い。もっと待遇をよくしてくれてもいいはずだ。

堀田はたしか、白石が遺族を丸め込んで、安楽死をなかったことにしたと言っていた。遺族が知れば、当然、病院に賠償を求めるだろう。その金額は五千万、いや、一億になるかもしれない。口止め料として、俺が待遇改善を求めても拒否はできないだろう。

翌日、ほくそ笑みながら出勤すると、堀田から昼前、ＬＩＮＥが入った。

《白石先生がまた大牟田先生の悪口を言ってます。あの先生が結婚しないのは、ケチだからって》

大牟田はスマートフォンを持つ手が怒りで震えた。ことさら俺を貶め、笑いものにしているのか。もう一刻の猶予もならない。

頭に血が上った大牟田は、その場で脳外科の医局に内線をかけ、白石を呼び出した。

相手が出るなり受話器に怒鳴った。

「おまえは人殺しだ」

「何ですか、いきなり」

白石は硬い声で応じた。

「おまえが患者殺しの医者だと言ってるんだ」

「大牟田先生ですね。聞き捨てなりませんよ」

「ああそうかい。聞き捨てならなかったらどうするんだ」

「失礼じゃないですか。いったい何の言いがかりですか」

「自分の胸に聞いてみろ。バカ野郎」

「……」

力任せに受話器を叩きつけた。白石が言葉に詰まったのは、思い当たることがあったからだ。彼女が火消しに動く前に、先手を打つ必要がある。

大牟田はいつものだらんとした白衣を羽織って、麻酔科の医局を出た。エレベーターで病院最上階にある幹部用のエリアに上がる。院長室はいちばん奥だ。

分厚い扉をノックすると、中から「どうぞ」と声がかかった。

「失礼します」

院長の橘洋一郎《よういちろう》は、東京湾が見渡せる大きな窓を背に、執務机から怪訝《けげん》そうな顔を向けた。手前に応接用のソファがあるが、大牟田に勧めるそぶりはない。構うものか。いずれ下にも置かない扱いにならざるを得ないのだ。

大牟田は遠慮のない足取りで進み、院長の正面に立った。

「お忙しいところ恐縮ですが、院長に折り入ってお話ししたいことがありまして」

橘は雰囲気を察したらしく、改めて大牟田に目線を向けた。

「どんな話です」

きちんと整髪したロマンスグレーの髪、六十すぎにしては表情も若々しい。いかにも育ちがいいエリート然とした風貌に、大牟田は前から反感を抱いていた。

「先日来、マスコミを騒がせている承久市立病院の連続尊厳死事件、院長はどう見ていますか」

突然何を言うのかというような間を置き、橘は穏やかに答えた。

「私も興味は持っています。尊厳死は前から議論されているが、一向に法制化されませんね」

「安楽死についてはいかがですか」

「尊厳死よりさらにむずかしいですね。それが必要なケースは厳然として存在するのに、世間はなかなか納得しませんから」

大牟田は橘の言葉に耳を傾けず、じっと相手の目を見つめた。異様な雰囲気に気づいた橘が、身構えるようにして訊ねた。

「なぜまたそんなことを？」

「この病院で、承久市立病院以上の問題行為が発覚したからですよ。明らかな安楽死事件です」

橘は顔色を変え、疑念と不審のまざった表情を浮かべた。心当たりはなさそうだ。

「三年前の十月です。現場は脳卒中センター、ご記憶ありませんか」

「そんな報告は受けていない。君は何を根拠にそんなことを」

声の穏やかさは消え、警戒の色合いが強まった。大牟田はポーカーで必勝の手を開くギャンブラーのような含み笑いで告げた。

「横川達男、六十六歳。クモ膜下出血の患者です。主治医は白石ルネ。家族を丸め込んで、ミオブロックを静注しています」

「待ちたまえ。証拠でもあるのか。デマやハッタリではすまされんぞ」

証拠もなしにこんな話を持ってくるわけがないだろ。大牟田は勝ち誇ったように笑みを浮かべ、言葉をかぶせた。

「安楽死だけにとどまりません。主治医はカルテに嘘の記載をして、隠蔽工作までしてるんです。証拠もあります。お望みならお目にかけますよ」

橘は険しい表情で大牟田を見据えながら、必死に状況を分析しているようだった。大牟田が何らかの意図をもってこの場にいることを見抜き、強ばった声を発した。

「詳しいことはあとで調査する。それで君は、何か言いたいことがあるのかね」

「察しがいいですね。私は善良な医師として、まともな病院で働きたいんですよ。浦安厚世病院は、違法な安楽死を行い、隠蔽工作までした医師を、雇い続けるようなことはしませんよね」

「白石君をやめさせろというのか」

「今すぐに」

橘は首を振った。

「それは調査次第だ。一方的にやめさせられないことくらい、君にもわかるだろう」

「そんなことを言われても困りますよ。私は彼女にたいへんな迷惑を被ってるんですからね。彼女は悪知恵が働くから、あの手この手で自分を守ろうとしますよ。そもそもカルテに嘘を書いていること自体、発覚したときの備えをしてるってことでしょう。私は即時、懲戒解雇を要求します。もし、院長がこの件に応じないのなら――」

言葉を切ると、橘が息を呑むのがわかった。いい気味だ。大牟田は笑いが込み上げるのを抑えて続けた。

「すべてを公表します。マスコミは大喜びで飛びつくでしょうな」

「君は病院を脅迫する気か」

必死に威厳を保とうとしているが、声が震え、顔が土気色になっている。脅迫という言葉に反応して、大牟田のこめかみに青筋が立った。

「人聞きの悪いことを言わないでいただきたい。私は病院のためを思って言ってるんです。もたもたして、病院ぐるみで隠蔽していると見られたら、それこそ浦安厚世病院は終わりですよ」

圧倒的に有利な立場で相手を追い詰めることが、これほど快感を伴うとは知らなかった。大牟田はさらに次の要求へと駒を進める。

「安楽死の事実は、遺族も知らないようです。もしそれが露見したら、当然、賠償を求めてくるでしょう。マスコミが報道したら、病院はたいへんな不名誉を被るだけでなく、多額の賠償金も支払わなければならない。そんなことになるより、白石の懲戒解雇ですますほうが、よっぽど病院にも被害が少ないのじゃないですか」

橘は答えない。いつも余裕綽々《よゆうしやくしやく》に構えている院長の動揺は、のどをくすぐられるような心地よさで、大牟田は思わず嗤った。

「それから口止め料と言っては何ですが、私の待遇も少し考えていただきたいですな。私ももうベテランですから、当直や長時間の麻酔は免除してほしいんです。部長とは言いませんから、副部長の肩書きをいただけませんかね。それで年俸のほうも五割増しくらいでお願いできたらと思うんですがね」

ニヤニヤ笑いを浮かべる大牟田に、橘は声を震わせて答えた。

「君の肩書きや年俸は、私の一存では決められない。厚世会本部の了解が必要だ」

「だったら本部に言ってくださいよ。病院の存続に関わる危機的な状況が発生して、それを丸く収めるために必要なんだって」

「そんな特例が認められるとは思えんな。まずはこちらで調査してからの話だ。カルテの記載も勘ちがいや、入力ミスもあり得るだろうから……」

目を逸らした橘に、大牟田は怒りを含んだ声で凄んだ。

「こっちは証拠を握ってるんだよ。言い逃れみたいなことを言ってると、あらいざらいマスコミにぶちまけるぞ。院長もグルになって、病院ぐるみで隠蔽工作をしてるとな」

橘は引きつった顔でこちらを見ている。その目を五秒ほどにらみつけ、大牟田は踵《きびす》を返して出口に向かった。

気持がいい。俺にもようやく運がまわってきた。

そう考えながら、大牟田は後ろ手にわざとゆっくりと扉を閉めた。

10

橘洋一郎は、これまで自分には運があると思ってきた。

医師の一族の家に生まれ、成績も優秀で、さほど苦労をすることもなく国立大学の医学部に進学した。医師としてのキャリアは、エリートが集まる循環器内科の医局からスタートし、博士号を取得したあと、アメリカの名門、スタンフォード大学に留学した。帰国後は助手から講師、准教授へと順調にポジションを上げ、教授候補にもなった。ところが、教授選のひと月前に、医学部長が東大から候補者を連れてきたため、橘は教授の椅子に座り損ねた。しかし、それは必ずしも悪いことではなかった。昨今、教授の責任は重く、医局運営もたいへんで、労多くして益少なしというのが実態だからだ。

教授選に敗れた橘は、必然的に大学を去らねばならなかったが、ここでも強運が発揮された。医局の先輩から日本厚世会に来ないかと打診されたのだ。これは魅力的な誘いだった。

日本厚世会は、大正中期に名古屋で創設された公益法人で、戦後、本部を東京に移して、全国に二十六の総合病院のほか、多くの診療所や看護学校を運営している。厚世病院は常に患者の側に立つ病院として、地元民から絶大な支持を集めてきた。社会的なネームヴァリューもあり、しかも院長は大学教授よりも報酬がよかった。

人事の都合もあり、橘はまず副院長として浦安厚世病院に赴任した。今から八年前、彼が五十六歳のときである。二年後、院長に昇格し現在に至っている。橘の望みは、厚世会の理事になって本部入りしたあと、ゆくゆくは総裁に就任することだった。総裁になれば、格段の名誉が得られ、記念ホールに胸像が飾られる。叙勲もあるし、医師としての人生のゴールにふさわしい肩書きといえた。

そのためには、まず浦安厚世病院で実績を挙げなければならない。新たに病院憲章を定め、〝患者さま第一主義〟を職員に徹底させたのもそのためだ。

もちろん、患者とのスキャンダルやトラブルは許されない。その意味で、大牟田から出た脅迫まがいの話は、橘にとっては青天の霹靂《へきれき》にも等しかった。

しかし、と、橘は考える。自分には運があるのだ。この降って湧いたような厄災も、対応次第で功績に変えられる。安楽死事件というきわめて不利な状況を、患者に対する神対応で切り抜ければ、逆に手腕が評価されるだろう。

そのためには、まず情報が必要だ。当事者の白石ルネを呼んで、一刻も早くことの真偽を確かめたいが、まずは外堀を埋めるのが得策だろう。橘は逸《はや》る気持を抑えて、脳卒中センターの小向潔を呼び出した。小向は橘の五期下で、仕事はできるし、性格も素直なので、去年、副院長に取り立ててやった。三年前に部下の白石が安楽死を行ったのなら、なぜ自分に報告しなかったのか。そう思うと、怒りが込み上げてきた。

安楽死が脳卒中センターの病棟で行われたのなら、看護師長の加橋郁子も事実は把握しているはずだ。加橋も自分が大学病院から引き抜いて看護師長にしたのだから、忠誠心はあるはずだ。この二人がそろって報告しなかったということは、もしかして安楽死などなかったのではないのか。

わずかな希望を感じながら、橘は小向の副院長室の内線番号をプッシュした。

11

橘院長から内線で呼び出されたとき、小向は担当である医療安全の会議資料を読んでいた。

浦安厚世病院には副院長が四人いて、それぞれ、財務や診療、研修プログラムなどを担当している。去年、副院長に昇格したばかりの小向は、いちばん厄介な医療安全を担当させられていた。

受話器を置いた彼は、院長に呼ばれた理由を考えた。思い当たることはないが、わざわざ院長室に呼びつけるのは、至急、かつ電話ではすまない用件があるからだ。小向はネクタイと白衣の襟を整え、同じエリアにある院長室に向かった。

小向が所属する脳外科医局も、循環器内科と同じく、エリート集団と目されている。

彼は大学で博士号を取得したあと、より臨床の腕が発揮できる一般病院での勤務を希望した。大学病院では治療もやるが、研究と教育にも時間を割かねばならず、医師数に比して患者が少ないので、手術件数が増えにくい。一般病院なら治療に専念できるから、手術の腕も磨きやすい。

現在、五十九歳の小向は、やや後退気味の髪をオールバックにし、笑うと目尻に皺の目立つ優しげな容貌で、看護師や患者にも人気がある。副院長になった今も、午前七時には出勤し、夜も毎日遅くまで居残る勤勉さだ。上昇志向もなくはないが、さほどギラついたものではなく、脳外科部長で十分に満足していたところに、思いがけず副院長昇格の声がかかったのだった。

「失礼します」

ノックをして中へ入ると、橘は席を立って、手前の応接用のソファを勧めた。

「実は、ちょっとややこしい話を持ち込まれてね」

いい話でないことは、橘の表情から明らかだった。

「三年前のことらしいが、脳卒中センターで問題になる症例はなかったかね」

「三年前？」

漠然とした気がかりが胸をかすめたが、何だろうと思う間もなく、橘が深刻な調子で告げた。

「安楽死が行われたというんだよ」

「まさか。そんなことはあり得ませんよ。あったらその場で報告しています」

「ほんとうかね」

確認しながら、小向が嘘を言う理由もないことに気づいたらしく、橘は大きく息を吐いた。

小向が強い口調で反問する。

「いったい、だれがそんな話を持ち込んだんです」

「麻酔科の大牟田だ。白石君がクモ膜下出血で緊急入院した患者を安楽死させたと言ってる」

「冗談でしょう。私は聞いてません。いや、たしか、彼女が診ていた患者でクモ膜下出血で緊急入院した症例はありましたが……」

言いかけて、言葉を濁した。不用意なことは口にできない。小向の脳裏で気がかりの輪郭がはっきりした。あの患者のことか。たしか横川といったはずだ。

「安楽死はなかったんだな。経過を説明してくれるか」

「その患者は、心肺停止で救命救急センターに搬送されて、蘇生はしましたが、人工呼吸器をつけたまま脳卒中センターに転室してきたんです。以前から延命治療を拒否していたとかで、家族の要請もあって、最終的に気管チューブを抜いたと記憶しています」

「ということは、尊厳死かね」

「そこまで明確なものではなかったと思いますが」

「なら、通常の死亡《ステルベン》なのか。しかし、抜管してるんだろ」

どう答えるべきか。小向は記憶をたどりながら、頭をフル回転させた。尊厳死でも院長に報告しなかったのはまずかった。橘は患者サイドの反応を気にしがちだから、つい面倒な報告をスルーしたのだ。報告しなかったのは、その必要性がなかったからということにしよう。抜管については、そうだ、あのとき、白石はわずかに自発呼吸があると言っていた。

「患者は自発呼吸があって、私は抜管を許可しましたが、それはウィーニング（人工呼吸器からの離脱）のトライアルで、ステルベンに直結するとは思わなかったのです。いずれにせよ、患者の死が迫っていたのはまちがいありません。院長に報告しなかったのも、そういう意味で通常の患者死亡だったからです。白石君からも尊厳死などということは聞いていません」

橘は険しい表情をわずかに緩めたが、困惑ぎみに言い足した。

「しかし、大牟田はミオブロックを使ったと言ってるぞ」

「そんなはずはありませんよ。もし白石君が安楽死を行ったなら、私に報告するでしょう。大牟田君は何か勘ちがいをしてるんじゃありませんか」

「話はそんな単純なことではないんだよ」

小向の証言で少し安堵したのか、橘はソファの背もたれに身体を預け、大牟田から出された白石解雇と自身の待遇改善の要求を小向に伝えた。

「それじゃまるで脅迫じゃないですか。卑劣な言いがかりですよ。白石君に確認してみます」

「よろしく頼む。まあ、その患者の件については、加橋さんからも報告が上がってないから、滅多なことはなかったんだと思うが」

病棟看護師長だった加橋も、院長に報告していないのなら口裏を合わせやすい。とっさに判断し、小向は憤然と言った。

「大牟田君は前からいろいろ問題があったんです。白石君をやめさせるくらいなら、彼を切ったほうがよっぽど病院のためですよ」

大牟田に怒りの矛先を向けたのは、動揺をカムフラージュするためだ。横川の死が延命治療の中止なら、やはり尊厳死に当たる。報告義務違反は免れない。なんとか通常の患者死亡だったことにしなければならない。

院長室を出ると、小向はその足で加橋の部屋に向かった。彼女も橘の意向で先日、副看護部長に昇格したばかりだ。

「どうしたんです。そんなに慌てて」

ノックもそこそこに扉を開けると、中年太りで貫禄十分の加橋が、縁なし眼鏡を持ち上げた。

「今、院長室に呼ばれたんだ。三年前の横川なんとかという患者の件だ。覚えてるだろ」

「たしか、白石先生の患者さんでしたね」

「加橋さんも院長に呼ばれるだろうから、その前に話しに来たんだよ」

声をひそめてことのあらましを伝える。大牟田の要求を告げると、加橋は平たい顔に嫌悪の皺を寄せた。

「あの先生、いつか問題を起こすんじゃないかと思ってたんですよ」

言い終えると同時に机の内線電話が鳴った。

「院長だ。まだ出ちゃだめだ。どうせまたかかってくる。トイレにでも行ってたと言えばいい」

居留守の言い訳まで教えて、加橋を制する。コールは七回ほどで切れた。

「横川さんの件が尊厳死となったら、加橋さんも院長に報告しなかったことを責められるぞ。だから、通常の患者死亡ということにしたいんだ」

「でも、どうかしら。担当の看護師もいたし。だけど、横川さんが亡くなったのは、たしか準夜帯で、わたしが帰ったあとだったわ」

「なら、好都合だ。私もあなたも横川さんの抜管は聞いていたが、それが尊厳死だとは思っていなかったということでいいね」

小向が言い終わるか終わらないうちに、ふたたび内線電話が鳴った。

「加橋です。失礼しました。ちょっと席をはずしていましたので。はい……。すぐに参ります」

受話器を置くと、加橋は心得顔で立ち上がった。
「うまくやってくれよ」
小向は身を引いて加橋を送り出した。

12

大牟田からいきなり「人殺し」と罵《ののし》られたとき、ルネにはとっさにその意味がわからなかった。「患者殺しの医者」「自分の胸に聞いてみろ」。そう続けられて、ふと横川のことが頭をよぎった。しかし、それは三年前のことで、大牟田はまだこの病院にはいなかったはずだ。とはいえ、ほかに人殺しなどと言われる覚えもない。もしも横川のことだとしたら、だれが大牟田に教えたのか。

大牟田の電話は昼すぎだったが、午後にはカテーテル治療の予定が一件入っていたので、ルネはそれを終えたあと小向の副院長室を訪ねた。ややこしい話になる前に、一報を入れておこうと思ったのだ。しかし、小向は不在だった。

病棟にもどり、入院患者の回診をしていると、院内PHSで小向に呼ばれた。訪ねようとしている相手から呼ばれたので、手間が省けたと喜ぶところだが、このときは不吉な予感がした。

ノックをして副院長室に入ると、小向は執務机の前の椅子を勧めてくれた。
「さっき、橘院長に呼ばれてね。君が三年前に担当した横川さんの件だ」

「わたしもそのことで先生にご相談しようと思っていたところです」

小向は目を伏せ、深刻な表情を浮かべた。ルネは正当性を証明するため言葉をかぶせた。

「小向先生もご承知の通り、横川達男さんのケースは十分に適正なものでした。わたしの処置が不可避な尊厳死であったことは明白です」

納得してもらえるはずだったが、小向の返答は意外なものだった。

「私は横川さんの死は、尊厳死だとは思っていない」

ルネは自分の耳を疑った。

「あのとき、わたしは先生に気管チューブの抜管を事前に報告しましたよね。先生も、そうかとおっしゃったじゃないですか」

「君はたしか、横川さんにまだ自発呼吸の反応があると言ってただろう。だから、私は抜管はウィーニングのトライアルだと思ったんだ」

バカな。ルネは小向がどんなつもりで言っているのか、理解に苦しんだ。

「わたしは家族全員が揃ったら、最終確認をして抜管すると申し上げたはずです。ウィーニングのトライアルだったら、家族を呼ぶ必要なんかないじゃありませんか」

小向は答えない。ただの勘ちがいではない。確信犯だ。表情を消し、目を逸らしているのがそれを物語っている。いったいどういうことか。

ルネは望みをつなぐように言い募った。

「横川さんの尊厳死は、加橋師長も了解してくれていました。横川さんが回復する見込みはほぼゼロだと、認めてらっしゃったから」

「どうかな。加橋さんも抜管は単なるトライアルだと思っていたんじゃないか」

「そんなはずありません」

思わず声が跳ね上がった。小向はルネを見ようとしない。もしかして、この話はすでに自分が思っている以上に深刻な展開になっているのか。ルネは背筋が粟立つのを感じた。

言葉をなくしていると、小向がようやく視線をもどし、改まった調子で訊ねた。

「大牟田君は、君がミオブロックを使ったと言ってるらしいが、どうなんだ。横川さんにミオブロックを使ったのか」

「……使いました」

今度はルネが視線を下げた。小向は舌打ちをし、また考えを巡らせる顔になった。ルネは慌てて弁解した。

「でも、それは抜管後に横川さんがうめき声を発したからです。点滴で入れましたから、横川さんの死とは直接関係ないはずです」

「そうなのか。しかし、君はなぜそれを報告しなかった。ミオブロックを使ったら、安楽死を疑われるだろう」

「申し訳ありません。ミオブロックははじめから使う予定ではなく、うめき声を止めるために、急遽、使用したものなので、事後報告を怠ってしまいました。でも、横川さんのケースは、十分許容されることだと、今も思っています」

敢えて尊厳死とは言わなかった。暗黙の了解でも、自分の処置が正しかったことを認めてほしかった。しかし、小向はそれどころではないという面持ちで、思案に没頭している。

「大牟田君は安楽死だと騒ぎ立てて、君の辞職を求めている。だが、ミオブロックは点滴で使ったのなら、何とか反論できるかもしれないな。もう一度、院長に相談してみる。君も来たまえ」

小向は立ち上がると、内線電話の受話器を取った。

「小向です。今、白石君に事情を聞きました。そちらにうかがってもよろしいですか」

受話器を置くと、ルネに見向きもせず出口に向かう。ルネは動揺をこらえてあとに従った。

院長室のソファには、先に加橋副看護部長が座っていた。小向が向かいに座り、ルネは勧められて加橋のとなりに腰を下ろした。

「白石君によると、抜管後に患者がうめき声をあげたので、それを抑えるためにミオブロックを使ったとのことです。点滴で投与したそうですから、安楽死ではないと言い切れると思いますが」

小向の説明に、奥の一人掛けソファに座った橋は、露骨に不機嫌な声で応じた。

「安楽死でなくても、尊厳死でも問題なんだよ。この前、承久市立病院の連続尊厳死事件が、世間を騒がしたのを知ってるだろう」

加橋が遠慮がちに口をはさむ。

「あの事件は七人も死なせたから目立ちましたけど、どこの病院でもあることじゃないですか」

「それでもウチの病院で発覚するわけにはいかんのだよ。なんとか尊厳死ではなかったことにできないのか」

ルネが思わず口をはさんだ。

「ちょっと待ってください。横川さんの尊厳死には、何ら恥ずべきことはないと確信しています。患者さんのためを思い、ご家族のことを考えて敢えて決断したのです。あのまま治療を続けていたら、たいへんな苦しみを背負わせることになりました。わたしが独断でやったことにしていただいてけっこうです。ですから、ごまかすようなことはしないでください」

必死に訴えると、いきなり橘が怒号を発した。

「冗談言うな。この件が公になったら、病院の名前が出るんだぞ。マスコミがいっせいに非難する。そうなれば全国の厚世病院に迷惑がかかるんだ。君はそんなこともわからんのか」

たしかにそうかもしれない。しかし、だからと言って、自分の行為が歪曲されるのは

外にないのか。耐えられない。だが、厚世会のほかの病院にまで迷惑がかかるとしたら、自分が引く以外にないのか。

ルネは逡巡し、唇を嚙み、やがて悔しさをこらえて橘に言った。

「大牟田先生がわたしの辞職を条件に、この件を公表しないと約束してくれるのなら、わたしは身を引きます。ご迷惑をおかけして、申し訳ありませんでした」

一礼すると、小向が「いや、ちょっと」と動揺した。

「そう早まることはない。君が患者思いの優秀な医師であることは、私がいちばんよく知っている。それに横川さんの治療についても、致し方ない面が多々あったのも事実なんだし」

「そうですよ。わたしも同意見です。そもそも、問題なのは大牟田先生のほうでしょう」

加橋も言い、ルネは混乱しながら二人を見た。守ってくれるのか。ともに闘ってくれるのか。

橘はむずかしい顔で成り行きを見守っている。小向がさらに援護してくれた。

「今、大牟田君の条件を呑むと、同じネタでまた新たな要求を出してくる可能性もあります。脅しに屈するのは得策とは思えません」

「たしかにそうだな。とにかく、大牟田を封じる手を考える必要があるな。ここで議論してもはじまらん。まずはカルテを見て対策を検討しよう」

橘が席を立って、執務机から院内用のタブレットを持ってきた。電子カルテを開き、横川達男のカルテを呼び出す。死亡日のページを表示すると、その場の全員がのぞき込んだ。

「たしかにミオブロックは点滴のようだな。しかし、三アンプルか。多いな」

橘がうなるように言うと、小向が身を乗り出してモニターを指さした。

「ですが、ミオブロックのあとに『喉頭筋弛緩目的にて』と明記してあります。これで患者の死亡を前提にした投与でないことが証明できるのでは」

「しかし、退院時のサマリーはどうだ」

その問いかけに、橘を含め三人の緊張が一気に高まった。サマリーに『尊厳死』の記載があればアウトだ。ルネがタッチパネルを操作し、サマリーを表示すると、三人が我先にと目を凝らす。『尊厳死』の文言がないことを確認すると、ヒリヒリした空気がわずかに緩んだ。

「これならいけそうだな。白石君。君の言い分もわかるが、ここは病院の立場を考えて我々と歩調を合わせてくれ」

橘が半ば命令の口調で言った。

「つまり、尊厳死をなかったことにするんですか」

「そうだ。このカルテから読み取れるシナリオは、家族の要請もあって、気管チューブを抜いて自発呼吸が可能かどうか試したが、多臓器不全のため死期が迫り、事前に患者本人から延命治療の拒否を告げられていたので、再挿管はしなかったということだ。ミオブロックは、あくまでうめき声を抑えるための副次的な投与にすぎない」

ルネは横川に対する尊厳死の正当性を認めてほしかったが、それは無理なようだった。せめて現場を知る小向や加橋には理解を得たい。そう思って二人を見ると、小向がいつもの目尻に皺の目立つ笑みを浮かべて言った。

「君もつらいと思うが、ここは我慢してくれ。尊厳死を認めてしまうと、大牟田君に弱みを握られたままになるんだ。わかるだろう」

加橋も同じく説得口調で言う。

「白石先生が常に治療にベストを尽くしていることは、うちの看護師たち全員がよく知ってるんだから」

「……わかりました。おっしゃる通りにいたします」

ルネがうなだれて深く頭を下げると、橋が「よし」と声をあげ、「善は急げだ。さっそく大牟田に説明しよう」と、院内PHSで大牟田を呼び出した。

13

傍若無人なノックが聞こえ、扉が開いた。返事を待つ義理などないと言わんばかりの横柄な入り方だ。

橋のほかに三人がいるのを見て、大牟田は一瞬、戸惑う表情を見せた。

「これはこれは、小向副院長までお出でとは」

小向とは友好的な関係を維持したいようだ。しかし、小向のほうは険しい目で大牟田を見上げている。

「私はどこに座ればいいんでしょうかね」

とぼけたようすの大牟田に、橘が手前の一人掛けのソファに座るよう顎で促した。大牟田が着席すると、小向がパソコンのモニター画面を大牟田に向けて、説明をはじめた。

「君は白石君が患者に安楽死を行ったと言っているようだが、今、本人から事情を聞いた。その結果、安楽死はもちろん、尊厳死のようなことも行われていないことが判明した。君が問題にしている横川氏の転帰は、通常の患者死亡だ」

一気に言うと、大牟田はわずかに目をすがめ、静かに反問した。

「でも、ミオブロックを使ってますよね」

「それは患者のうめき声を止めるためで、安楽死の目的で使用したものではない。その証拠に、投与は静注ではなく点滴だった」

点滴でも安楽死になる可能性はある。そう反論してくるかと思ったが、大牟田は表情を変えなかった。小向が続ける。

「気管チューブを抜いたのも、家族の要請に応えたもので、自発呼吸への移行が可能かどうか調べるためのものだった。重症の肺水腫があったため、呼吸困難に陥ったが、患者自身が延命治療を拒否していたこともあり、再挿管せずに、そのまま臨終を迎えたということだ。退院時のサマリーを見ても、通常の死亡は明らかだ。それを安楽死などと言うのは、悪質な言いがかりだ」

大牟田はとぼけたように肩をすくめて言った。

「サマリーに堂々と安楽死と書くバカはいないでしょう」

「白石君が不自然な患者死亡に関わっていないことは、本人にも確認した。そうだな」

「はい」

振り返った小向に、ルネははっきりと答えた。

「フン、バカバカしい」

大牟田が失笑すると、橘が我慢の限界を超えたとばかりに声を荒らげた。

「さっきから何だ、君の態度は。院長である私を脅すようなことを言って、少しは身のほどをわきまえたまえ。第一、君がどんな情報を手にしているか知らんが、それは明らかにガセネタだ。マスコミにバラすと言うなら、好きにするがいい。恥をかくのは君のほうだ。言っておくが、もしもそんなフェイク情報を公表したら、病院に対する敵対行為として、懲戒解雇の対象になるから覚悟しておくんだな。本来なら、さっきの脅迫まがいの要求だけでも処罰の対象だぞ」

いつもの紳士然とした橘からは、想像もつかないほど語気が荒くなっている。大牟田はそれを顔半分で聞き流し、両手を肘掛けに載せて、余裕の態度を崩さなかった。

橘の言葉が終わると、前を向いたまま、独り言のようにつぶやいた。

「えらく素早い対応だと思ったら、俺も甘く見られたもんだな。そんなすぐに見破られるようなネタで、わざわざ院長室まで出向くと思うのか。お偉方が雁首揃えて、そのお嬢ちゃんにたぶらかされたんじゃないか」

チンピラのような目つきで院長たちをねめまわす。橘の顔が怒りと不安に歪むのが見えた。

「あんたら、必死で理論武装したつもりだろうが、脇が甘いな。看護記録は調べたのか」

橘と小向が顔を見合わせ、加橋がビクッと身体を引いた。

「どうやら抜けてたようだな。だからエリートはダメなんだ。今から全員で地下のカルテ庫まで行ってもいいが、面倒だからここで見せてやるよ」

大牟田はスマートフォンを取り出すと、画像を呼び出して全員の前に突き出した。

「横川達男の看護記録だ。ここをよく見てみな」

スマートフォンを横に向け、指で目的の行を拡大する。

『19：58　主治医指示により、ミオブロック1A iv』

「たしかに、ミオブロックは最初の二アンプルは点滴で使われてる。だがな、とどめの一アンプルはiv、はっきり静注と書いてあるんだよ。しかも、主治医の指示でな」

その場の空気が一変し、橋、小向、加橋の三人が驚愕と恐怖の表情を浮かべた。

「そんなはずない」

ルネが叫んだ。「わたしはそんな指示はしていません」

「おまえの指示なしに、看護師が勝手にミオブロックを静注するわけないだろ。カルテは嘘の記載でごまかしたつもりだろうが、看護記録まで気がまわらなかったのが運の尽きだな」

「わたしは静注なんか指示していない。小向先生、信じてください。加橋副部長、院長先生も」

三人は石になったように硬直し、無力化されて喘いでいる。

「往生際が悪いぜ。おまえはもう終わりだ」

大牟田が勝ち誇ったようにルネをにらみつけた。ルネは絶望にうちひしがれ、身体を震わせる。その胸に去来したのは、宇宙の真っただ中で母船から切り離され、無限の闇に吸い込まれるような恐怖だった。

第三章　豹変

1

十一月に入って日没が一段と早くなった。その分、作業ができる時間は短い。

横川信一は、時間を気にしながら喫茶店の外壁塗装を急いでいた。塗っているのはキャナリーイエロー。白っぽい黄色で、女性オーナーの好みらしいが、塗装する側にすれば何色でも同じだ。あとで思っていた色とちがうとか、イメージが合わないとか言いださなければそれでいい。

個人営業だから、途中で色の変更を求められたり、塗り直しをさせられたりしても、追加経費を要求しにくい。ハウスメーカーの下請けで、割高な塗料を買わされたり、足場の架設費用まで負担させられたりする。

父親の達男が亡くなって三年。信一は一人で横川塗装店を維持してきた。経営は決して楽ではないが、父親から受け継いだ職人としてのプライドで、なんとか頑張ってきた。

「仕事、まだ終わらないのか」

となりの駐車場から、エアコンプレッサーの騒音に負けない声がかかった。

脚立の上から振り向くと、元義兄の石毛乾治《かんじ》がこちらを見上げていた。

「この壁だけやってしまいます」

石毛は片手を挙げてうなずき、一歩下がって塗り終わった壁を見上げた。ダークスーツに上等そうなコートを羽織っている。信一はふたたび壁に向かい、最後の塗り残し部分にエアスプレーを向けた。


「お待たせしました」

道具を片付け、脚立を軽トラに積んでから、前に停まっている車の窓ガラスをノックした。パワーウィンドウが下がり、石毛が信一を見上げる。

「いつもていねいな仕事をしてもらってありがとうな。安い仕事ばかりで申し訳ないが」

「とんでもないです。義兄《にい》さんのおかげでどれだけ助かってるか。僕のほうこそ感謝してます」

石毛が姉の厚子と離婚して四年になるが、未だに信一は石毛を「義兄さん」と呼ぶ。

石毛は建築関係のコンサルタントをしており、個人施主向けのセミナーや施工業者の斡旋などをしている。厚子との離婚後は、信一とも疎遠になっていたが、彼が孤軍奮闘しているのを知り、優先的に仕事をまわしてくれるようになった。おかげで横川塗装店は元請けの仕事が増え、かつてのような理不尽な目に遭わなくてすむようになっていた。

「よかったら一杯付き合わないか。新小岩にいい店を見つけたんだ」

この時間に来るときは、たいてい酒席のお誘いがかかる。石毛は自分が紹介した仕事には、現場に足を運んでようすを見にくるのが常だった。

「いつもすみません」

「こっちこそ信一君には感謝してるんだ。少しくらい慰労させてもらって当然だよ」

信一は頭を覆っていたタオルを取り、深々と一礼して軽トラにもどった。

飲みに行くときは、石毛もいっしょにいったん店にもどり、軽トラを置いて石毛の車に乗せてもらう。車はトヨタ・カムリで、本革のシートは軽トラとは比べものにならない乗り心地だ。

「最近、仕事はどうだ。まだ下請けとか孫請けもやってるのか」

「付き合いもありますから」

石毛は信一の五歳年上で、仕事でも世話になっているので言葉遣いはていねいになる。

「信一君も苦労するな。娘さんたちも大きくなったから、いろいろ物入りだろう」

上の娘は中学生、下も小学五年生で、塾代、小遣い、学資保険など、いろいろ費用がかかる。妻の祥子も弁当屋でパートをしてくれているが、決して余裕のある暮らしではなかった。

車は環七通りを北上し、京葉道路を越えたところから新小岩に向かった。駅の手前でコインパーキングを見つけ、石毛は車を入れる。帰りは代行を頼むのが常だ。

「ちょっと歩くけど、すぐそこだから」

商店街から逸れて狭い細い道を進む。奥まったところに行灯《あんどん》風の看板が出ていた。

「こんばんは奥、空いてる？」

店主に訊ね、衝立《ついたて》で仕切られた半個室のテーブル席に着いた。

「ご苦労さん。まずは乾杯しよう」

生ビールで乾杯し、料理は石毛が適当に頼んだ。

「上等な店じゃなくて悪いけど、こういう店がうまいもんを出すんだよ」

「こんな隠れ家的な店は好きです。落ち着きますから」

「隠れ家的か。信一君もそういう店が必要なのかい」

石毛が思わせぶりに片目をつぶる。

「女性ですか。あるわけないでしょう。毎日、ペンキまみれになってるのに」

「君はまじめだからな。俺は厚子には悪いことをしたと思ってるんだ」

離婚の原因は石毛の女性問題だった。石毛は背も高く、五十歳とは思えないスマートな体型で、銀縁眼鏡の二重まぶたはいかにも女性にモテそうな雰囲気を漂わせている。

「義兄さんは再婚の予定はないんでしょう。姉貴とやり直すつもりはないんですか」

「どうだろ。厚子がウンと言わないだろ。ハハハ」

余裕の笑みでジョッキを飲み干す。刺身が運ばれてきて、石毛は二杯目から冷酒に替えた。

「新小岩といや思い出すな。親父さんが倒れたのもここだったろう」

「工場の鉄部塗装で、工場が稼働していないときにと頼まれて、日曜日に出たんです。親父は得意先の要望なら、土日も祭日も関係なかったですから」

「親父さんは頑張りすぎたんだ。信一君に少しでも楽に店を継いでもらおうと思ったんだろ」

父親は口には出さなかったが、亡くなる前の年に軽い脳梗塞を起こしてから、引退も視野に入れていたようだ。営業のかけ方、得意先との付き合い、クレーム対応のコツなど、機会を捉えて伝授してくれた。

信一はビールのお代わりを頼んだあと、ちょうどよい機会とばかりに改まって言った。

「実は先日、おかしな手紙が届いたんです。匿名《とくめい》なんですが、病院の看護師さんから内部告発みたいな」

「内部告発？」

石毛は飲みかけていた冷酒の手を止め、目線だけ信一に向けた。信一は、先ほど店に寄ったときに上着のポケットに入れた封書を取り出した。

「親父が亡くなったときのことなんですが、親父は病死じゃなくて、医者に安楽死させられたって書いてあるんです」

「何だそりゃ。親父さんはクモ膜下出血だろ。倒れたときには意識もなくて、病院で治療したけどダメだったって聞いたぞ」

「そうなんですが、まだ助かる見込みがあったのに、医者が勝手に安楽死をさせたというんです」

「ちょっと見せてくれるか」

石毛は信一から手紙を受け取ると、真剣な目で字面を追った。

「安楽死は殺人だから、病院を許しておけないと書いてあるな」

石毛は手紙に目を向けたまま、ゆっくりと冷酒を啜った。

「どうです。ちょっと胡散臭《うさんくさ》い気もするんですが」

「胡散臭いって？」

「この件はだれにも言うなとか、マスコミに嗅ぎつけられると病院が対策を講じるから、ぜったいに外部に洩らすなとか、しつこく書いてあるでしょう」

「こっちが悪いことをするみたいだな」

「僕たちをそそのかして、病院とトラブルを起こさせることが目的みたいなんです。でも、あれから三年もたってるし、今さら騒いだところで親父が生き返るわけでもないしと思って」

「その通りだ。で、厚子はその手紙のこと、知ってるのか」

「いえ。まだ」

「言わないほうがいいだろう。あいつの性格だと、また大騒ぎしそうだからな」

言いながら石毛はグラスの酒を飲み干し、「黒龍《こくりゅう》はいつ飲んでもうまいや」と、板場にお代わりを頼んだ。酒を待つ間、料理に箸を伸ばしながら言う。

「こういう匿名の手紙は、たいていロクなもんじゃないが、気になるんなら俺が調べてやってもいいぞ。この手紙、少し預からせてもらっていいか」

「はい。お願いします」

信一はひとつ肩の荷が下りる思いでうなずいた。

2

病院十二階にある会議室は、幹部エリアのとなりにあって、二十人がゆったり座れる長大なテーブルが中央に鎮座している。

加橋郁子は、遠慮がちにその下座に座った。顔は伏せているものの、胸の内は誇らしい気持でいっぱいだった。臨時ではあるが、副看護部長に昇格してはじめての幹部会議である。

看護部からの出席は、看護部長と加橋の二人だった。年長者を差し置いて、自分が副看護部長に抜擢されたということは、いずれ看護部長に昇格する道筋がついたということだ。いやがおうにも気持が高ぶる。

だが、会議の議案は悩ましいものだった。大牟田に糾弾された安楽死問題の対応と、白石ルネの処遇だからだ。降って湧いたような厄介事を、どう処理すればいいのか。

上座中央では、院長の橘が眉間に深い縦皺を刻んで瞑目している。ロマンスグレーの上品な顔が、心なしかやつれて見える。

(橘先生。大丈夫。頑張ってこの難局を乗り切りましょう)

加橋は橘を見つめ、心の中でエールを送った。

加橋は生まれも育ちも荒川区で、子どものころは小柄な目立たない少女だった。体型も今からは想像もつかないほどやせていて、勉強もスポーツも中位。仲間はずれにはされないが、クラスの中心グループにも入れないという存在だった。友だちが行くからという理由で看護学校に進み、無事、国家試験に合格して大学病院に就職した。

彼女が看護師の仕事に目覚めたのは、最初に配属された外科病棟で、すばらしい看護師長に出会ったからだ。病棟の隅々にまで目を光らせ、入院患者が安心して治療を受けられるよう気を配り、自ら率先して質の高い看護を心がける。ときには教授にも面と向かって意見を言い、どの医師からも一目置かれていた。

加橋はその看護師長にかわいがられ、個人的にも薫陶《くんとう》を受けた。

――看護師の役割は、単なる医師の補助ではないのよ。患者さんに寄り添い、看て護る。それは医師にはできない大事なケアなの。

それから加橋は、大学病院一筋で仕事に打ち込んできた。医師に色目を使い、まんまと結婚にこぎ着ける同僚もいたが、加橋はそんなことには見向きもしなかった。チームリーダー、主任と順調にキャリアを積み、脳外科病棟に勤務していたとき、一時期、内科病棟でいっしょだった橘に、浦安厚世病院に来ないかと誘われた。浦安厚世病院は地域の基幹病院で、地元の評判もいい。大学病院は組織が大きすぎるが、浦安厚世病院なら自分が理想とする看護を実現できるかもしれない。橘からもゆくゆくは病院の看護部門を背負ってほしいと言われた。今回の理事会への出席は、その構想実現の第一歩だった。

幹部会議のメンバーが揃い、議長役の外科の副院長が開会を告げた。

小向が資料を示しながら、三年前の横川の治療経過と死亡時の状況、およびそれが発覚した経緯を説明した。

「白石は現在、橘院長により自宅謹慎を命じられております。院内における証拠隠滅、事情を知る者との口裏合わせ等を防ぐためです」

「白石さんは素直に従ったんですか」

整形外科の部長が口髭をひねりながら質問した。

「抵抗しておりましたが、今申し上げた理由を告げると、渋々納得したようです」

「彼女は安楽死の事実を認めていないと聞きましたが、実際はどうなんです」

「白石自身はミオブロックの静注を否定しています。しかし、看護記録に明記されていますし、記録した当人もまちがいないと証言していますから、安楽死はあったと考えるのが妥当かと思います。ただし、看護記録も思いちがい、書きまちがいが完全には否定できないかと」

小向の回答に一座がざわめいた。

加橋が遠慮がちに手を挙げて発言を求めた。

「わたしも脳卒中センターにおりましたから、当時のことはよく覚えています。白石先生は熱心なドクターで、小向先生が部下をお信じになりたい気持もよくわかります。ですが、今、いちばん問題なのは、この件がメディアに公表される危険性があることではないでしょうか。万一、新聞等で浦安厚世病院で安楽死事件があったなどと報じられれば、当院のイメージは大きく傷つき、信頼回復には多大の時間と労力が必要となります」

「つまり、今はこの件が外部に洩れないようにすることが先決ということですね」

外科の副院長が肯定的に念を押し、加橋がうなずく。デビューとしてはまずまずの発言だ。

「ということは、大牟田先生から出た要求を、そのまま了承するということでしょうか。白石先生の解雇と、大牟田先生の副部長昇進と報酬アップ」

事務部長の野沢元治《のざわもとじ》が、末席から参加者の意向を聞くように見渡すと、以前から大牟田を嫌っていた泌尿器科部長が吐き捨てるように言った。

「冗談じゃない。そんな要求をのんだら、また次を出してくるぞ。弱みを見せたら、とことんつけ込んでくるヤツだからな」

小向も同じ流れで言う。

「白石の解雇もどうか慎重にお願いします。彼女は患者にも評判のいい優秀なスタッフですし、大牟田君の主張がまちがっていた場合、不当解雇になってしまいますので」

定年を延長している老看護部長が、かすれた声で加橋に訊ねた。

「その患者さんが亡くなったとき、脳卒中センターの堀田さんも担当だったんでしょう。彼女は何と言ってるの」

「看護記録を書いた井川から、ミオブロックを静注したと聞いたと言ってました」

「じゃあ、やっぱりまちがいないんじゃないの」

「しかし、いきなり解雇というのは……」

小向がなおも抵抗すると、外科の副院長が代替案を出してきた。

「要は大牟田君と顔を合わさなければいいんでしょう。白石君は取りあえず厚世会の関連クリニックに出向させたらどうです。それなら解雇ではなく、人事異動ですむでしょう」

「それがいいかも」

何人かがうなずき、小向もそれならばという顔をしている。

「大牟田君の処遇はどうしましょうか」

外科の副院長が意向をうかがうと、橋は苛立った鼻息を洩らしたが、口は開かなかった。要求は退けたい、しかし、マスコミにバラされたら困るという自縄自縛《じじょうじばく》に陥っているのだ。なんとか妙案はないかと加橋が思案していると、野沢がふたたび発言した。

「本部の承認をもらうには、時間もかかりますし、今回のトラブルの報告も必要となります。院内だけの特別処置として、大牟田先生は副部長待遇とし、昇給もこちらの裁量の範囲とすればいかがでしょうか」

「それで納得するだろうか」

橘がこれ以上ないほど眉間の皺を深くした。

「大牟田先生もオール・オア・ナッシングより、少しでも実を取るほうがいいんじゃないですか。私のほうから手続き上の問題だとして説明いたしますよ」

野沢は点数稼ぎのチャンスとばかり、院長に請け合った。

外科の副院長が閉会を告げると、橘は疲れた足取りで会議室を出た。加橋は精いっぱいの忠誠を示す眼差しでそれを見送った。

3

「自宅謹慎って言うから、正座して反省文でも書いてるのかと思ったら、何、このご馳走」

部屋に入ってくるなり、速水祐樹はテーブルに並んだ料理を見て歓声をあげた。ローストビーフに山盛りのサラダ、揚げたてのカキフライ、鯛にトマトとオリーブをふんだんに使ったアクアパッツァがいい香りを漂わせている。

「これだけ料理ができるんなら、大丈夫じゃん」

「大丈夫じゃないわよ」

ぴしゃりと言うと、速水は自分の不用意発言にしまったというような顔を見せた。

「アタマに来たから、ヤケ買いのヤケ料理をしたの」

ルネが気を取り直して、食器をダイニングテーブルに運ぶ。エプロンをはずし、速水と向き合って椅子に座った。

「さあ、食べましょう」

まずは速水が持参した缶ビールで乾杯する。

ルネの自宅は旧江戸川沿いのマンションの八階で、西向きの窓からは川をはさんで東京の街が見渡せる。昼間はゴミゴミした街並みだが、夜はきれいな夜景となる。

ルネが自宅謹慎になったことは、その日のうちに速水に伝えた。横川の尊厳死のことは、金鵬山に登ったときに話しておいたが、速水もまさかこんな展開になるとは思っていなかったようだ。

――ややこしいことになったみたいだね。時間作って、陣中見舞いに行くよ。

それが二日前のことだった。

速水がルネのマンションに来るのは、はじめてではない。八月の速水の誕生日に、プライベート・ビアガーデンと称して、ルネが手料理を振る舞った。八階で川沿いのため、窓を開けるとクーラーはいらなかった。夜が更けると、気持のいい風が吹き抜け、やがて街の灯りも少しずつ消えた。バツイチの速水は戸惑っていたが、その夜、彼は、結局自宅に帰らなかった。

ビールのあと、買い置きの赤ワインを開けると、速水がローストビーフをフォークで掬《すく》うように持ち上げた。食べている間は暗い話はしない。速水も気を遣って、編集者のおかしな趣味や、有名作家のトンデモ話でルネを笑わせた。

食事があらかた終わると、ルネは残った赤ワインとチーズを木皿に載せて、リビングのソファに移動した。速水も適当なつまみを持って、ルネの横に座る。

「祐樹と話してたら、だいぶ気分がすっきりしたわ」

「お役に立てて光栄です」

グラスを掲げて軽くおどける。ルネがつい気を許してつぶやいた。

「わたし、ハメられたのかもしれない」

速水は肯定も否定もしない。

「思い出したらまた腹が立ってきた。ちょっと聞いてくれる?」

そのために来たんだというように、速水はうなずく。

「わたしのことを人殺しって言った大牟田先生もムカつくけど、もっと腹が立つのは院長よ」

看護記録の画像を見せられて狼狽《ろうばい》した橘を思い出し、ルネは怒りのこもったため息をついた。

…………

あのとき、ルネ自身も状況がつかめず、大牟田が見せたスマホの画像に目を凝《こ》らした。正真正銘の看護記録だとわかると、一瞬、混乱したが、すぐに自分を立て直した。

「ミオブロックの静注など、指示した覚えはありません。この記録は何かのまちがいです」

毅然と言ったが、橘も小向も加橋も口をつぐんだままだった。大牟田だけがいやらしい笑いを浮かべている。だから、いっそう胸を張って明確に主張した。

「わたしがそんな指示をするはずがない。横川さんに行ったのは尊厳死です。断じて安楽死ではありません」

すると、突然、橘が取り乱した。

「うるさい。君は黙っていろ。いい加減なことを言うな。さっきは通常の患者死亡だと言ってたじゃないか」

「それは、院長たちが無理やりわたしを説得して……」

「黙れ黙れ。君はそれじゃ死亡診断書と、退院時のサマリーに虚偽の記載をしたのか」

「そんなことはしていません。尊厳死はまだ公には認められていないので、敢えてその言葉を書かなかったんです」

ルネも動揺して、前後を忘れてしまったのは事実だ。横川の死を通常の患者死亡だったと、大牟田が来る前に口裏合わせをしたことが頭から抜けていた。これまでずっと嘘をつかず、小細工や誤魔化しもしてこなかったルネに、急に事実に反することを言えと命じられてもできるわけがない。

「あーあ、語るに落ちたとはこのことだな」

大牟田が嬉しそうに嘲笑した。そのあとでインテリヤクザのような口調で言った。

「そんな隠蔽工作までしてたのか。これは重大問題だな。院長自ら先頭にたって、病院ぐるみで事実を隠蔽しようとしたんだからな。マスコミが大喜びで飛びつくぜ」

「そんなこと、許しません。院長先生がそんな不正をされるわけがありません」

加橋が我慢しきれないように叫んだ。大牟田がそれを皮肉な目で見る。

「なんだ、加橋さんは院長の忠犬ハチ公か。だいたい、白石はあんたの病棟で安楽死をやったんだぞ。それを今まで三年も放置して、それでよく看護師長が務まるな。おっと、今は副看護部長らしいな。それも院長の采配か。あんたらデキてるんじゃないのか」

「失礼なことを言わないで。セクハラで訴えますよ」

「セクハラ上等だ。セクハラと安楽死の隠蔽事件、どっちが世間の目を惹くと思ってんだ。さあ、訴えてみろ」

大牟田ににらまれて、加橋は怒りで頬を真っ赤に膨らませて顔を背けた。

刹那、沈黙していた橘が、ルネに対する怒りが収まらないようすで宣告した。

「とにかく、白石君は自宅謹慎だ。いいな。明日から病院への出入りを禁止する」

「そんな。あまりに一方的です。わたしの言い分も聞いてください」

「その必要はない。君は混乱していて、まともな話ができる状態だと認められない」

それはあんただろ。ルネはそう言いたかったが、大牟田がソファにふんぞり返って、親指で後ろの扉を指した。

「お嬢ちゃん。出口はこっちだ。しばらくお家でおとなしくしてるんだな。そのうち、正式なお達しが届くだろうよ」

ルネはありったけの怒りを込めてにらみつけたが、そのヘラヘラした顔には虫酸《むしず》が走る思いだった。

…………

「院長もひどいけど、その大牟田ってヤツもそうとうなワルだな。だけど、どうして君が書いたカルテと、看護記録が食いちがってるんだ」

「それがわたしも納得いかないとこなの」

速水に問題の本質を言い当てられ、ルネは口をつぐむ。酔い醒ましにキッチンから冷水を持ってくると、速水も一口飲んでルネに聞いた。

「看護師が看護記録に嘘を書く必然性はある？」

「それはないと思う」

「じゃあ、単純な記録ミスの可能性は？」

iv（静注）とdi（点滴）を書きまちがえたということか。

「あり得ないことじゃない。でも、どうだろ。あのときいたのは一年生看護師で、不慣れなところもあったけど……」

ルネは可能性を残したまま言葉をのみ込む。

気管チューブを抜いたあと、横川がうめき声をあげたので、それを抑えるために二種類の鎮静剤を静注した。それでも治まらないので、どうしようかと考えながら、ナースステーションに行くと、山際がいて、ミオブロックを使えばいいと教えてくれた。点滴のクレンメを全開にして落とせば、効果が得られるだろうというアドバイスだ。それで井川にミオブロックを取りに行かせ、まず二アンプルを点滴に溶かした。それでもうめき声が止まらないので、もう一アンプル追加するように指示した。いずれも点滴で投与するように指示したのだ。

「やっぱり静注なんてあり得ない。そんな指示、するはずないもの」

「じゃあ、記録がまちがってるんじゃないか。その看護師に確認してみた?」

「それはしてない。だって、いきなり自宅謹慎を言われたのよ」

「記録を書いた本人に、直接、確かめてみたらどうだ」

「そうね」

井川夕子になぜそんな記録をしたのか、直接聞けば事情がわかるかもしれない。

「ルネが静脈注射を指示していないことを、証明できるといいんだがな」

何かあるはずだ。静注なんかしたら安楽死になると、自分自身が反対していたのだから。

「そうだ。山際先生に頼めるかも」

山際がミオブロックの使用を提案したとき、ルネははっきりと「それは許されません」と反対したはずだ。それを証言してもらえば、ルネがミオブロックの静注を指示することはあり得ないとわかってもらえるだろう。

速水に説明すると、「それは有力な傍証になるかもな」と、うなずいた。

「で、山際先生はルネのために証言してくれそうか」

「頼んでみる」

そう言いながら、ルネは山際の皮肉っぽい顔を思い浮かべ、不安を募らせた。

4

麻酔科医局のいちばん奥に、当直用の二段ベッドが置かれている。

大牟田は下段に寝転び、両手を頭の後ろに組んで上段のマットの裏をにらんでいた。午後二時半。ほかの医員は全員、手術室で麻酔をかけている。昼間からベッドでゴロゴロできるのはありがたいが、現状にはとても満足できなかった。

安楽死の動かぬ証拠を突きつけたのに、橘院長は未だに白石を解雇していない。謹慎処分は続いているが、幹部会議での決定は、関連のクリニックかどこかへの配置換えらしい。

大牟田の昇格と昇給も、実質的に棚上げされたも同然だった。事務部長の野沢が持ってきた内示は、副部長待遇だ。民間企業じゃあるまいし、病院の役職にナントカ待遇など聞いたことがない。年俸もたったの百万円アップだ。そんな内容で満足するとでも思ったのか。舐めやがって。

――と言いましても、何分、本部の決裁が必要となりますので。

野沢は何度もこの言葉を繰り返した。大牟田が強く迫ると、すぐ本部云々を持ち出して、この病院だけではどうにもできないと腰を屈めた。

――ごちゃごちゃ抜かしてると、洗いざらいマスコミにバラすぞ。

――それは困ります。それだけは何とか。

身をよじらんばかりに平身低頭するが、具体的には何の歩み寄りもない。

それにしても、あの野沢という男にはプライドというものがないのか。若いころは柔道をやっていたらしいから体格はいいが、もみ手、八の字眉、おもねり笑い。まるで卑屈が服を着ているような男だ。

大牟田は野沢をこき下ろしたが、それで気持が収まるわけではない。病院側がふざけた対応をするなら、もう少し揺さぶりをかけてやらなければいけない。

すでに横川の遺族には、内部告発の手紙を送ってある。看護師を装って書いたから、自分が出したことはバレないはずだ。詳しいことは書かなかったが、病院に問い合わせくらいはしてくるだろう。そのときの野沢の慌てふためく顔が目に浮かぶようだ。

そんな空想にさもしい笑みを浮かべていると、ＬＩＮＥの着信音が鳴った。堀田からだ。

《大牟田先生は副部長になるんですね。年収もアップだとか。おめでとうございます》
実際は〝副部長待遇〟だが、面倒なので、《Thanks！》のスタンプだけ送る。
《例の事件がらみの昇進ですか？》
うるさいな。そう思っているとまた着信。
《あたしが教えたネタなのに、こっちには何の見返りもないみたいですね》
当たり前だろ。しかし、放ってもおけないので言い訳のレスを送る。
《人事は前から決まっていたことだ。例の事件とは無関係》
《ほんとですか？》
《それより、今回の件、あんたがネタ元じゃないかと噂になりかけてるぞ》
脅してやると、考えているのか、返信が途切れる。
二分ほどしてふたたび着信。
《噂って、どんなことですか》
《あんたが安楽死の現場にいたと、手術部のだれかが言ってた。それ以上は知らん》
突き放すように書くと、少ししてから《了解》のレスが来た。
ふうとため息をついて、スマートフォンをしまう。まったく鬱陶しい女だ。
大牟田は思いついたようにベッドから出て、医局の電話を外線につないだ。番号は暗記している。遠距離電話の支払いを病院に押しつけてやるのはいい気味だ。
数回のコールでつながった。

「もしもし、俺だよ。お袋、変わりないか」

大牟田の母親久代《ひさよ》は、現在七十歳。父親は十二年前に肺がんで亡くなり、久代は栃木と茨城の県境の実家で独り暮らしをしている。

「寿人け。元気にしてるべか。いつも電話ありがとね」

「俺、今度、副部長になったんだ。麻酔科だから大したことないけど」

「そうけぇ。すごいねぇ。厚世病院の副部長だろ。おめでとね。おめはむかしから頑張り屋だったからねぇ」

母親の嬉しそうな声を聞くとほっとする。大牟田は高校から寮に入り、予備校も東京だったから、母親とは中学までしか暮らしていない。久代にとって大牟田は、今も学年でトップの自慢の息子のままだ。

「給料も大幅にアップになるから、金がいるならいつでも言ってよ。たまには旅行したり、ご馳走を食べに行きなよ。元気なうちに楽しんどかないと、いつ動けなくなるかわかんないから」

「母さんはいいがら。それより、おめは風邪ひいてねぇけ。風邪でも油断してっと怖いべ」

「大丈夫だよ。変わりないから。ああ、また電話するよ。じゃあな」

年寄りはなぜいつも同じことを言うのか。病院に高い電話代を払わせてやろうと思ったが、結局、二分ほどで切ってしまった。

久代は関東医大を一流だと思っているし、厚世病院も大学病院並みの立派な大病院だと思っている。大牟田がそう吹聴したからだ。田舎暮らしの母親に実態がわかるわけがないし、それで母親が喜ぶなら簡単な親孝行だ。

5

速水が来た翌日、ルネは病院に電話をかけて、小向につないでもらった。

「おう、どうした」

フラットな応答に、まだ小向は自分を見捨てていないと感じ、ルネは意を強くした。

「あれからずっと考えていたんですが、どう考えてもカルテと看護記録の記載が食いちがう理由がわからないので、一度、井川さんと話をさせてもらえないでしょうか。あのときの状況をお互い確認すれば、どちらの記録が正しいかわかると思うのですが」

「二人で話せば、何か新しいことが出てくるのか」

「わかりません。でも、わたしがミオブロックの静注など指示するはずはないんです。どうして井川さんがそう記録したのか、直接、聞いてみたいんです」

小向は返答を渋っていたが、「お願いします」と重ねて頼むと、何とか受け入れてくれた。

「院長とも相談して、二人で話すことが可能かどうか聞いてみる」

「よろしくお願いします」

もしかしたら、井川は非難されることを恐れて、看護記録のまちがいを認められないのかもしれない。それなら心を開いて話せば、事実を打ち明けてくれる可能性はある。

ルネが病院に呼ばれたのは、二日後の午後だった。意外に早い対応に感謝しつつ、ルネは院長室に向かった。院長室にはすでに小向と井川のほか、加橋と堀田も来ていた。

「みんな揃ったな。じゃあ、白石君の言い分を聞こうか」

橋が硬い調子で言った。目を合わせないのは、まだ十分に納得していない証拠だ。ルネはまず、病院に迷惑をかけたことを詫び、ここにいる全員に時間を取ってもらったことに礼を言ってから、本題に入った。

「あのとき、わたしがミオブロックを使ったのは、横川さんのうめき声を止めるためでした。その方法を教えてくれたのは、ナースステーションにいた山際先生です。点滴で使えばいいと示唆してくれました。だから、わたしが静脈注射の指示をするはずはないんです。井川さんも静注はしていないと思います」

その場にいた全員が、意外な顔でルネを見た。

「井川さんは最後の一アンプルも点滴に入れたはずです。看護記録に『iv』と書いたのは、単純な記載ミスだったんじゃないでしょうか」

井川がそれを認めれば、事態は一気に好転する。

「ねえ、看護記録は書きまちがえたんでしょう。ミオブロックを静注するはずないわよね」

ルネはできるだけ優しい声で訊ねた。お願い、はいと言って。祈るような気持で身を乗り出した。井川は手元を見つめ、唇が色を失うほど口元に力を入れている。ルネが返答を促すと、低い声で答えた。

「最後の一アンプルは、三方活栓から側注しました」

えっ。ルネは言葉を失った。困惑の瞬きを繰り返す。その目をにらみ返すように顔を上げて、井川が断言した。

「白石先生の指示で静注したんです」

「嘘でしょ。わたしがそんな指示をするはずないわ」

「いいえ。たしかにしました。それで、わたし、驚いたけど、先生の指示だからと思って、側注したんです」

どうして井川はそんなデタラメを言うのか。自分を見失いそうになるのをこらえて、ルネは必死に問いかけた。

「落ち着いて思い出してちょうだい。わたしがそんな指示をするはずはない。勘ちがいでしょう。それとも、あなたはまさか、自分の判断でミオブロックを側注したの？」

「いい加減にしないか」

橘がルネを怒鳴りつけた。

「君はそれでも医者か。立場の弱い看護師に責任を押しつけて、恥ずかしいと思わんのか」

ルネは恐怖に目を瞠った。色の薄い瞳が飛び出しそうになっている。

「わたしは、静注なんか指示していません」

「じゃあ、君は井川君が嘘をついていると言うのか」

そうだと言いたい。だが、井川はなぜそんな嘘をつくのか。見ると、井川が涙で潤んだ目でルネをにらみつけている。

橘が看護記録の原本をルネに突きつけ、ページを指で叩いた。

「ここに『主治医指示により』と書いてある。これは後付けではない。現場で何の思惑もなく記録されたものだ。ならば、紛れもない事実と認定する以外にないだろう」

そんなはずはない。あのとき、わたしは安楽死など考えもしなかった。ルネはふいに死刑を宣告されたように激しく動揺した。

横にいる堀田は味方になってくれないのか。助けを求めようとしたが、堀田は伏せた顔を上げようとしない。加橋も口をへの字に曲げ、小向も厳しい表情を浮かべている。

ルネは必死に気持を奮い立たせ、橘に問うた。

「わたしが横川さんを安楽死させたというなら、その理由は何ですか。安楽死をさせる必要などまるでないのに、静注を指示することなどあり得ません」

「必要はあっただろう。君は想定外のうめき声に動転して、とにかく早く患者を死なせようと焦ったんだ。その場を丸く収めるためには、患者を死なせる以外にないと判断して、自分の手を汚さず、看護師に手を下させた。ちがうか」

「ちがいます。あのとき、動転したのは事実だけれど、そんなひどいこと、一瞬たりとも思っていません。横川さんはわたしがずっと診てきた患者さんです。治療を任され、信頼もされてきました。それに応えようと一生懸命尽くしてきたのに、その場を丸く収めるために死なせるなんて、考えるはずないじゃないですか」

「口では何とでも言える。君はまったく演技がうまいな」

「演技なんかじゃありません」

思わず叫んだ。涙が込み上げそうになる。だが、ここで泣いたらおしまいだ。血が出そうなくらい唇を噛んだとき、ふと、山際のことを思い出した。

「山際先生を呼んでください。彼ならわたしが安楽死など考えもしなかったことを証言してくれるはずです。お願いします」

強く頼むと、橘は面倒そうに目を逸らした。小向が代わりに、白衣のポケットから院内PHSを取り出した。

「ああ、山際君か。今、白石君が来ていてね。君に話があるそうなんだが」

小向からPHSを渡され、ルネは必死に言葉を紡ぐ。

「今、横川さんの件で院長室に来ているんです。あのとき、ナースステーションで先生と話したでしょう。わたしがミオブロックの静注に反対したことと、安楽死は許せないと言ったことを、証言してほしいんです」

「何だって」

耳が痛いほどPHSを押し当てて繰り返したが、返ってきたのは思いもかけない言葉だった。

「そんなむかしの会話なんか覚えてるわけないだろ。俺を面倒に巻き込まないでくれ」

通話が切れる。小向が問う。

「どうした。山際君は来るのか」

答えられない。四面楚歌。だれも助けてくれない……。

ルネの目から、絶望の涙が次から次へとあふれた。

6

堀田芳江は、コンビニで買った焼き鳥とメンチカツを電子レンジで温め、缶ビールのプルトップを開けた。あふれた泡を飛び出し気味の口で啜る。

テレビをつけ、正面に座って、いつも通り孤独な夕食をはじめた。だが、機嫌は悪くない。

「今日、院長室で白石ルネが醜態を晒《さら》したのは見ものだったわね。井川ちゃんが、ミオブロックの静注は、主治医の指示だったと言ったときの白石ルネのうろたえぶりは、動画で記録しときたかったわよ」

声に出してつぶやき、ひとりで嗤う。

堀田は千葉県佐倉《さくら》市の出身で、看護師の専門学校を出ていくつか病院を変わったあと、五年前から浦安厚世病院に勤めている。父親は電力会社の下請けで、貧しい家庭ではなかったが、堀田は小学生のころから他人が羨ましくて仕方なかった。まわりは自分より恵まれた者ばかりのように見えた。金持ち、美人、成績優秀、運動抜群、クラスの人気者、いずれも嫉妬の対象だった。あたしだって一度くらいもてはやされたい。そう願っていたが、思いは満たされなかった。

中学三年生のとき、卓球部で女子の副キャプテンに選ばれた。卓球は貧相な身体の堀田でもハンディにはならず、むしろ、身軽さが有利だった。素早く動くと、面白いようにスマッシュが決まった。ところが、そのことで逆にからかわれた。

――おまえの卓球、チョロチョロ動きまわってネズミみたいだな。

――チューチュー言ってみろ。

男子部員にからかわれた。女子部員はだれもかばってくれなかった。

高校に進学しても、何の楽しみもなく、取り柄もなく、目標も希望もなかった。あるのはただ惨めな自分に対する嘆きばかり。もう少し美人に生まれたら、頭がよければ、家が金持ちだったなら――。

彼女が看護師になったのは、生きていくために資格が必要だと思ったからだ。恋愛や結婚は最初からあきらめていた。鏡を見る度に思う。こんな不細工な女、だれが相手にするだろう。望みさえ持たなければ、失望することもない。

そうよ。男なんて、あたしのほうから願い下げよ。まわりを見たって、クズみたいな男ばっかりじゃない――。

堀田は二本目のロング缶を開け、のどを鳴らして飲んだ。目の縁が赤くなり、唇がメンチカツの油でぬめる。

「あははは。こいつ、サイテー。死ねばいいのに」

バラエティ番組を見て、下らない話題で盛り上がる女優に悪態をつく。酔いがまわると、堀田はいつもの癖で、一人二役の会話をはじめる。

「このバカ女、よくも恥ずかしげもなくテレビに出るわね。頭カラッポじゃん」

もう一人の自分が同意する。

「自分のこと、かわいいと思ってんのよ。カエル顔のくせに」

「でも、今日は面白かったよね。あの白石ルネが真っ青になってたでしょ」

「いい気味よ。あいつ、いつもウチらをバカにしてるもん」

「ほんと、ムカつくよな。はじめのころ、あたしの憧れですって持ち上げてやったのに、ありがとうのひとこともないんだからね。何様のつもりよ。それにしても、あのときのアドバイスが、ここで効いてくるとは思わなかったね」

「ほんと、ほんと」

堀田は自分相手に満足そうにうなずく。

横川達男が亡くなったとき、看護記録をつけていた井川が、おかしなことを聞いたのだ。

――ミオブロックって静注してもいいんでしたっけ。

何を言い出すのかと思うと、白石ルネが三アンプルのうち、二アンプルは点滴に入れたのに、最後の一アンプルを三方活栓から側注させたというのだ。側注はそのまま血管に入るから、静脈注射と同じになる。ミオブロックを静注すれば安楽死だ。白石ルネがそんな指示を出すだろうか。

――井川ちゃん。それたしかに白石先生の指示だった？

――ええっと、たぶん。

頼りない返事だった。

――もしちがったら、ヤバイよ。

尊厳死は、治療をやめることによって死に至らせる消極的な行為なのに対し、安楽死は、患者を死なせる薬を投与する積極的な行為になる。ミオブロックの静注は、明らかに後者だ。発覚すれば大問題だ。そのことを説明すると、井川は顔色を変えた。

――どうしよう。

――心配だったら、看護記録に『主治医指示により』と書いておけばいいのよ。そしたら井川ちゃんの責任じゃなくなるから。

「あのときは、単にごまかしのつもりだったけど、まさか院長に呼ばれて、井川ちゃんの釈明に役立つとは思ってもみなかったわ」

「先見の明ありってとこね。ウチらに運が味方したのよ」

「たまにはこっちもいい目を見ないとね」

堀田はさらにロング缶のビールを開け、ポテトチップスの大袋を取り出す。

「麻酔科の大牟田も喜んでたもんね」

「でも、あいつ、もうちょっとウチらに感謝すべきじゃない。自分は昇格して給料も上がったくせに、こっちには何もないじゃん」

「ディナーの十回くらいご馳走してもバチは当たらないよね。でも、あいつ、ケチそうだからな」

「劣等感の塊の、田舎者のドケチだからね。どうしようもない。へへへ」

「頭もハゲかけてるし。ウヒヒ」

一人二役で笑い合う。

「だけど、もしもあいつが、結婚を申し込んできたらどうする？」

「えー、大牟田が？　冗談やめてよって、言いたいところだけど、あたしももう三十八だしな。考えてみる？　何だかんだ言っても、相手は医者だから、生活には困んないだろうし」

「でも、あいつ、性格悪そうよ。人の悪口ばっかり言いそうじゃん」

「いいじゃん。いっしょに白石ルネの悪口を言えば、盛り上がるよ」

架空の会話は言いたい放題だ。缶ビールがなくなると、紙パックの焼酎をコップで呷る。

「ふわー、よく飲んだ。あんたとしゃべると気が晴れるわ。あたしたち、ほんとに気が合うね」

「そりゃそうよ。だって性格、いっしょだもん」

「アハハ。ちがったら怖いよ」

堀田は遠慮のない声で笑い、がくっと首を垂れる。

「ウチらみたいな者は、励まし合って生きていくしかないのよ。ひとりじゃやりきれんもん」

うつむいたままつぶやき、しばらく頭を揺する。目を閉じると暗赤色の闇が広がる。

突然、顔を上げ、口角を思い切り上げて笑いを浮かべる。

「そうだ。冷凍のたい焼き、チンして食べよか」

「食べよ、食べよ」

また一人二役になり、ふらつきながら冷凍庫からたい焼きを取り出すと、うつむいたまま電子レンジに入れた。適当にダイヤルをまわして温めると、手づかみで食べはじめた。

「おいしいものを食べてるときが、いちばん幸せよね」

「ほんと、ほんと」

丸呑みに近い状態でたい焼き二枚を食べ終わると、這うようにしてベッドにたどり着く。灯りを消して、そのまま俯《うつぶ》せに倒れ込むと、大きなため息を洩らした。閉じた目から一筋の涙が流れる。

7

「義兄さん。こんな狭苦しいとこで申し訳ありません」

「気にすることはないよ。親父さんの代から使ってる事務室なんだから、歴史があるじゃないか」

横川塗装店の事務室は、倉庫兼ガレージの横にある三畳ほどの部屋だ。奥にスチールのキャビネットと机、手前にビニール張りのソファセットが置いてある。

石毛乾治は、相変わらず仕立てのいいダブルのスーツを着て、埃を払ってから一人掛けのソファに座った。テーブルにはこの前、信一が石毛に託した内部告発の手紙が広げてある。

「この手紙、送り主は看護師じゃないな」

「どうしてです。手紙には、『わたしたち看護師から見て』とか、『看護師だからわかること』とか書いてあるじゃないですか」

信一が怪訝な顔をすると、石毛は軽く鼻で嗤った。

「だから、ちがうと言ってんだよ。書き手が看護師であることを強調しすぎてるだろ。そう思わせようとしてるってことは、ちがうということだ。しかし、内容はかなり専門的だから、書いてるのはたぶん医者だな」

「どうして医者が看護師のふりをして書くんです」

「立場上まずいからだろう。同僚を裏切ることになるからな」

なるほどと信一が納得する。石毛はさらに踏み込んだ分析をした。

「マスコミにバラすなというのも、こっちに不利になるみたいに書いてるが、本音は情報が公になるのを避けたいんだろう。病院の名前が出ると大事《おおごと》になって、書き手も困るんじゃないか。手紙を書いた理由は、『不正を見逃すことができないから』と書いてるが、これも嘘臭いな。ことさら主治医の白石というのを悪《あ》しざまに書いてるから、書き手の医者は主治医に個人的な恨みがあるのかもな」

信一はテーブルから手紙を取り上げて、文面に目を走らせた。

「白石というのはどんな医者だ。ルネってのは、またシャレた名前だな」

「たしか、母親がオランダ人だとか言ってました。僕も親父が倒れるまで会ったことはなかったんですが、三十代半ばのきれいな人です」

「ほう。美人の女医か」

石毛は別の意味で興味をそそられたように口元を緩めた。

「親父さんが亡くなったときの状況は、この手紙に書いてある通りだったのか」

手紙には横川達男はまだ治療の余地があったのに、白石ルネが早々に見切りをつけて、独断で安楽死を実行したと書いてあった。

「僕は、親父が安楽死をさせられたとは思ってませんでしたけど」

「じゃあ、尊厳死だと思ってたのか」

「いや、それも、ちょっと……」

信一は安楽死と尊厳死のちがいを十分に理解していないようだった。石毛がひとつ咳払いをして言った。

「この手紙では安楽死になってる。実際はどうだったんだ」

「治療を続けると、親父が苦しむばかりで、ひどい状態になるから、早めに治療をやめたほうがいいという話だったと思います。治る見込みはないと白石先生に何度も言われたし」

「そいつぁおかしいんじゃないか。どんな状況だって、まだ生きている患者に、助かる見込みはないなんて断言はできんだろう。神さまじゃないんだから」

「でも、助かる見込みがあるなら、治療を続けるでしょう」

「それが面倒だったから、この白石という医者は、早めに終わりにしたんだと書いてある。何か思い当たることはないか」

信一は眉を寄せて記憶を辿った。

「そう言えば、姉さんが興奮して、脳死なんか受け入れられないと取り乱したことがありました。そのとき、白石先生はかなり困った顔をしてました」

「だからと言って、患者を安楽死させちゃあいかんだろ。今さら親父さんを生き返らせることはできないが、このまま捨て置くのもよくない。信一君はもっと怒っていいんじゃないか」

「そうでしょうか」

「そうさ。この手紙に書いてあることが事実なら、親父さんはその白石という医者に殺されたも同然なんだから。俺だったら、すぐに病院に謝罪を求めるよ。しかるべき賠償金も求める。何しろこちらは被害者なんだから」

信一は未だ戸惑いを浮かべ、どうすべきか迷っているようだった。石毛は持ち前のソフトな声で、説得するように言った。

「だいたい安楽死をさせときながら、事実を隠してたというのがおかしいじゃないか。医者なら患者の命を最優先に考えるのが当然だろう。それを家族がうるさいから、早めに死なせたなんて聞いたことないぞ。言ってる俺のほうが腹が立ってきたよ」

「たしかにそうですね」

信一の胸にも怒りの火がちらつきだした。あのとき、たしかに白石は強引だった。人工呼吸の中止を受け入れるよう、何度も説明を繰り返した。あれは治療が面倒だったからなのか。それなら許せない。

信一の気持の変化を読み取ったように、石毛が親身になって言った。

「まあ、いきなり謝罪を求めても、病院は受け入れんだろう。まずは弁護士に相談してみたらどうだ。こちらに勝ち目があるかどうか、判断してもらえばいい。俺の知り合いに医療訴訟を手がけてる弁護士がいるから、もしよかったら紹介してやるぞ」

「ありがとうございます。よろしくお願いします」

「俺の勘だと、大きな金が動く話になるかもしれんな。親父さんの供養のためにも、信一君は頑張らなきゃいかんぞ」

石毛は真剣な眼差しで、信一の肩を力強くつかんだ。

8

石毛が紹介したのは、沼田純一《ぬまたじゆんいち》という弁護士だった。

信一が石毛とともに事務所を訪ねると、沼田は石毛同様、高級そうなスーツ姿で二人を迎えた。着古したジャケット姿の信一は、それだけで気圧《けお》されるのを感じた。弁護士に会うのがはじめての上に、

「ようこそいらっしゃいました。石毛さんには、これまでも何かとお世話になっているんですよ」

沼田は信一の緊張をよそに、にこやかにソファを勧めた。石毛よりやや若い四十代後半で、オールバックの額の下に、優秀そうな鋭い目を光らせている。

「石毛さんからお話をうかがいましたが、お父さまのことはさぞかし驚かれたことでしょう。それにしてもひどい病院ですね。ただ、内部告発があるというのは、まだしも良心的な人間がいるということで、救われる思いですが」

沼田は用意したファイルから、石毛が渡したらしい手紙のコピーを取り出した。

「この手紙はかなり信憑性があると思われます。当然、病院側に謝罪と賠償を求めることは可能でしょう」

「よかったな、信一君。沼田先生にそう言ってもらえば百人力だ。これで親父さんも浮かばれる」

石毛が嬉しそうに信一にうなずく。

「で、これからの対応ですが、病院側が本件に関してどう反応するか、調べる必要がありますね。その意味でも、弁護士が代理人になれば、病院側もいい加減な対応はできないはずです」

「やっぱり、裁判になるんだろうかね」

「裁判になるか、示談になるか、それは先方の対応次第です」

石毛に答えてから、沼田が信一に訊ねた。

「横川さんとしては、何か希望はありますか」

「いえ。私はこういうことには不慣れなので、どうすればいいのか教えていただければ……」

「わかりました。そもそも、どうしてこんなことが起こったのでしょう。現代の病院で、安楽死が家族に知らされずに行われたなんて驚きですよ。仮に家族に説明したとしても、医師の暴走と言われかねないのに、主治医が独断で実行したなんて、それこそ公になったら大問題です」

「そうだろ。俺もそう思ったから、先生に相談したんだよ。まったくひどい話だよな」

石毛は沼田と親しいのか、くだけた口調で話した。

「白石って主治医は病院のホームページに出てる写真を見たら、お高く止まってる冷たい女って感じなんだ。こいつが俺の前のワイフともめたらしくて、それで親父さんの治療を早々に終わりにしたってわけだ」

「そんなことがあるんですか。まったく医療者の風上にもおけませんね」

「こっちが素人だと思って、専門用語でごまかして、無理やり治療をやめる方向に誘導したって話だ。そうだろ」

「ええ。まあ、たしかに」

石毛に問われて、信一は曖昧にうなずく。

「しかも、それを病院ぐるみで隠蔽したっていうんだからあきれるぜ。そんな医者や病院を野放しにしていたら、また同じことを繰り返すぞ。手紙の送り主もそれを警戒してるんだろう」

「ここは断固たる態度で臨む必要がありますね。横川さんは、医者の説明をおかしいと感じたことはなかったですか」

信一は三年前の記憶を辿った。

「そう言えば、白石先生はいやに治療の中止を急いでいるみたいでした。こちらの意向を聞くようにしながら、時間の余裕はないとか、脅すようなことを言ってましたから」

その言葉に石毛が即座に反応した。

「まったく許せんな。大切な家族の治療中止を決めるのに、そんな言い方ってないだろう。医者ってヤツは、患者や家族がどれだけ心配して、つらい思いをしてるか考えようともしないんだ。エリート面をして、高い給料をもらって、いい加減な治療で患者を死なせて知らん顔だ。ほかにも、信一君はいやな思いをしたことがあったんじゃないか」

ふと記憶がよみがえる。最後の日、人工呼吸器の管を抜いたらどうなるのかと確認したとき、白石がさも驚いたように目を剝いて、そんなこともわかっていないのかという顔をした。念のために聞いただけなのに、「そのおつもりではなかったんですか」と、高飛車に言われた。

「治療を中止したらどうなるか、だいたいわかってますと言ったら、だいたいでは困るんですと、偉そうに言われました。説明はいつも上から目線だったし、顔つきも冷ややかで、思いやりのかけらも感じられませんでした」

「やっぱりな。だいたい、家族に隠して安楽死をさせるような医者に、思いやりなんかあるはずがない。沼田先生、これはもう徹底的に闘うしかないですな」

「お二人の話を聞くと、この浦安厚世病院というところは、そうとう問題があるようですね。反省を促す意味でも、厳しい対応をしたほうがよさそうです」

「ということは、賠償金額も上限ぎりぎりにすべきだね。もちろん、金を取ることが目的ではないけれど、病院ぐるみの隠蔽がいかに高くつくかを思い知らせてやる必要があるよな」

石毛はさも本気のように、金銭目的を否定してみせた。

「そうですね。横川さんは、賠償金についてはいくらぐらいとお考えですか」

信一に具体的な金額がわかるはずもない。無言で首を傾げると、石毛が「まあ、七千万は堅いんじゃないか」と言った。

「そうですね。でも、七千万取るつもりなら、要求は倍の一億四千万からはじめるべきでしょう」

沼田が言うと、石毛が「ちょっと待ってくれ」と、うろたえた声を出した。

「お宅の着手金は、たしか要求額の一割だったよな。一億四千万の要求なら、千四百万円になるじゃないか。信一君、どうだ」

「無理ですよ。そんな大金」

信一は青くなって即答した。

「だろうな。沼田先生、どうにかならないかね」

「わかりました。ほかならぬ石毛さんの紹介ですから、着手金は半額で結構です。その代わり、成功報酬は二割でお願いしますが」

「そうか。ありがとう」

石毛は笑顔を見せたが、信一が慌てて止めた。

「義兄さん、待ってください。半額といっても七百万円でしょう。そんなお金、ありませんよ」

「大丈夫だ。着手金は俺が立て替えてやるよ。心配すんな」

「いや、いくらなんでもそれは」

信一がとんでもないというように首を振ると、石毛はわざとらしく信一に向き合った。

「信一君。これは親父さんの弔《とむら》い合戦なんだ。俺も親父さんにはかわいがってもらったから、とりあえずは出させてくれ。俺は親父さんをみすみす死なせた病院と主治医が許せないんだよ」

そこまで言われると、信一も断るすべがなかった。

「信一君が不安に思う気持もわかるが、ここは沼田先生に任せてみないか。これは正義の闘いなんだ。きっとうまくいくよ」

「わかりました。では、どうぞよろしくお願いします」

信一は、得体の知れない大きなものが動き出す予感に怯えながら、頭を下げた。

9

橘は執務机の前で腕組みをし、なんとか気持を鎮めようとしていた。

白石ルネの安楽死実行が確定した今、次の対策を考えなければならないのに、怒りと苛立ちで考えがまとまらない。なぜ、自分がこんなことで足を引っ張られなければならないのか。

問題はこの不祥事を厚世会の本部にどう報告すべきかだ。できれば院内で処理したいが、万一、隠蔽が疑われたら、厚世会における自分の将来は終わる。総裁の徳山巌《とくやまいわお》は、不正やごまかしをもっとも嫌うからだ。それならここは、早急に報告するのが得策だろう。

橘はまず、電話で専務の藤森宏忠《ふじもりひろただ》の判断を仰ぐことにした。

藤森は東大卒のエリートで、教授の席を目指していたが、ライバルに敗れて厚世会入りをした内科医である。経歴で似たところがあり、以前から橘に目をかけてくれていた。藤森は横浜厚世病院で院長を務めたあと、理事に就任し、徳山総裁に気に入られて専務に抜擢された。上に副総裁がいるが、名誉職のようなものなので、実質的には藤森が厚世会のナンバーツーである。

橘は挨拶もそこそこに話を切り出した。

「実はうちの病院で、少々厄介な問題が出来《しゅったい》しまして」

概要を聞き終えると、藤森は深刻な声でつぶやいた。

「家族に十分な説明をしなかったというのか。問題だな。総裁はそういうのをいちばん気にされるからな」

「申し訳ございません」

「すぐにも報告に来たほうがいい。私からも総裁の耳に入れておくから、あとは君が直接こちらに来て、率直に事実をお伝えしろ」

「承知いたしました」

橘は大手町にある日本厚世会の本部に駆けつけ、総裁室に行く前に藤森の部屋を訪ねた。

「今回の問題はかなり厳しいが、対応によっては君の評価を上げることも可能なんだから、心してかかるように」

「恐れ入ります」

立ったまま最敬礼する。続いて最上階にある総裁室に新入社員のように緊張して向かった。

総裁の徳山は御年七十九。長寿眉にも白いものがまじるが、まだまだ矍鑠《かくしやく》としている。

橘に革張りの高級ソファを勧め、にこやかに言った。

「藤森専務から概略は聞きました。橘先生もご苦労ですなぁ」

「当院の問題でご迷惑をおかけして、誠に申し訳ございません」

橘は胸が膝につくほど頭を下げた。

「それで、ご遺族への対応はどうするつもりですか」

今の段階では、横川の遺族からの動きは見えない。安楽死は三年前だし、このまま遺族が気づかなければ、話は大牟田と白石の処分のみで収束するだろう。逆にこちらから遺族に連絡すれば、賠償金も発生するだろうし、裁判になる危険性もある。そうなればメディアに報じられ、浦安厚世病院だけでなく、厚世会全体に迷惑がかかる。総裁もそれは避けたいと思うのではないか。

しかし、橘は意を決して明言した。

「早急に遺族に連絡して、しかるべき賠償を行います」

徳山の目が、伸びた眉の下でぐっと見開かれた。一呼吸置いてうなずく。

「それがいちばん肝心なことです」

正解だ。橘は黙って頭を下げながら、安堵の胸をなで下ろした。自分にはやはりまだ運がある。

「あとは藤森専務とよく相談して、くれぐれも遺漏のないよう、よろしく頼みますよ」

「畏《かしこ》まりました」

今一度深く頭を下げ、橘は総裁室を辞した。専務室にもどり、結果を報告する。

「遺族への連絡は早いほうがいいが、伝え方は注意したほうがいいぞ」

藤森が言わんとするのはこうだ。バカ正直に落ち度を認めると、賠償金が跳ね上がる。だから不可抗力の要素もほのめかせて、賠償額を抑えろということだ。組織としては当然の判断だ。

「今後、厚世会が生き残っていくためには、漫然と医療をしているだけでは不十分だ。まだ君には言ってなかったが、厚世会は間もなく政界に進出することを考えている。これまで医系の国会議員を支援してきたが、厚世会で自前の議員を育てる目論見だ。選挙には世間のイメージが重要なことは、君にもわかるだろう」

「もちろんです」

「今度の一件、くれぐれもメディアに騒がれるような大事にしないよう、注意してくれよ」

橘は冷水を浴びた思いで身を強張らせた。念頭に浮かぶのは、大牟田の狡猾な薄笑いだ。何としてもヤツを抑え込まなければならない。

橘は殺意にさえ変わりかねない思いで、脳裏の大牟田をにらみつけた。

10

翌日、橘は至急で対策の会合を招集した。

院長室に集まったのは、副院長の小向潔、副看護部長の加橋郁子、事務部長の野沢元治、それと顧問弁護士の上月譲《こうづきゆずる》だった。

上月は弁護士五人を抱える上月総合弁護士事務所の所長で、現在六十歳。恰幅がいいというより、太鼓腹を持てあまし気味の肥満体で、ウェーブした髪を油性整髪料でテカらせ、薄い口髭を生やしている。たいていの案件は配下の弁護士に任せるが、今回は橘院長から直接の依頼を受けたので半ば致し方なく自ら出馬することにしたのだった。

「所長直々のお出まし、誠にありがとうございます」

ふだん、人に頭を下げることの少ない橘が、前日に引き続いての低姿勢で、内心の苛立ちは隠しようもない。それを察してか、野沢はそわそわしながら院長の顔色をうかがい、小向と加橋も神妙に控えていた。

経緯を聞いたあと、上月は厚切りハムのような頰を揺らして言った。

「協議すべきは、遺族への謝罪と賠償、大牟田医師と白石医師の処遇、それに大牟田氏がメディアにリークする危険をいかに防ぐかの三点ですな」

「おっしゃる通りです」

「しかし、橘院長。今のところ、遺族は何も知らんのでしょう。それなら、このまま頰《ほお》被《かむ》りですますという選択肢もあるのじゃないですか」

上月は冗談とも誘惑ともつかない含み笑いで訊ねた。

「いえ、当院は〝患者さま第一主義〟がモットーですので、事実が発覚した以上、きっちり謝罪すべきだというのが私の考えです」

「では、賠償金も支払うというわけですな」

橘は卑屈な上目遣いで声を落とした。

「賠償には応じますが、そこはその、話の持っていきようで、金額も変わるでしょうから、どう説明すればもっとも適切な結果が導かれるかということを、ご相談申し上げたいのです」

「適切な結果ねえ。しかし、安楽死はもともと違法行為だし、患者を死亡させたとなると、最低でも六千万から一億というところでしょうな」

そんなに、と、橘は驚きの言葉をのみ込んだ。

「場合によっては五億ふっかけられてもおかしくない。まあ、要は相手を怒らせないことです」

気まずい沈黙を避けるように、野沢が声をあげた。

「白石先生は、医師賠償責任保険に加入しているはずですが、それは使えないのでしょうか」

上月が野沢に目線を向けもせず否定する。

「無理でしょうな。白石医師が自分のミスを認めているなら別ですが、否定しているのでしょう。だったら、彼女は保険を使うことを拒否しますよ」

野沢が落胆してうなだれると、上月は少しは顧問らしいことを言わなければと思ったのか、諭すように言った。

「病院の落ち度はある程度、認めたほうがいいでしょうな。先方が弁護士に相談すると話がややこしくなるので、できるかぎり早く賠償額を決めるべきです」

橘が不安そうに訊ねる。

「遺族はすんなり受け入れてくれるでしょうか」

「そう仕向けるように話すんですよ。硬軟織り交ぜて、専門用語も使いながら、遺族にとっても、早めに話をまとめたほうが有利なのだと思わせるのです」

「なるほど」

「それで、大牟田先生の処遇はどうすればよろしいでしょう」

ふたたび野沢が聞くと、上月はソファに身を預けたまま、気楽な調子で答えた。

「そっちは簡単ですよ。大牟田氏の要求は明らかに恐喝ですから、警察に被害届を出せばいい。言い逃れができないように、大牟田氏の要求を録音するか、文書にしておいてください。警察が関われば大牟田氏も下手には動けんでしょう」

「しかし、それではいつ彼がメディアに垂れ込むかわかりません。匿名で情報を流されたら、こちらはどうにもできません」

「それなら要求をのんで懐柔しますか。しかし、そんな男ならメディアへのリークをチラつかせて、次々と要求を出しそうですな」

上月は他人事だと思ってのんきに構えている。顧問弁護士のくせにと、橘は顔に怒りが表れるのをこらえながら、なんとか話を進めようとした。

「大牟田の口を封じるには、彼の弱みを握るしかないと思うのですが、それも簡単ではありません。ほかに方法はありませんでしょうか」

「病院に対する恐喝を理由に、解雇するというのはどうです」

「そんなことをすれば、大牟田はメディアに暴露すると居直るだけでしょう」

「ならヤクザに頼んでみますか。上手に使えば、彼らも役に立ちますよ。むろん、カネはかかりますが」

弁護士がそんなことを言っていいのか、だが、効果はあるかも、と思いかけて、橘は慌てて首を振った。そんなことが本部に知れたら、理想家肌の徳山総裁が許すはずはない。

「厚世会の病院が、反社会勢力と手を組むなどということは、断じてあり得ません」

橘が杓子定規に言うと、上月は軽く肩をすくめ、処置なしというように首を振った。

「小向先生。何かいい方法はありませんかね。大牟田はあなたには尻尾を振っていたようだが」

名指しを受けて、小向は心外そうに答えた。

「別に尻尾を振られていたとは思いませんが、大牟田君は手術部での勤務態度もよくないし、若手にパワハラ発言もしていましたから、何か弱みはあるかもしれません」

加橋も発言のチャンスとばかりに口をはさんだ。

「大牟田先生は術前回診でも、しょっちゅう主治医や看護師ともめていましたから」

しかし、いずれも弱みというにはほど遠い。橘は大仰なため息をついて上月に訊ねた。

「白石の処遇はどうすべきでしょう。今は自宅謹慎をさせていますが」

「白石さんは、警察に自首してもらわんといけませんな。安楽死は殺人罪に相当しますから」

その答えに一同が顔を上げた。橘が不安そうに聞く。

「しかし、白石が自首に応じますかね。本人はまだ安楽死をはっきりとは認めていませんし」

「正面から自首しろと迫るばかりが能ではありませんよ」

上月は蛇の道は蛇とばかりに、余裕の笑みを洩らした。橘はさらに不安を募らせる。

「白石が自首すれば、警察からメディアに情報が流れるのではないですか。それは困るんですが」

「しかし、患者が死んどるんでしょう。明らかに異状死ですから、院長にも届け出義務がありますよ。まあ、事実が発覚したのが最近ですから、医師法二十一条にある二十四時間以内という条文は適用されないでしょうがね」

橘が困惑を隠せないでいると、上月は顧問弁護士の役割をアピールするように鷹揚《おうよう》に言った。

「心配ご無用。県警に私のよく知っている偉いさんがいるから、そちらから所轄署に話を通して、マル秘案件に指定してもらえば公にはなりません。それより、今のままだと病院が白石さんをかばったと疑われかねない。そうなったらますますややこしいことになりますぞ」

「わかりました。ご忠告、ありがとうございます」

結局、有効な対策は何も見つからないまま、会合は終わった。橘は怒りの矛先が、今度は白石一人に向かうのを抑えることができなかった。

11

自宅謹慎になってから、一週間がすぎようとしていた。

ルネがいちばん気にしていたのは、自分の患者のことだ。入院患者は十二人いるし、外来患者は二百五十人ほどが二週ごとまたは四週ごとに受診する。小向は代理を手配はしてくれているだろうが、それぞれの患者の細かなところまでは伝わっていないだろう。八歳の松果体《しょうかたい》腫瘍の少年には、まだ手術のことを話していないし、極端にがんを恐れていたグリオーマ（脳の悪性腫瘍）の女性にも、詳しい説明をしていない。不用意な伝え方をしたら、怖がって病院から逃げ出したり、ショックでうつ病になってしまうかもしれない。せっかく患者との信頼関係を大事にしてきたのに、みすみす崩れるのを放置せざるを得ないのは、歯ぎしりしたくなるようなもどかしさだった。

横川達男の家族とだって、娘の厚子は対応がむずかしかったが、最後は信一といっしょにナースステーションまで礼を言いに来てくれた。ならば感謝してくれたのだろう。

そんな中、小向から病院に来るようにと連絡が入った。謹慎が解けるのか。それともいきなり解雇を告げられるのか。何を言われても動じないよう、ルネは最悪の状況を想定して病院に向かった。

副院長室に行くと、ソファに見知らぬ男性が座っていた。スーツの腹を突き出し、への字に結んだ口元に頬をたるませている。袖口には見るからに高級そうな時計をのぞかせていた。

「弁護士の上月先生だ。病院が顧問をお願いしている法律事務所の所長でいらっしゃる」

立ったまま会釈すると、小向はルネに着席を勧めてから、親身な口調で言った。

「今回のことは、法律的な問題も出てくるだろうから、早めに弁護士の先生に相談したほうがいいと思ってね。私から上月先生にお願いしたんだ。院長は必要ないとおっしゃったんだが」

つまり、小向の特別な計らいで、弁護士を紹介してくれるということか。それには感謝しなければと思い、ルネは「ありがとうございます」と頭を下げた。

上月は口髭をうごめかしながら、低いしゃがれ声で話しだした。

「最初に申し上げておきますが、弁護士はあくまでもクライアントの味方です。ときに法律的に厳しいことを申し上げて、あんたはどっちの味方だと怒鳴られることもありますが、すべては依頼者の利益を優先するが故なのです。そのことをご理解いただきますように」

「承知しました」

上月への返事もそこそこに、ルネは小向に自分の主張をぶつけた。

「この前、井川さんと話したとき、彼女があんまりはっきりと断言するので動転しましたが、どう考えても、わたしはミオブロックの静注など指示していません。延命治療の中止は、小向先生も了解してくださったはずです。患者さんとご家族のためにしたことで、何らまちがったことをしたとは、私も思っていません」

「君がまちがったことをしたとは、私も思っていないよ」

小向の優しい声に、思わず胸に熱いものが込み上げた。それくらい、ルネは精神的に追い詰められていた。

上月もうなずきながら言う。

「小向先生や橘院長の話も聞きましたが、白石先生の主張にはいっさいブレがないようですな。それはおそらく事実だからでしょう」

「その通りです」

ルネは意を強くして上月を見た。もしかしたら、有力な味方になってくれるかもしれない。

そう思ったのも束の間、上月は手元のファイルからコピーを抜き出し、むずかしい顔で眺めた。

「しかし、看護記録には『主治医指示により、ミオブロック1A iv』と書いてある。ivというのは静脈注射のことですな。これが客観的な証拠として重視されるのが問題なのです」

「それなら、カルテにはdiと書いてあります。点滴で投与したという客観的な証拠でしょう」

「残念ながら、同じ記録でも意味合いがちがいます。看護師の記録には、嘘や偽りを書く必然性がないのに対し、白石先生の場合はこの件が問題になったときに自分を守るために、あらかじめ嘘の記載をしたという解釈が成り立ちます」

「そんな……」

「むろん、邪推です。しかし、法的な争いの場ではあらゆる可能性が吟味されます。白石先生は看護記録のivが、diの記載ミスだという主張もされたとのことですが、記録した看護師がそれを否定している状況では、理解を得るのはむずかしいでしょう」

悔しいが、上月の言うことは筋が通っている。

「それではわたしは、いったいどうすればいいんですか」

ルネが問うと、上月はその質問を待っていたように、おもむろに答えた。

「まずは、当局に届け出をしていただかなければなりません。こういうことは、公式な記録を残すことが重要なんです。内部であれこれ対策を進めていても、公式の記録がなければ、何もせず放置していたと言われても反論できない。実際に対策を講じていたという証拠を残すためにも、公的機関に届け出ておく必要があります」

「公的機関というのは、どこですか」

「さしあたっては警察ということになるでしょうな。ここでしたら浦安警察ですかな」

警察と聞いて、ルネは強い違和感を抱いた。自分は何も悪いことはしていない。なのになぜ警察に届け出なければならないのか。

彼女の動揺を無視して、上月の口調が少し速くなった。

「届け出は公的なスタートになりますから、どうせなら早いほうがいい。橘院長にも届け出るようお伝えしています。院長は昨日あたり行ったんじゃないかな。白石先生も時間を空けないほうがいい。間が空くと、何かあったのかと勘ぐられますから」

「たしか橘院長は昨日、届けを出すと言っていた。特別、必要なものはいらないようだし」

小向も賛成のようすだ。上月がさらに説得する。

「何なら、今から浦安警察に行きますか。私が付き添ってあげますよ。警察も弁護士がいっしょなら、徒《あだ》や疎《おろそ》かな扱いはできないでしょう」

「ちょっと待ってください」

ルネが声をあげた。そう勝手に話を進められてはたまらない。

「どうしてそんなに届け出を急ぐのですか。橘院長とわたしとでは立場がちがうでしょう。そろって届け出る必要はないと思いますが」

上月が視線を送ると、小向が理解を求めるように言った。

「実は厚世会の本部から、早急に横川さんの遺族に謝罪と賠償をするようにと指示が出たんだ。遺族と接触する前に、こちらもきちんと対応しているところを見せる必要がある」

ルネは自分の耳を疑った。

りませんか。小向先生も今、わたしがまちがったことをしたとは思っていないとおっしゃったのに」

「ご遺族に謝罪などしたら、わたしのしたことが過《あやま》ちだったと認めることになるじゃあ
「たしかにな。だが、現実問題、この件を穏便に解決するにはそれしかないんだよ。浦安厚世病院は〝患者さま第一主義〟がモットーだから」

「それはおかしいです。いくら〝患者さま第一主義〟でも、医師に落ち度がないのに、謝罪するのはまちがっています。何でも患者の言いなりになるのが〝患者さま第一主義〟ではないでしょう」

ルネが興奮すると、上月が年齢的な威厳を漂わせ、諭すように言った。

「少し落ち着きなさい。これはあくまで病院側の誠意の問題です。白石先生は落ち度はないとおっしゃるが、病院側はそれを認めていないのでしょう。公的機関に届ければ、先生の主張も公的なものとなります。そのほうが重みもちがってくるのですよ」

そんなことがあるのだろうか。混乱して眉をひそめると、小向が同情するように言った。

「警察になど行きたくないという君の気持はよくわかる。しかし、先々のことを考えたら、届け出は君のためになることなんだ。情状酌量のためにも自首は有効なんだから」

「自首ですって？」

思わず声が震えた。小向の顔に失言の動揺が浮かんだ。それを見逃さず、ルネがまく

したてた。

「どうしてわたしが自首しなきゃいけないんです。何も悪いことはしていないのに、まるで犯罪者扱いじゃないですか」

上月がため息まじりに取り繕う。

「今回のことはもちろん善意からしたことでしょうが、はじめから患者さんを死なせるつもりだったのでしょう。それはつまり、法的には殺意を持って人を殺害したということになるのです。罪状は殺人です。お待ちなさい。話は最後まで聞くものです。今、小向先生が言ったように、自首するかどうかで、当局の心証は大きくちがってきます。そのほうが白石先生に有利になるから、勧めているのです。まわりくどい言い方をしたのは、あなたの気持を慮《おもんぱか》ってのことです。どうぞ、私がはじめに申し上げたことを思い出してください」

ルネはカッとなって叫んだ。

「冗談を言わないで。何がクライアントの味方なんです。わたしは安楽死の指示をした覚えもないし、まして殺人なんてとんでもない。それなのに自首しろなんて、冤罪《えんざい》を押しつけているのも同然じゃないですか」

「そんなことを言って、いいんですか」

上月の顔色が変わった。

「顧問弁護士の私の提案に従わないということは、病院全体を敵にまわすことになりますよ。それであなたは今後の道が拓《ひら》けるのですか」

まるでヤクザの脅しだ。最後の望みを託すように小向を見ると、ばつの悪そうな、それでいて冷ややかな表情で目を逸らしている。ルネは絶望した。信頼できる上司だと思っていたのに、肝心のときに見捨てるのか。

そこではっと気がついた。ここに橘がいないのは、小向に対する自分の信頼を利用するためだったのか。親切ごかしに弁護士を紹介すると見せたり、こちらの主張を認めるようなことを言ったのも、すべて自首に誘導するための策略だったのだ。

「これ以上、お話しすることはありません。失礼します」

ルネは絶望して席を立った。小向が何か言いかけたが、それも振り切って出口に向かった。

「後悔するぞ。組織が個人を潰《つぶ》すのは、簡単なことなんだ」

出て行く瞬間、背後から上月のしゃがれた罵声《ばせい》が響いた。

12

ルネは逃げるようにして病院の玄関を出た。一刻も早く横川達男の遺族に連絡しなければならない。病院側が先に安楽死の謝罪をしてしまえば、あとでいくら否定しても信じてもらえないだろう。

病院から死角になる四つ角まで歩いて、スマートフォンを取り出した。『浦安市　塗

のだろう。住所は浦安市入船。表示された番号に電話をかけると、うまい具合に信一が出た。

「もしもし。浦安厚世病院で、横川達男さんの主治医をしておりました白石と申します」

「ああ、白石先生」

相手はすぐに思い当たったようだ。

「急なお願いで恐縮なのですが、ぜひお目にかかってお話ししたいことがございますので、今からそちらにうかがってもよろしいでしょうか」

「どういうご用件ですか」

「実は今、病院でお父さまのことが問題になっていまして。横川さんに急遽、お話ししておかなければならないことが出てきたんです」

信一は二秒ほど沈黙して、何かを考えているようだったが、やがて「わかりました」と答えた。

「ありがとうございます」

言うなり通話を切って、目の前に通りがかったタクシーを止めた。

「近くで申し訳ないけれど、入船の横川塗装店までお願いします」

番地を告げると、運転手は返事もせず発進した。

ここからなら五分もかからない。横川を看取ったとき、家族はその場にいたのだから、ていねいに説明すれば理解してくれるだろう。家族に確認しておけば、裁判でも証言してもらえるかもしれない。

甘い考えが浮かびかけたとき、ふと不安がよぎった。さきほどの信一の受け答え。三年ぶりの電話なのに、驚いたそぶりもなく、その節はお世話になりましたのひとこともなかった。いや、そんな反応を期待するのはこちらの勝手か。たまたま仕事中だったのかもしれないし、信一の消極的な性格のせいかもしれない。とにかく、今は信一に説明すべきことを考えるのが先決だ。

タクシーが速度を緩めたので、あたりをさがすと車線の反対側に、『横川塗装店』の古びた看板が出ていた。

「ここでけっこうです」

釣り銭をもらうのももどかしく、ルネは下車して通りを横切った。

「失礼します」

インターホンが見つからないので、声をかけて引き戸を開けた。奥のスチール机に作業服姿の信一が座っていた。ペンキで汚れた指でボールペンを握っている。

「先ほどお電話した白石です。たいへんご無沙汰しています」

ようすがおかしい。硬い表情のまま返事もしない。

「こちらの勝手で突然お邪魔して申し訳ありません。その節はご家族のみなさまにつらい思いをさせてしまって、ほんとうに申し訳なく思っています。実はそのときのことで、ぜひとも聞いていただきたいことがあるのです」

急な訪問を詫び、とにかく話をさせてほしいと一歩前に進み出た。目の前にビニール張りのソファがある。勝手には座れないので立ったまま話しはじめた。

「お父さまのことは、ほんとうにお気の毒でした。心からお悔やみ申し上げます。でもあのときは、あれ以上、どうすることもできなかったのです。あのまま治療を続けていたら、とても耐えがたい状態になったので、そうなる前に治療を終えたのです。だから……」

そこまで言ったとき、信一が顔を伏せて低く言った。

「帰ってくれ」

「え……」

「帰ってくれって言ってんだよ。話があるというから、謝罪に来たのかと思ったら、言い訳に来たのか。あんた、それでも医者か」

「どういうことです。わたしの話を聞いてください」

「聞きたくないよ。どうせ専門用語で言いくるめるつもりだろう。あのときのことを思い出すと、悔しくて仕方がないよ。親父はあんたに殺されたんだ！」

信一の怒号は、落雷のようにルネを直撃した。言葉の風圧に、思わず後ずさった。

待って、ちがう、わたしは殺してなんかいない。

そう叫ぼうとしたが声が出ない。信一は座ったままルネを睨《ね》め上げ、どす黒い響きの声で言った。

「こっちはいろいろ準備を進めてるからな。あんたも覚悟して、正直に事実を告白するんだな。いくら謝罪したって、到底、納得はできんだろうがな」

信じられない。これがほんとうに信一の言葉なのか。ルネは現実感を失い、過呼吸の発作を起こしそうな自分を抑えるのが精いっぱいだった。

第四章　激流

1

中央自動車道は八王子を過ぎると山間に入り、何本かのトンネルを越えると景色が一変した。

「このあたりは十一月の半ばで、紅葉の真っ盛りなんだな。山の上は冷えるかも」

速水がハンドルを握ったまま明るく言った。しかし、助手席のルネの表情は険しいままだ。

数日前、病院が横川の遺族に謝罪すると聞かされ、それより先に釈明しなければと、慌てて遺族宅に行くと、思いもかけない言葉を浴びせられた。

――親父はあんたに殺されたんだ！

あまりのショックに、ルネは何も言えずに引き返してきたが、よくよく考えれば奇妙だった。

信一はなぜあんな言葉を発したのか。おそらく、どこかから情報が入ったのだろう。

それはルネにはきわめて不利な内容にちがいない。

速水に事情を話し、これからどうすればいいかと相談した。病院の弁護士に自首を勧められたことを言うと、速水はそんなバカなと憤慨した。

「はじめから自首と言わず、ルネのためになるような言い方で誘導したなんて、あまりにも卑劣だよ。医者や弁護士ってそんなひどい連中なのか」

腹を立てながらも、これからどうすべきか、速水にもわからないようだった。

信一の反応はショックだったが、落ち込んでばかりもいられない。そう思っているとき、速水が担当している作家に頼まれ、一泊二日の取材旅行に行くという話を聞いた。依頼したのは女性の作家で、小説に猟師が登場する場面があるらしい。

「猟師体験ツアーというのがあって、それを見てきてくれって言うんだ」

「わたしも行っていい？」

速水は驚いたようだが、ルネが強く希望すると了承してくれた。ひとりでマンションに籠《こも》っているのは耐えられなかった。

場所は山梨県の大羽村《おおはね》で、大月《おおつき》インターで高速道路を下り、田舎道を経て林道に入った。両側はカラマツの林で、落葉前の葉が明るいオレンジ色に色づいている。

「もうすぐ集合場所に着くと思う」

ナビを見ながら、速水がフロントガラスの先をのぞき込んだ。やがて広い駐車場に出て、奥にプレハブのような建物が見えた。

「あれだ」

車を停め、後部座席からリュックを取り出す。先にマイクロバスが停まっていて、参加者と思われる男女が五人ほど固まっていた。

手続きをすますと、ルネたちは集会室に案内され、ツアーを主催する野星社《やせいしゃ》の代表、八木沢《やぎさわ》からレクチャーを受けた。

「野星社は自然の恵みを生かして、ジビエの食肉処理や皮加工を手がける会社です。一般の人に猟の実態と、里山の暮らしを知ってもらいたくて、このツアーを企画しました」

八木沢は四十歳そこそこだが、猟師歴二十年のベテランだそうで、罠猟《わなりょう》や銃猟の説明から、獣害の現状までわかりやすく解説してくれた。

「僕らが使うのは、くくり罠と呼ばれるもので、動物が踏み抜くとワイヤーが絞まって、脚を縛る仕掛けです」

弁当箱のような四角い箱と、バネ付きのワイヤーを取り出す。動物が踏むと枠が落ちて、バネ仕掛けでワイヤーが絞まる仕組みだ。速水は取材の資料にするため、メモを取りながらスマートフォンで撮影する。

「では罠の設置に出かけましょう。片道一時間ほど山へ入りますから、はぐれないでついてきてください」

一行は八木沢に引率される形で、ブナやクヌギの茂る森の中を進んだ。途中で参加者の一人が質問した。

「罠にはギザギザの歯がついているのかと思ってましたが、そういうのは使わないんですか」

「トラバサミですね。動物に苦痛を与えるような罠は、狩猟法で禁止されているんです」

速水がルネにささやく。

「タイ料理の店に行ったとき、ロブスターも苦痛を与えないように調理すると言ったけど、狩猟もそういう配慮をするんだな」

罠の設置場所は、斜面にかすかな痕跡が見える獣道だった。落ち葉をかき分けて、罠をセットする。落ち葉を被せ、周囲に動物をおびき寄せるための餌をばらまく。

「これでOKです。明日の朝、成果を確認に来ましょう」

気温が下がりはじめ、一行は足早に野星社にもどった。

翌朝、朝食をすますと、一行は八木沢を先頭に、罠の成果の確認に出発した。

斜面に近づくと、八木沢が一行を止めた。

「かかっていますね」

昨日の罠から少し離れたところに、一頭のシカがうずくまっていた。ルネたちの気配を察すると、起き上がって逃げようとする。しかし、すぐに倒れてしまう。前脚の関節が大きく歪んでいた。おそらく一晩中、逃げようともがいたのだろう。

「一歳くらいのメスですね」

一行からは声も出ない。獲物がかかって嬉しいような怖いような、微妙な空気だ。

人間が近づくのを見ると、シカは小犬そっくりな甲高い悲鳴を上げて逃げようともがいた。しかし、前脚は罠からはずれない。八木沢がゆっくりと近づくと、シカは動きを止め、じっと八木沢を見つめた。自分の運命を察知しているかのような目だ。

「それでは、今から止《とど》め刺《さ》しをやります。電気止め刺し機を使いますから、シカの苦痛は最小限に抑えられます。一瞬ですが、気の弱い方は後ろを向いていてください」

八木沢が電極のついた一メートルほどの棒と、バッテリーをつないで用意した。

「俺はだめだ。後ろを向いてる」

それまでスマートフォンで撮影していた速水が、シカに背を向けた。ほかの参加者も、半分ほどがまわれ右をした。ルネは目を逸らさないで見ようと思った。後ろを向いてもシカは殺される。現実から目を背けてはいけない。

準備ができた八木沢が、棒を前に突き出してゆっくりと近づいた。シカは相変わらず動かない。大きな目で八木沢を見ている。命乞い、恐怖、あきらめ。シカの目に浮かんだ表情は何なのか。勝手に解釈してはいけない。ルネはそう自戒した。

「キャン」

八木沢が棒を突き出した瞬間、短い悲鳴が聞こえ、シカが全身を硬直させた。すかさず八木沢が近づき、腰のナイフでシカの首を刺した。血が噴き出る。動脈血のはずだが赤黒い。シカは喘ぎながら首を持ち上げようとし、最後の抵抗をするように罠から脚を抜こうとしたが、そのまま脱力してうなだれた。

「終わりました。みなさん、どうぞ」

八木沢が参加者を呼び集める。ビニールシートを広げ、血抜きの終わったシカを横たえる。

「ここで解体しますから、大丈夫な方は手伝ってください」

先ほど後ろを向いた男性が、名誉挽回とばかりに名乗り出た。止め刺しは見られないが、死んだ動物ならぎりぎり扱えるというところか。

「まず皮を剝ぎ、脚をはずして、内臓を取り出します」

八木沢が手慣れた動作でナイフを入れ、手早く皮を剝いでいく。腹部を裂き、胸骨を割って、内臓を露出させる。艶やかに光る腸や肝臓から、湯気が立ち上る。速水はふたたびスマートフォンを構えて、撮影をはじめた。

あらかたの解体が終わると、八木沢は切り分けた肉をビニール袋に入れ、保冷剤といっしょに断熱バッグに詰め込んだ。

「お昼はシカ肉のハンバーグですよ。ご心配なく。このシカの肉はまだ熟成していないので使いません」

蒼白になっていた参加者たちに、虚ろな笑みが浮かんだ。

昼食後に解散して、帰りの車の中で速水が言った。

「ルネはあのシカが死ぬところを見てたんだろう。やっぱり、ドクターだからかな」

どうしてそういうことを言うのか。医者を冷血漢とでも思っているのか。

「医者でも見られない人はいるんじゃない」

「じゃあ、どうしてルネは見ていられたの」

速水の声にわずかな非難がまじっている。残酷な場面には、目を伏せるのが良識ある人間だとでもいうように。しかし、そうやって現実から目を背けていていいのか。罠にかかって一晩中もがき苦しんだシカを殺す猟師は、残酷なのか、慈悲深いのか。

しばしの沈黙のあと、ルネは速水の質問に答えた。

「それがシカのためだと思ったから」

「殺すのが？」

運転席から速水が信じられないというような顔を向けた。

「だって、助かる見込みがなくて、恐怖に苦しむだけなら、その時間を短くしてあげるほうがいいでしょう。延命治療で苦しむ患者も同じよ」

速水は正面に向き直り、言うべきことをさぐっているようだった。

「医者の君が、それを言ったらいけないんじゃないか。患者には、どんなときも希望が必要なんだから」

「わかってるわよ！」

自分でも思いがけないほど強い声が出た。

「でも、その希望は嘘でもいいの？　ほんとうは死しか待ち受けていないのに、助かるように言っていいの？」

「それは……」

速水は答えられない。

「わたしは嘘はつきたくない。見込みのない治療で時間を無駄にしてほしくないのよ」

「だけど、それはあきらめろということだろ。患者にはつらすぎるよ。死の不安に怯えている患者に、医者がそれを言うのか」

今度はルネが答えに詰まる。

わたしはまちがっているのだろうか。そう思った瞬間、またあの声がよみがえった。

──親父はあんたに殺されたんだ！

ルネはまたも過呼吸に陥りかけ、必死で胸の喘ぎを抑えた。

2

タクシーの窓に午後の光が低く射し込んでいる。後部座席で石毛乾治がとなりにいる弁護士の沼田純一に話しかけた。

「急に出てきてもらって悪かったね。どうやら病院側が動きだしたようなんでね。先手を打たれちゃまずいと思って、ご出馬願ったわけだ。何しろ例の白石って女医が、こいつのところに来たって言うから」

助手席に座った横川信一を顎で指す。沼田が信一に訊ねる。

「白石さんは何て言ってきたんです」

「自分は悪くないみたいなことを言いかけたんで、追い返してやりました」

「親父はあんたに殺されたんだって、怒鳴りつけてやったらしい。信一君にしちゃ上出来だ。ねえ、沼田先生」

「断固、容赦しないって姿勢が大事ですからね」

沼田がシートにもたれたまま肩を揺すった。石毛も機嫌よさそうに言う。

「内部告発の手紙からすると、病院側は事件がマスコミに洩れるのを恐れているようだから、このネタで引っ張れば、いくらでも要求を吊り上げられるだろう。四の五の言いだしたら、マスコミにバラすぞと脅しゃいいんだから」

「私もテレビ局に知り合いがいますから、プレッシャーをかけてやりますよ」

後部座席の二人が下卑た笑いを洩らした。

「それはそうと、あれから厚子にも手紙を見せたんだろ。何も言ってこないか」

「姉貴はあの手紙のほうが怪しいって言うんです。差し出し人も明らかにしない手紙なんか、信用できないって」

石毛が不機嫌な顔になるのをバックミラーで見て、信一は慌てて言い足した。

「でも、つむじを曲げてるだけだと思います。先に義兄さんに見せたことが気に入らないんです」

「あいつは俺のことを信用していないからな」

不愉快そうに後ろで脚を組む。信一がさらに言う。

「それと、姉貴はどういうわけか、白石に恩義を感じてるみたいなんです。親父が亡くなるとき、白石先生は一生懸命やってくれた、あんたは気管のチューブを抜く前のいちばんひどい状態を見てないから、こんな手紙に惑わされるんだとか言って。あのとき、どうやら姉貴はかなり強い口調で治療をやめてほしいと頼んだみたいなんです」

「それで弱気になってるってのか。厚子らしくもない。で、賠償金のことは言ったのか」

「額までは言ってませんが、とにかく大金がもらえそうだと話したら、黙ってました」

「フン。あいつがカネをほしがらないわけないんだ。分け前をもらいたいなら、せいぜい協力するように言っといてくれ」

タクシーが病院前に着くと、石毛は中に入らず、通りにあった喫茶店で待っていると言った。

「今日は弁護士の先生が動いてるってのを見せるだけだ。陰で部外者が糸を引いているように思われちゃあ心外だからな」

信一は曖昧な笑顔を作って、沼田とともに病院の玄関をくぐった。

総合案内で沼田が名刺を出し、事務部長にお目にかかりたいと申し入れると、受付の女性が内線で問い合わせた。

「横川達男氏の件で話があると言ってください」

沼田が横から言い添える。そのひとことで対応が変わったようすで、受付の女性は「事務部長室にお通りください」と、ていねいに頭を下げた。

事務部長室は一階の事務部の奥にあった。扉を開けると、くたびれたスーツ姿の男が緊張の面持ちで立ち上がった。タワシのような濃い短髪の下ぶくれで、小さな目に怯えが浮かんでいる。

「事務部長の野沢と申します。どうぞそちらへお掛けください」

応接セットを勧めながら、卑屈な愛想笑いを浮かべる。

名刺を交換したあと、沼田は専門家らしい杓子定規な口調で言った。

「本日、うかがいましたのは、三年前の横川達男氏の死亡に関して、不明瞭な点がありますので、その説明をうかがうためです。この件に関しては、病院側でもすでにご承知かと思いますが」

「急に言われましても、こちらも、その、何かと、調査が必要ですので、とりあえず、どういう点が、不明瞭なのか、ご説明願えますでしょうか」

それだけを言うのに、野沢は何度もつかえ、こめかみに汗を流した。

「そちらで把握しておられないのでしたら、説明いたします。横川達男氏は、回復の見込みがあったにもかかわらず、家族にも十分な説明もなく、医師の独断で死に至らしめられたということです。しかも、医療ミスの類《たぐ》いではなく、故意による殺害の疑いが濃厚なのです」

「まさか、そんな、故意による、殺害だなんて」

野沢が色の悪い唇を震わせた。沼田は声を強めて迫る。

「ちがうとおっしゃるのですか。ちがうと、断言されるのですか」

「いえ、断言とまでは……」

言いかけて、野沢はハンカチを取り出して額の汗を拭った。

「横川さん。あなたはどうお考えですか」

沼田に促されて、信一が野沢に言葉を投げつけた。

「三年前のあのときから、おかしいと思ってたんです。どうして父は死ななければならなかったのか。もしかしたら、父は主治医に殺されたんじゃないか。今ではそう思っています」

「殺されたってそんな。しかし、いったい、横川さんはどうして三年もたった今になって、そのようなことをお考えになったのですか」

相手が信一になると、野沢も少し余裕が出るようだった。信一が口を開く前に、沼田が代わりに答えた。

「例の承久市立病院の連続尊厳死事件ですよ。あのニュースを見て、横川氏は父親の死に疑問を抱いたのです」

沼田は内部告発の手紙のことは伏せたようだった。

動揺が収まらないようすの野沢が、恐縮しながら言った。

「申し遅れましたが、実は当院といたしましても、横川達男さんの経過については、現在、調査をしているところでして、詳しい結果が出次第、報告にうかがう予定だったのです。未だ詳細は判明しておりませんので、今日のところはこれでお引き取り願えませんでしょうか」

「あのねぇ、子どもの使いじゃあるまいし、わざわざ出向いてきてるのに、何の説明もなしでは帰れませんよ。調査中なら、現在わかっている事実だけでも教えていただきたい」

「いや、それは私には、説明させていただく権限が……」

「では、院長に会わせていただこう。院長なら権限もへったくれもないでしょう」

「それは困ります。院長は調査が終わるまで、いっさいを部内秘として進めるおつもりですので、途中の公開にはきわめて慎重でございます。中途半端な説明で誤解を招いてもいけませんし、院長は今日、何かと多忙ですので」

野沢は院長への面会を阻止するのに必死のようだった。

「それでは、主治医の白石医師に話を聞かせてもらいましょうか。ここにお呼び願えますか」

「いや、白石先生は現在、自宅謹慎中ですので」

「謹慎中ですって？」

沼田は相手の言葉尻を捉えて、わざと驚いて見せた。

「それはつまり、不始末をしでかしたということじゃないですか。貴院としても問題があったことを認めておられるのですね。わかりました。やはり、横川氏の危惧は当たっていたようですな。ぜひとも、貴院の誠意ある対応をお願いします。ホームページによりますと、貴院は〝患者さま第一主義〟がモットーだそうですから、遺族である横川氏の気持も、十分に尊重していただけることを期待します。それから、これは参考までに申し上げておきますが、弁護士という仕事柄、私もメディア関係に知人が多いので、場合によっては、彼らにも相談することがあるやもしれません。それでは、今日のところはこれで」

沼田が立ち上がると、信一もそれに続いた。野沢は顔色を失い、二人を引き留めるように右手を出したが、沼田が視線を向けると力なく引っ込めた。額には噴き出すように汗が流れ、その口元はまるで空気が吸えなくなった鯉のように喘いでいた。

3

沼田たちが帰ったあと、野沢は椅子にへたり込んで放心した。

たいへんな状況に陥っていることはわかるが、どこから手をつけたらいいのかわからない。ふと、事務部長室にいる自分が、空気のように頼りない存在に思えた。

野沢は埼玉県春日部《かすかべ》市の出身で、学生時代はまじめだけが取り柄の目立たない存在だったが、内には秘めた志があった。何か社会の役に立つ仕事がしたいという思いである。同時に、何かしら「長」のつく地位につきたいとも思っていた。

大学を出たあと、野沢は大手の電鉄会社に勤めた。電車は社会にとって重要なインフラだが、人間関係につまずいて三年で退職した。転職先は印刷会社で、営業にまわされ、浦安厚世病院を担当していたときに、事務部に来ないかと誘われた。再度の転職は二十八歳のときだった。

はじめは右も左もわからなかったが、医療の舞台裏を支えるということで、社会に貢献している実感が持てた。それに人に職業を名乗るとき、総合病院の事務部というのは聞こえがよかった。彼は懸命に働き、上司や医師にも卑屈なほど忠誠を尽くして、五年前、五十歳のときに念願の事務部長のポストに就いた。そこに至るまでの苦労は、とても他人には理解できないだろう。

そうやって手に入れた地位が、今、重大な危機に瀕している。これまでにもトラブルはあったが、粘り強く対応し、ときには強硬に交渉して事なきを得た。院長の橘もその手腕は評価してくれているはずだ。

しかし、今回ばかりは油断できない。橘は事がうまく収まれば自分の手柄、不首尾になれば事務方の責任にする傾向がある。うかうかしていると、最終的な責任を取らされかねない。

考えている余裕はなかった。一刻も早く報告しなければ、報告の遅れを咎《とが》められる。

野沢は気もそぞろに十二階の院長室に向かった。エレベーターを待つ間、周囲が見えないほどの集中力で考えた。橘は怒るだろうが、今はまず十分な遺族対応が先決だということを理解させなければならない。そちらに気が向けば、激怒などしている場合ではないと悟るだろう。それにしても、どこから情報が洩れたのか。

気がつくと、野沢は院長室の前に立っていた。ひとつ深呼吸をして扉をノックする。

「野沢でございます。お忙しいところ恐れ入ります」

戸口で最敬礼をしたあと、一刻の猶予もないという足取りで、橘の前に進んだ。

「実は今、横川達男の遺族と弁護士が、私のところに参りまして……」

言い終わらないうちに橘の表情が急変した。皮膚の下に憤激のうねりが見えるようだ。

「申し訳ございませんっ」

怒号が響く前に、野沢は精いっぱい頭を下げた。

「横川の遺族が来ただと。何を言いに来たんだ。弁護士もいっしょとはどういうことだ。なぜこのタイミングで遺族のほうが先に動くんだ。君たちはいったい何をしていたんだ。事前に情報はなかったのか！」

橘は怒りに任せて矢継ぎ早に問いを繰り出した。野沢はただひたすら頭を下げる。とにかく怒りの波がすぎるのを待たなければならない。

「黙っていたのではわからんじゃないか」

「申し訳ございません！」

ふたたび全力で謝罪したあと、野沢はできるだけ穏やかに沼田たちの言い分を伝えた。

橋は聞き終えるのももどかしそうに確認した。

「説明を求めてきただけで、謝罪や賠償には言及しなかったんだな」

「直接にはありませんでしたが、誠意ある対応をと申しておりましたので、ゆくゆくはそういう話にもなるかと」

「バカ者っ。何をのんきなことを言ってるんだ。君たちが早く手を打たんから、取り返しのつかないことになったじゃないか。今回の件はだな、相手が気づく前にこちらが謝罪に出向いてこそ、特筆すべき誠意が際立つというものだったんだ。それを相手に先を越されたら、クレームを受けたから仕方なしに謝ったようになるじゃないか。病院憲章の〝患者さま第一主義〟を実証できるチャンスだったのに、君たちがボヤボヤしているせいで、私の苦労が水の泡だ。いったいどう責任を取るつもりだ」

「申し訳ございません」

怒る権力者には平身低頭しかない。橋は声を震わせてさらに言い募った。

「今回の事態をうまく処理すれば、当院にとってもピンチをチャンスに変えられたんだ。管理職というのは、そういうときに手腕を発揮するんだよ。それを相手側に先を越されるとは何たる失態。まったく不手際にもほどがある」

怒りながらも、今回の件で自らの評価を高めようとしていた橋の本音が見え隠れした。

野沢はそこに突破口を見つけ、わずかに顔を上げた。

「おっしゃる通りでございます。遺族側に先手を打たれたのは、まさに痛恨の極みでありますが、院長先生が事後処理を完璧になされば、厚世会本部も先生のご手腕を評価こそすれ、責任を問うようなことはあり得ないと存じます」

根拠のない予測だったが、怒りに翻弄された院長をわずかに落ち着かせる効果はあったようだ。橘は初歩的な疑問をうめくようにつぶやいた。

「そもそも、横川の遺族にはどこから情報が洩れたんだ」

「私も今、それを考えていたんです」

答えの用意はないが、野沢は頭をフル回転させて可能性をまくしたてた。

「この件を知っているのは、病院関係者しかありません。副院長や副看護部長が洩らすはずはありませんし、白石先生もわざわざ自らの落ち度を告白することはないでしょう。遺族に情報を洩らしたのは、それによって状況が有利になる者しかありません。現場の看護師も考えにくいでしょうし……」

言いながら、野沢はふと思い当たった。

「もしかして、大牟田先生じゃないでしょうか」

「やっぱり、あいつか」

橘も同じ相手を思い浮かべていたようだ。

「あの裏切り者め。どこまで卑劣なんだ。ぜったいに許さん」

怒りの鉾先《ほこさき》が大牟田に向かったことで、野沢はわずかに息をついた。

「大牟田先生が遺族に内通したのなら、次はマスコミに情報を洩らすと脅してくるかもしれません。それだけは何としても阻止しなければならないのでは」

「そんなことはわかっている！　本部からもきつく言われてるんだ」

橘が力任せに机を叩いたので、野沢は思わず身をすくめた。わざと逆鱗《げきりん》に触れるようなことを言ったのは、心算があってのことだ。野沢は穴からネズミがのぞくように、恐る恐る口を開いた。

「病院としては弱みを握られているのも同然ですが、逆に大牟田先生にすれば、いったんマスコミに洩らしてしまえば、それ以上の脅しはかけられないことになります。いわば抜くに抜けない伝家の宝刀ではないでしょうか」

橘は怒りが収まらないながらも、野沢の言い分に何かを感じたようだった。その反応に力を得て、野沢が続ける。

「この危機的な状況は、すぐにも本部に報告なさるべきです。そして、大牟田先生には、もしマスコミにバラしたら交渉は即打ち切り、懲戒解雇と告げて時間を稼ぎ、遺族対策を急ぐのです。そうやって遺族を納得させれば、院長先生はこの病院だけでなく、厚世会全体を救った立役者として、称賛されるのではないでしょうか」

「むう」

橘は軍師に狡知《こうち》をささやかれた大名のように、低く唸った。

「遺族がマスコミに情報を洩らすと脅してきても同じですよ。抜くに抜けない刀なのですから、そのあたりをうまく衝《つ》いて、できるだけこちらの負担が少ないところで折り合いをつけることも可能でしょう。多少の負担は致し方ないでしょうが、そのあたりの交渉はお任せいただければ」

野沢は忠実かつ有能な部下であるかのように、畏まって見せた。橘はそれを半ば無視して、話の流れを見失ったようにつぶやいた。

「それにしても、あの白石はまったくとんでもないことをしでかしてくれたもんだ。大牟田も許し難いが、元はと言えばあいつさえ暴走しなければ、こんな苦労はしなくてすんだものを」

「まったくでございます」

院長の怒りが大牟田からさらに白石に移ったことで、野沢はようやく当面の窮地を脱した思いがした。そのあとも橘は白石を口汚く罵り続け、野沢はイエスマンに徹した。

4

ところが、数日後、野沢は事務部長室で新聞を広げ、思わず絶句した。

『医療殺人——筋弛緩剤で患者死なす　浦安厚世病院』

前日から事務部で購読をはじめた報日新聞の一面である。記事が出ることは予測されたが、まさかこれほど早く、しかも一面トップに報じられるとは想像もしていなかった。報日新聞の記者が、取材に来たのは二日前の午後だった。どこから情報を得たのか、訪れた記者は事件のほぼ全容を把握していた。野沢はノーコメントを繰り返したが、しつこく確認されて、問題となる事象があったことだけは認めざるを得なかった。もしかして警察がリークしたのか。そんなはずはない。記者に確認したが、当然ながら情報源を明かしてはくれなかった。

野沢は動揺を抑えて記事を読んだ。経緯のあとにはこう書かれていた。

『千葉県警捜査1課と浦安署は、殺人の疑いもあるとして、主治医や遺族、病院関係者から事情を聴くとともに、筋弛緩剤投与について慎重に捜査を進める方針』

社会面を開くと、さらに過激な見出しが並んでいた。

『主治医の独断　3年公表せず　カルテに嘘』

白石の名前は伏せられているが、記事は彼女が独断で筋弛緩剤の投与を行い、その行為は尊厳死や安楽死というより、「殺人」に近いと断じていた。

一昨日、記者の来訪を報告すると、案の定、橘に激しい罵声を浴びせられた。

「君らはいったいどんな情報管理をしているんだ。マスコミに知られないようにするのが何より重要だと、言ったばかりだろ。この責任はだれが取るんだっ」

「申し訳ございませんっ」

いつものように頭を下げたが、胸の内は微妙に変化していた。マスコミに記事が出れば、橘に対する本部の評価は大きく下がるだろう。もしかしたら彼はもう終わりかもしれない。それなら巻き添えをくわないように、適当な距離を取らなければならない。

記事を見ながら、野沢は橘の反応を想像した。この見出しを見たらまた怒り狂うだろう。彼は平時は悠然としているが、問題が起こるとすぐに取り乱す。終わった人にへつらう必要はないが、まだ決まったわけではないから服従のふりだけはしておこう。

それにしても、と、野沢は首を傾げる。いったいだれがリークしたのか。病院が窮地に立たされて喜ぶ者と言えば、まずは大牟田だ。しかし、マスコミへの暴露は、ヤツにとっても貴重な脅しのネタのはずだ。それをみすみす手放すだろうか。

記事を読み返したが、手がかりらしいものは何も見つけられなかった。

＊

その大牟田は、横川の件が新聞に報じられたのを知ると、おもしろいことになったとほくそ笑んだ。

これで病院は大混乱に陥るだろう。俺の要求をほったらかしにしているから、こんなことになるのだ。あの高慢な橘や卑屈な野沢が、マスコミの対応に追われて、てんてこ舞いさせられるのは見ものだ。白石もメディアスクラムに巻き込まれて、プライバシーもなくなるだろう。いい気味だ。テレビもきっと派手に取り上げる。〝死に誘《いざな》う美人女医〟とか、〝白衣の死の女神〟とか、タレントMCがそんなふうに紹介するのが目に浮かぶようだ。

鼻で嗤ったあと、大牟田はふと不安を感じた。横川の遺族に手紙を送ったのは自分だが、マスコミには情報を洩らしていない。いったいだれがバラしたのか。

続いて困惑がやってきた。事件が報道されてしまったら、マスコミにバラすぞという脅しはもう使えない。これから何を材料に病院側と交渉すればいいのか。

記事をおもしろがって見ていたが、状況が不利になったことに今さらながら気づき、大牟田は自分に舌打ちをした。

＊

その思いは石毛も同じだった。

せっかくマスコミにバラすことをチラつかせて、交渉を有利に進めようとしていたのに、記事が出てしまえばもうその手は使えない。こうなったら逆にマスコミを利用して、世間を味方にするしかない。幸い、こちらは被害者の立場で、身内が安楽死させられたことを、三年も隠されていたのだ。世間の同情は得やすいだろう。

それにしても、どこから情報が洩れたのか。

石毛はまさかと思いながら、信一に電話で問い合わせた。

「知ってると思うが、親父さんのことが新聞に出た。信一君は何か心当たりはないか」

「親父のことって、何が出てるんですか」

信一は記事に気づいてもいないようだった。石毛が説明すると、信一は驚き、不安そうな声で逆に聞いてきた。

「親父のことはまだ秘密じゃなかったんですか。沼田先生は記事をご存じなんですか」

「沼田先生もたぶん驚いてるよ。信一君がマスコミに話したわけじゃないんだな」

「ちがいますよ。そんな勝手なことするわけないでしょ」

たしかにそうだ。納得した石毛の念頭に、別の疑念が浮かんだ。

「もしかして、厚子がバラしたんじゃないか」

「姉さんが？　どうして」

「そりゃ、いろいろあるだろ」

「でも、姉さんは詳しいことは知らないはずですよ。僕は何も言ってませんから」

厚子は内部告発の手紙は見ているが、記事に出ていた内容までは知らないはずだ。石毛も舌打ちをしたが、それは空しく自分に跳ね返るだけだった。

＊

ルネが新聞の記事を知ったのは、速水からの電話だった。

横川の事件が報じられていると聞き、すぐにコンビニに新聞を買いに走った。ラックから一部抜くと、あまりに衝撃的な見出しに、支払いをする手が震えた。

ざっと目を通してから、すぐに速水に電話をかけた。

「この記事、あんまりひどいじゃない。一方的すぎる」

「ルネのところに取材に来たわけじゃないんだな。だったら、病院関係者がリークしたんだろう。どこか身を隠すところはあるかい」

「警察に呼ばれるかもしれないだろ」

そのひとことで、ルネの声が跳ね上がった。

「なんでわたしが逃げ隠れしなきゃいけないのよ。わたしは何も悪いことはしていない。マスコミの取材だって受けて立つわ。逆にマスコミを集めて事実を説明したいくらいよ。こんなことを書かれて黙ってなんかいられない。わたしは横川さんのためを思ってしたことなのに、殺人に近いだなんて、事実誤認も甚《はなは》だしいわ。悪意さえ感じる」

「君の言う通りだ。だけど、少し落ち着いて」

速水がとりなすように言い、ひとつ深呼吸をした。

「今動いたらマスコミの思うツボだ。マスコミは自分たちに都合のいいことしか報じない。公平な取材とか言いながら、世間の興味を惹くことしか伝えないんだから」

「まちがった情報が広がってからでは、誤解が解けないじゃない。わたしは少しでも早く身の潔白を証明したい」

強く言うと、速水はさも困ったように唸った。

「ルネの気持はわかるけど、いったんマスコミに答えたら、次から次へと質問攻めにされて、利用されるだけだ。今は沈黙を守ったほうがいい。下手に動くと却って弁解がましく見られる」

そう言われても、ルネは居ても立ってもいられない気分だった。オルガが生きていたら、きっと闘えと言うだろう。だが、速水がだれよりも自分のことを考えてくれているのも十分わかる。

苛立ちながら沈黙していると、速水が自分に言い聞かせるように言った。

「ルネが我慢ならないのも当然だ。でも、マスコミなんか無視してればいいんだよ。出るところに出れば、自ずと真実は明らかになる。それより取材攻勢がはじまると外へ出られなくなるから、今のうちにマンションを出たほうがいい。だれかかくまってくれる人はいるかい。何ならしばらく僕の部屋に来る？」

「だめよ。わたしは建前だけど自宅謹慎中なのよ。カレの部屋に行ってたなんて知れたら、それこそ何て言われるか」

それもそうだと速水はため息を洩らし、「また連絡するから」と、通話は切れた。

少しすると、知人からのＬＩＮＥが入りはじめた。《新聞記事の件、ルネじゃないの》《警察には呼ばれていない？》《大丈夫なの？》記事には名前が出ていないのに、なぜわかるのか。はじめは《大丈夫》《心配しないで》と返信していたが、見る見る着信が増え、通知をオフにした。

幸い、父の敏明は記事に気づいていないようで、連絡はなかったが、それも時間の問題だろう。フェイスブックにもたくさんのメッセージが届いた。はじめは知人や友人からだったが、あっという間に見知らぬ人から入るようになった。《人殺し！》《死神》

《何人殺した》《日本版ドクター・デス》事情も知らないはずなのに、非難と攻撃を浴びせてくる。どこから情報が洩れるのか。恐ろしくなって、ルネはアカウントを削除した。

＊

一人、報日新聞の記事を見て興奮している者がいた。堀田芳江である。

「ちょっと、今朝の報日新聞の記事、見たぁ？」

堀田は昼休みを待ちかねたように、控え室で弁当を食べている同僚に話しかけた。

「これって、ウチらの病棟であった事件でしょう。例の白石先生が主治医をしてた患者」

記事を読んでいない者のために、持参した新聞をみんなにまわす。

「とうとう出たって感じね。あたしもおかしいと思ってたのよ。だって、どう考えたって筋弛緩剤の静注はアウトでしょう」

その場にいた井川がビクッと身体を震わせた。別の看護師がルネに同情するように言う。

「白石先生、自宅謹慎のままなんでしょう。なんだかかわいそうな気がするな。いい先生なのに」

何人かがうなずくと、堀田はわざとらしく声を強めた。

「ほんとよね。あんないい先生がマスコミの餌食《えじき》になるなんて、考えただけでも耐えられないわ」

親身になっているような顔をするが、演技なのはミエミエだ。さらに一歩踏み込んで続ける。

「あたし、病院の対応もおかしいと思うのよ。白石先生は患者さんのためを思ってしたことでしょう。だったら少しはかばってあげないとね。でも、こんなふうに新聞に出ちゃうと無理かもね。ほんと、お気の毒よねぇ」

ルネに好意的な看護師がつぶやく。

「白石先生は優しいから、早くもどってきてほしいな」

「でも、このままだと病院をやめざるを得ないかもしれないんじゃないの。だって、殺人罪かもしれないんでしょう。優しくていい先生なのに、残念よね」

言いながら、殺人罪になればおもしろいと思う自分を、堀田は覆い隠す。

「たしかあの晩、堀田さんが準夜勤務だったでしょう」

先輩看護師に指摘されて、堀田は頰を紅潮させる。

「そうなんですよ。あたしと井川ちゃんでした。だから、あたしらも取材されるかもしれないなって思って」

「え。そんな、困ります」

井川が怯えた目で堀田を見た。

「大丈夫。取材が来たら、あたしが全部受けてあげるから、井川ちゃんは堂々としてればいいのよ。何も悪いことはしてないんだから」

それでも不安そうに顔を伏せている。先輩看護師がだれに言うともなくつぶやいた。

「でも、だれがマスコミにリークしたんだろ」

「内部告発があったみたいですよ」

後輩の看護師が答えると、堀田は「えっ」と振り向いた。後輩が補足する。

「新聞社に手紙を送りつけた人がいるらしいです」

「その話、どこから聞いたの」

「ネットに出てましたよ。堀田さん知らないんですか、情報通なのに」

揶揄するように言われて、堀田は語気を荒らげた。

「ネットの情報なんか当てにならないでしょ。もし病院関係者だったら裏切り行為もいいところよ。断じて許せない」

それに反論する者はいなかった。

5

新聞記事が出た二日後、橘は浦安市役所で記者会見を開いた。

同席するのは副院長の小向と、副看護部長の加橋、そして司会役を命じられた野沢である。市庁舎十階の市民活動センターには、百人近い記者やカメラマンが詰めかけ、テレビカメラも四台入って、世間の注目の高さをうかがわせた。

新聞に記事が出た日の午後、橘は厚世会の本部から呼び出しを受け、青い顔で出て行った。どんなことを言われるのか。野沢自身にも関わることなので帰りを待ったが、彼はそのまま帰宅したようだった。

翌朝、すなわち昨日、朝いちばんに院長室に呼ばれると、橘は存外落ち着いたようすで、記者会見を開くから準備をするようにと指示された。もし、橘が厚世会の本部で厳しい叱責を受けたのなら、もっと落ち込むか、あるいはこれまで以上に感情的になっただろう。そうなっていないということは、彼の首はつながったのか。

会場では真ん中に橘が座り、右に小向、左に加橋、脇に野沢が立つという布陣である。予定の時間になり、野沢は緊張の面持ちでマイクを取った。

「それではただ今より、当院で発生しました筋弛緩剤投与事件に関する記者会見をはじめさせていただきます」

長テーブルの三人がいったん起立して一礼し、橘が書類を見ながら事実関係を説明した。途中で野沢がおやっと思ったのは、次のひとことだ。

「主治医は、家族に脳死に近い状態だと説明していましたが、厳密な脳死判定等は行っておりません」

明らかに白石の落ち度を認める発言だ。そのあとも同様の説明が続いた。記者たちはメモを取りながら、一様に義憤のオーラを漂わせている。

経過を話し終えたあと、橘は書類から顔を上げ、神妙な表情で記者たちに語りかけた。

「今回の事例は、明らかに主治医の独断と暴走によるものです。それを止められなかったのは、当院の管理体制の不備であり、弁解の余地もありません。亡くなられた患者さま、およびご遺族の皆さまには、計り知れない苦しみを与えてしまい、心よりお詫びを申し上げます。今後は事件発生の経緯を入念に調査し、事実を解明した上で、二度とこのようなことが起こらないよう、総力を挙げて再発防止に努める所存です。この度は当院の患者さまのみならず、社会の皆さまに多大のご迷惑をおかけしたことを、深く謝罪いたします」

言い終わると同時に、長テーブルの三人がいっせいに立ち上がり、「申し訳ございませんでした」と頭を下げた。会場からいっせいにフラッシュが焚かれる。

一分半ほども低頭したあと、橘が顔を上げ、着席してから質疑応答に移った。

最初に手を挙げたのは、報日新聞の記者である。

「治療の中止を決めた主治医の判断についてお訊ねします。橘院長は妥当なものだったとお考えでしょうか」

「とんでもない」と橘は即答したあと、感情を抑えて続けた。

「部下を悪く言うのは忍びないのですが、主治医はもともと偏った考えの持ち主であり、以前から極端な行動に走るきらいがありました。今回のことも、生命軽視の短絡的な判断だったと言わざるを得ません」

「生命軽視というのは、治療を続けていれば患者さんが回復する可能性があったということでしょうか」

「その通りです」

会場にざわめきが広がる。

同じ記者が続ける。

「にもかかわらず、筋弛緩剤で死亡させた主治医の行為は、殺人に当たるとお考えですか」

「そう受け取られても致し方ないでしょう」

橘の顔が苦渋に歪む。同時に、身内かばいはいっさいしないと決めた潔《いさぎよ》さのようなものもうかがえた。

別の記者が質問する。

「殺人の疑いであれば、警察の介入もあり得ますが、事情聴取はあったのでしょうか」

「今のところはまだありません。ですが、事例発覚から時を置かず警察に届け出ておりますし、今後、警察の捜査等があれば、全面的に協力させていただくつもりです」

さらに別の記者が聞く。

「治療の中止はご家族からも希望があったという話ですが、それについてはいかがです」

橘に促されて、小向がマイクを取った。

「ご家族の中には、治療の中止を求めた方もいらっしゃいました。しかし、家族が求めたからといって、治療を中止するのは医師としてあるまじき行為です」

小向も白石に厳しい発言をした。野沢には徐々に橘の方針が見えてきた。身内かばいをしないというより、白石ひとりに罪を着せて、病院の立場を守る戦略だ。

小向に上司としての責任を問う質問が出たが、彼も橘同様、率直に反省して、潔さをアピールした。自ら積極的に過ちを認めているのだ。思惑通り、会場からはそれ以上、小向を追及する動きは見られなかった。

「患者さんのご遺族には謝罪されたのですか」

この質問には橘が答えた。

「現在、日程を調整中です。都合がつき次第、私どものほうから先方に謝罪にうかがわせていただく所存です。今回の件は全面的にこちらに非がありますので、当然の義務として、精いっぱいの償いをさせていただきます」

そのあとでマイクを持ったまま橘が声を震わせた。

「私どもは、病院憲章にもある通り、常に〝患者さま第一主義〟を奉じて医療に邁進してまいりました。それが一人の医師の暴走により、あってはならない事態を引き起こしてしまったことは、誠に慚愧《ざんき》に堪えません。すべては我々病院幹部の至らなさが原因です。ほんとうに申し訳ございませんでした」

ふたたび三人が立ち上がり、記者たちに向かってひれ伏すように頭を下げた。野沢も遅れじと最敬礼をする。会場に奇妙な納得と満足感が広がった。自己批判を繰り返し、全面降伏している相手に、さらなる攻撃はしにくいという空気だ。

二分ほどがすぎても、橘は頭を上げようとしない。ふだんの彼からは、想像もつかない忍耐強さだ。野沢は橘が厚世会の本部で言われたことに想像がついた。十分すぎるほど潔く非を認めれば、病院のイメージダウンは最小限に抑えられ、逆に患者を大事にする印象を与えることができる。責任を白石一人に押しつければ、病院も被害者だという立場を取れる。

おそらくは切れ者の藤森専務あたりの入れ知恵だろうと、野沢は勘ぐった。

6

午後七時。朝も昼もロクなものを食べていないのに、夕食を作る気にもならない。ルネの頭を占領しているのは、二日前から続いている自分に関する卑劣なマスコミ報道だ。

一昨日の報日に引き続き、ほかの新聞にも後追い記事が出た。内容はルネを一方的に非難するものばかりだ。それが父の敏明の目にも触れたのだろう。長野県の諏訪市で独り暮らしをしている敏明には、心配をかけたくなかったので連絡していなかったが、昼前に電話がかかってきた。

「新聞で騒がれてる病院、おまえのとこだろう。大丈夫なのか」

ルネの名前は出ていないが、事件の舞台が脳卒中センターで、主治医が女性であることは一部で報じられている。敏明もわかりながら、明言を避けたようだ。ルネは覚悟を決め、ことさら明るい調子で言った。

「マスコミはひどいのよ。でも、大丈夫。ぜんぜん問題ないから」

「しかし、おまえ。警察も動いているそうじゃないか」

「ガセネタに踊らされてるだけよ。医学的にきちんと説明がつくから心配しないで」

声に余裕をにじませたつもりだったが、顔は引きつっていた。これからいったいどうすればいいのか。

報道など無視しなければと思いつつも、ついパソコンで検索すると、橘が記者会見を開いたことがわかった。そのようすが動画サイトでアップされている。ルネは見ずにはいられなかった。

――主治医は家族が十分に理解していないにもかかわらず、独断で治療の中止を決めたのです。

「ちがう！　独断なんかじゃない。小向先生にも事前に報告して了承してもらってたのに」

思わず声が出た。さらに橘が深刻な顔で言う。

――主治医は患者を死なす目的で筋弛緩剤を使用し、事態の収拾を図ったのです。

「ちがうちがう。筋弛緩剤を使ったのは、横川さんのうめき声を止めるためよ。死なす目的だなんてとんでもない」

その後も、ルネはカルテに虚偽の記載をしただの、横川にはまだ回復の見込みがあっただの、まったく事実に反する発言が繰り返された。極めつきは、ルネの行為を殺人と受け取られても致し方ないと橘が認めたことだ。

わたしが殺人者？　ハハッ。バカバカしくて反論する気にもなれない。もうどうでもいい。わたしを悪者にしたい人たちで勝手にやればいい。

会見を終えると、橘たちがいっせいに深々と頭を下げた。いったい何の儀式なのか。ルネは怒りと悲しみのあまり、精神のバランスを失いそうになった。自分はこれまで何のために頑張ってきたのか。患者さんを救うために、少しでも状況がよくなるように、全力を傾けてきたのに、どうしてこんなに貶められなければならないのか。

ルネは屈辱と悲しみに沈み、動画も止めずにパソコンを強制終了した。倒れ込むようにソファに座る。何も考えられない……。

どれくらい時間がたっただろう。ルネは放心したまま、抜け殻のようになっていた。ときおり、彫りの深い目から涙が流れた。

ふと耳ざわりな音が聞こえ、ルネは目だけ動かしてあたりを見た。机の上でスマートフォンが震えている。もしかして速水か。そう思って重い身体を持ち上げると、ディスプレイに見知らぬ番号が並んでいた。ほとんど惰性で耳に当てる。

「もしもし」

「白石先生か。今日の院長の記者会見は見たか」

ルネは相手の言うことが、宇宙人の言葉のように理解できなかった。

「どなたですか」

警戒して聞くと、相手は声を殺して低く笑った。

「俺だよ、大牟田だ。橘院長の記者会見があんまりひどいんで、白石先生が落ち込んでないかと心配でね。妙な気を起こすといけないから、元気づけてやらなきゃと思ったんだ。どう、今、駅前の居酒屋にいるんだけど、ちょっと出てこないか」

7

衝立で仕切られたテーブルで、大牟田は中ジョッキをぐいと飲みほした。取りあえず注文したが、晩秋に生ビールはいかにも寒々しい。

白石のマンションはこの近くだから、間もなくやってくるだろう。

電話をかけたときは、まるで空気人形を相手にしているようだったが、記者会見で橘が病院に都合のいいことばかり言っていたことを指摘して、白石に味方するように話を進めてやると、少しずつ目が覚めてきたみたいだった。

「このままじゃ、あんたひとりが悪者にされてしまうぞ。世間の誤解を解きたくないか」

声に力を込めると、「そんな方法があるんですか」と聞いてきやがった。あるわけないだろと思いながら、自信たっぷりに「大丈夫だ。俺にいい考えがある。今やらないと

と、しばらく迷っていたようだが、やがて出向くことを承諾した。そういうところがアイツの脇の甘さなんだと、大牟田は嘲《あざけ》る。

彼がルネを呼び出したのは、もちろん彼女を元気づけるためではない。病院を相手に共闘するためだ。

今朝、大牟田は橘から院長室に呼び出され、懲戒解雇を言い渡された。理由は病院に対する恐喝と敵対行為だ。

「敵対行為って何です。私は何もやってませんよ」

反論すると、橘は冷酷そのものという表情で返した。

「とぼけるのもいい加減にしろ。白石君の件をマスコミにリークしただろう。一昨日の記事が何よりの証拠だ」

「私が情報を洩らすわけないでしょ。そんなことをしたら、交渉のカードを失うんだから」

「たしかにそうだな。だが、君は病院が要求に応じないことに腹を立てて、前後の見境なしに情報を売ったんだ。その結果が懲戒解雇になるとも知らずにな」

「バカな。言いがかりもいいところだ。労基署に訴えますよ」

「おもしろい。訴えるなら訴えればいい。ただし、こちらにはこんなものがあるぞ」

引き出しから取り出したのは、ペン型のＩＣレコーダーだった。

「君は何度も野沢事務部長に要求をつきつけただろう。その脅し文句が録音されてる。応じないとマスコミにバラすぞと、けっこうな迫力で迫っているな。これだけでも恐喝罪だ。我々がこれを警察に持ち込んだら、労基署も動きようがないんじゃないか」

橘は意地の悪い目で大牟田を見た。あの野沢がへいこらしていながら録音していたのかと思うと、大牟田は怒りと悔しさでこめかみの血管が破裂しそうだった。

「何を録音したか知らんが、とにかく懲戒解雇は撤回してもらおう。でないと、あんたが困ることになるぞ」

捨てゼリフを吐いて、憤然と院長室を出た。

だが、大牟田には次の一手がなかった。橘が困る何かを摑まなければならないが、院内に協力してくれそうな者はいない。そこで思いついたのが白石ルネだった。彼女も病院に恨みを抱いているはずだ。だったら、敵の敵は味方じゃないか。

入口の引き戸が開き、不安そうな白石が顔をのぞかせた。上等そうなキャメルのハーフコートを羽織っているが、襟首は剝き出しで、すっぴんを伊達眼鏡でごまかしている。

「おう、こっちだ」

右手を挙げると、硬い表情で近づいてきた。

「まあ、座れよ。飲み物はビールでいいか」

とっておきの笑顔で迎えたが、白石は着席はしたものの顔を上げず、口元もきつく結んだままだ。ここはまず率直に謝ったほうがいい。大牟田はいきなりテーブルに両手を突いて頭を下げた。

「横川の件をほじくり出したのは、俺が悪かった。謝る。この通りだ」

白石は反応しない。大牟田は頭を下げたままさらに言った。

「俺があんなことをしたのは、いろいろ誤解もあって、あんたにムカついていたからだ。もちろん、あんたが悪いんじゃない。俺は三流の私大出で、田舎育ちで、医師としても中途半端な経歴だから、コンプレックスが強いんだ。あんたは大学もいいところを出てるし、医師としての腕もいい。俺が毎日イライラしながら仕事をしてるのに、あんたはいつも活き活きしていた。それが癪《しゃく》に障って、あんなことをしてしまったんだ。ほんとうにすまなかった」

そこまで言うと、白石が低い声で訊ねた。

「でも、どうして三年も前の横川さんのことを知ったんですか」

「それは……、いや、その何だ」

大牟田は堀田のことを言いかけて、言葉を濁した。堀田の性格の悪さは図抜けているから、洩らせばどんな報復をしてくるかしれない。

「術前回診のときに、脳卒中センターでチラッと聞いたのさ。あんたの患者でややこしいことがあったって」

答えながら、大牟田はマスコミに情報を漏らしたのは堀田ではないかと思い当たった。あいつは白石にムカついていたし、自分は何も得をしていないと言っていた。

「だれに聞いたんですか。看護師さん？」

「いや、ドクターだった気がする。何かに書いてあったのかもしれない」

白石は考え込むように眉間を寄せた。ここは時間を与えないほうがいい。

「それより、今日の記者会見はひどすぎるだろう。橘は嘘の説明ばかりだったし、小向も保身一辺倒だったじゃないか。横川さんの気管チューブを抜くとき、あんたのことだから小向には報告してたんだろ」

「もちろんですよ」

うまく話に乗ってきた。大牟田はすかさず続ける。

「横川さんが助かる見込みもあったなんていうのも大嘘だろう。そんな状況で治療を中止するなんてあり得ないからな」

「そうなんです。医療関係者が聞いたらすぐわかることなのに、なぜあんな嘘を言ったのか。橘院長はどうかしてます」

白石は運ばれたビールを飲もうともせず、両手の拳を握りしめた。共感を込めてうなずいてやると、彼女はさらに言い募った。

「わたしを実際以上に悪者にして、病院側にどんな得があるんでしょう。むしろマイナスじゃないですか。小向先生もあのときのことははっきり覚えているはずなのに、なぜ橘院長に追従するのかがわからないんです」

「ふむ」

大牟田は冷静に分析するように言った。

「あんたは患者には評判がよかったようだが、病院の上層部や同僚には必ずしもそうではなかったんじゃないか。気づかんところで、嫉妬したり反発する者がいたのかもしれん。そういう連中からすれば、あんたが苦しい立場になることは、歓迎こそすれ、否定はしないだろう」

白石が不安な表情を浮かべた。思い当たることがあるようだ。大牟田はさらに続けた。

「それに、あんたの行為を卑劣だと思わせれば、世間の怒りがあんたに向いて、病院への批判が弱まる。今日の記者会見だって、途中から病院も被害者みたいな雰囲気になってただろ。おまけに、橘はお得意の病院憲章を持ち出して、潔く患者側に謝って、当院は〝患者さま第一主義〟を実践してますみたいなポーズを取ってたしな」

たしかに、記者たちは当初、病院に非難の目を向けていたが、率直な謝罪が続くと、次第に批判のトーンは弱まった。最後は病院は信頼を失うどころか、逆になんとなく評価が上がったようにさえなっていた。

わずかに間が空くと、白石のほうから聞いてきた。

「大牟田先生は、世間の誤解を解く方法があるようにおっしゃってましたが、どうすればいいんですか」

「簡単なことだ。あんたがメディアに出て、真実を述べればいい。あんたは美人だから、テレビはすぐ乗ってくるだろう。何なら俺が仲介してやってもいい」

そんなアテはないが、売り込みで何とかなるだろう。彼女がテレビに出れば、騒ぎが大きくなって、橘たちへの追及も再燃するにちがいない。

しかし、白石の反応は芳しくなかった。無言のまま目を伏せている。

「どうした。橘たちは記者会見で嘘まみれの証言をして、あんたを攻撃したんだぞ。やられっぱなしでいいのか。形勢を挽回するには、自分の口から真実を話す以外にないだろう。橘たちの嘘を暴《あば》いて、ヤツらが病院ぐるみで事実を隠蔽していると訴えてやるんだ。病院のほかの不祥事も暴露してやれ。あんたならいろいろ知ってるだろ。病院側の言うことは信用できないと、世間が受け止めれば、あんたの冤罪も晴らせるぞ」

強引に押しても白石は答えない。大牟田は焦れったそうに説得した。

「あんたは自分のやったことに何ら恥じるところはないんだろ。それとも疚《やま》しい気持があるのか」

「それはありません」

「だったら、堂々と世間に主張してやれ。そうする以外にどんな手がある。黙っていたら、橘たちの主張を認めることになるんだぞ」

「でも、マスコミには関わりたくないんです。それにテレビなんかで主張しなくても、出るところに出れば真実は明らかになるでしょう」

白石が色の薄い大きな目で見返してきた。大牟田は天井を仰ぎ、大げさにあきれて見せた。

「何を甘っちょろいことを言ってるんだ。裁判になったら病院側は全力で攻撃してくるぞ。ほんとうのことを言えば信じてもらえるなんてとんでもない。病院側の卑劣さを暴いて、世間を味方につける必要があるんだ」

「でも、そんなことをしたら泥仕合になりませんか」

そうさ、泥仕合になって病院もあんたもボロボロになればいいんだと、大牟田は胸の内で嗤いながら、いかにも親身な調子で言った。

「何を弱気なことを言ってるんだよ。今のままじゃ、あんたは殺人医者に仕立て上げられて、医師生命も絶たれかねないんだぞ。相手が卑劣な嘘で保身に走ってるのに、このまま手をこまねいていていいのか」

白石はうつむいたまま心を決めかねているようだった。やがて、疲れた顔で視線をさまよわせ、つぶやくように言った。

「もう少し考えてみます。いろいろありがとうございました」

席を立つ白石を、大牟田は引き留めなかった。今日のところはこれくらいでいいだろう。帰ろうとする白石に、大牟田は優しく言った。

「つらいだろうけど、負けるなよ。俺はあんたの味方なんだから」

8

白石が帰ったあと、大牟田はスマートフォンを取り出して、検索エンジンを開いた。

マスコミへのリークをだれがしたのか、手がかりをさがすためだ。適当にキーワードを打ち込むと、多くのページがヒットした。

『医療界ヤバイ　だれがリーク？』『掲示板　ツイッターまとめ　内部告発が大問題に』『「許せない」と報日新聞に告発レター』

どうやら新聞社に手紙を送った者がいるようだ。堀田にちがいない。どうすれば白状させられるか。少し考えて、次のようなＬＩＮＥを送った。

《今日の記者会見、見たか。そのことで今白石と会った。おもしろい話があるから出て来ないか》

堀田は病院の寮に住んでいるから、駅前まではすぐだ。レスは一分もしないうちに来た。

《どんな話？　聞きたい聞きたい!!　でも今、部屋で飲んでるから出るのは無理！》

《だれか来てるのか？》

《独り飲み会》

《なら、俺がそっちへ行くよ》

《看護師寮は男子禁制ですよ。バレたら懲戒免職！》

《もうなったよ（笑）部屋番号は？》

《しゃーない人　４０５号デス》

大牟田は居酒屋を出て、浦安厚世病院の看護師寮に向かった。時間は午後十時半。だれかに見られても困るのは堀田だと、正面玄関から堂々と入った。四階に上がり、堀田の部屋に着くまでだれにも会わなかった。逃げ隠れしないと逆に見つからないものだ。

大牟田は苦笑しながら、４０５号のインターホンを押した。

すぐ扉が開き、オカッパ頭の赤い顔が声をひそめた。

「早く入って」

「まるで女子大生の寮だな」

ふざけて肩をすくめると、強引に引っ張り込まれた。

部屋は八畳ほどのリビングに、簡単なキッチンがついたワンルームだ。壁際にベッド、その前に座卓、床にはバッグや小物が散乱している。堀田はトレーナーにジャージというラフな恰好で、座卓にはつまみと酒が置かれていた。

「おまえ、紙パックの焼酎なんか飲んでるのか」

「いいじゃない。先生も飲む？」

薄っぺらい座布団に胡座《あぐら》をかくと、堀田がグラスに角氷と焼酎を注いだ。氷を取り出すとき、手づかみなのを見て大牟田は顔をしかめた。

「で、彼女、何て言ってたの」

「怒ってたよ。橘だけじゃなくて小向もデタラメ言ってるってな」

「いい気味だわ。でも、よく白石が大牟田先生に会いに来たわね」

白石を呼び捨てにしている。本人のいないところではいつもそうなのだろう。

「世間の誤解を解く方法を教えてやると言ったら、ホイホイ出てきたのさ。ところで橘は会見で、横川という患者がまだ助かる見込みがあったように言ってたが、実際はどうだったんだ」

「助かる見込みなんかあるわけないでしょ。多臓器不全で黄疸も出てたんだから。看護師はみんな知ってますよ」

やはりそうか。大牟田の脳裏にふと閃くものがあった。

「橘はその件について、看護師に口止めとかしてるのか」

「してない」

「だったら、そのネタで橘を強請《ゆす》れるんじゃないか。証言はデタラメだと、現場の看護師が声をあげたらマスコミも飛びつくだろう」

「それはおもしろいかも」

堀田はいったん賛同しながら、首を傾げる。

「でもねぇ、だれか声をあげるかな。そんな看護師いないわ」

「なんでだ」

「病院を敵にまわすことになるじゃない。言いがかりをつけられて、やめさせられたらそれこそ大損よ。橘院長のことだから回章を出して、この看護師は病院に楯突いてクビになった要注意人物だって触れてまわりますよ。そしたら、まともに再就職もできないじゃないですか」

「そんなことがあるのか」

「ありますよ。だって看護師は立場弱いもん」

ほうと感心するそぶりで、大牟田が言った。

「なら、匿名でやりゃいいじゃないか。内部告発の手紙でも書いてさ」

「いやあ、どうでしょう。それもリスクあるように思いますけどね」

ニヤつきながら首を傾げる。新聞社に手紙を書いたのが堀田なら、少しは顔色を変えるかと思ったが、反応はごく自然だった。しかし、まだわからない。

「それにしても、今日の記者会見は新聞に記事が出たせいだよな。あれで橘たちは大慌てだし、白石も混乱に巻き込まれて大変なことになるだろう。まったく快挙だよ」

リークを肯定して油断させようとしたが、堀田はその手に乗らなかった。

「快挙って、先生、何をのんきなこと言ってんですか。先生にとっちゃ大打撃でしょう。だって、病院を脅すネタがなくなったんだから」

大牟田は込み上げる怒りをぐっと飲み込んだ。自分でリークしながら言ってるのなら、鉄面皮もいいところだ。もしそうなら首を絞めてやる。しかし、堀田は顔を火照《ほて》らせて、チビチビと焼酎のグラスを舐めるばかりだ。

事実を見極めるために、出任せの脅しをかけてみた。

「実はな、俺は報日新聞に知り合いがいるんだ。高校の同級生で、偉くなって社会部の部長になってる。噂によると、報日新聞のスクープは内部告発の手紙が発端らしいな」

「それ、ネットの情報でしょう。そんなのを信じてるんですか。バカみたい」

「バカって何だよ」

「あ、気に障りました？　ごめんなさい。でも、どうでもいいじゃないですか」

「よくないよ。俺はあんたが手紙の差出人じゃないかと思ってるんだ。いかにもやりそうなことだからな」

正面切って言うと、堀田は充血した目を見開き、不機嫌そうに吐き捨てた。

「あたしがリークなんかするわけないでしょう。バレたら病院にいられなくなるのに。大牟田先生だって怒るでしょうに」

「ごまかすなよ。報日新聞にいる同級生に頼めば、その手紙だって見ることができるんだぜ」

「お好きなように。勝手に見たらいいでしょう」

まるで悪びれたところがない。こいつが犯人なら少しは動揺するだろう。それがないのは、差出人ではないのか。大牟田はそっぽを向いた堀田を観察してから、口調を改めて言った。

「いや、すまない。俺の勘ちがいだったようだな。しかし、それならいったいだれが情報を洩らしたんだろう」

「知りませんよ」

即座に言い返し、そっぽを向く。

「話はもどるが、白石は今日の記者会見で、そうとう参ったようだったぞ」

話題を変えると、堀田はまたぞろ多弁になった。

「ざまあ見ろですよ。医長か何か知りませんけど、お高くとまって、患者にはエラソーにするし、回診のときも白衣のポケットに手を突っ込んでたりするんですよ。ちょっと美人だと思って、看護師は見下してるくせに、男の医者には色目を使ってるんですからね。そのくせ外には彼氏らしき男がいて、デートだ何だってケバい化粧してるんだから、淫乱《いんらん》ですよ」

悪口はとどまるところを知らなかった。適当に相づちを打っていると、堀田がまた氷を取りにキッチンに立ち、座卓に置いた瞬間、よろけて大牟田のほうに倒れてきた。

「あー」

間延びした声を出して、そのままましなだれかかってくる。

「あたし、酔ったみたい」

大牟田はうっと言葉に詰まったが、すでに堀田は目を閉じている。戸惑いと酔いと投げやりな気分が頭をよぎった。

「いいのか」

言ってから、しまったと思ったが、あとへは引けない。大牟田は脇の下に冷たい汗が流れるのを感じながら、堀田の細身の身体に腕をまわした。

居酒屋からマンションにもどったルネは、疲れ果ててベッドに横たわったが、到底眠れそうになかった。大牟田の言葉が思い出される。

——あんたは患者には評判がよかったようだが、病院の上層部や同僚には必ずしもそうではなかったんじゃないか。

自分は常にまじめに医療に取り組み、周囲への気配りも忘れずにやってきたつもりだ。しかし、気づかないところで身勝手な行動をとったり、だれかを無視するようなことがあったのかもしれない。院長たちの前で潔白を証明しようとしたとき、医長の山際が「俺を面倒に巻き込まないでくれ」と言ったのも、彼に嫌われていたからか。山際には先輩として敬意を払い、親しみも感じていたのに、肝心のときに味方になってくれなかったのは、やはりこちらを快く思っていなかったのか。

信じていたのに上っ面だけだったなんて、わたしはなんてお人好しだ。頭から布団をかぶり、寝返りを打った。背中を丸め、頭を抱える。もうこの世から消えてしまいたかった。

9

翌朝、重い身体を引き剝がすように起き上がったのは、午前七時過ぎだった。明け方に少しまどろんだだけで、脳はホルマリン漬けのように冷たく固まっている。今日もまた一日がはじまるのか。朝に気分がふさぐうつ病の患者の気持がわかる気がした。

どれくらい時間がたったのか。ふいにインターホンが鳴って、ルネは現実に引きもどされた。通話のボタンを押すと、モニターに角刈りのギョロ目の男性が映った。

「突然、申し訳ありません。『週刊時大』の宇野《うの》と申します。ぜひ、白石先生にお話を聞かせていただきたくて参りました」

マスコミだ。とっさに拒絶の気持が湧いて、冷ややかに言った。

「取材はお断りします」

通話をオフにしようとしかけると、男性が急き込むように言った。

「待ってください。私は白石先生の言い分をうかがいたくて参ったのです。昨日の病院側の記者会見はあまりにひどすぎました。どう考えてもおかしなことだらけです。先生にもおっしゃりたいことがあるのではありませんか」

「とにかく取材はお断りします」

通話を切ると、すぐさまインターホンが鳴った。無視しても一定の間隔で鳴り続ける。耳をふさいでも神経に障る。もう一度、通話のボタンを押して怒鳴った。

「取材は受けないと言ってるでしょう」

「いえ。私の取材は先生を批判するためではなく……」

反射的に通話をオフにした。相手になるのも不愉快だ。ふたたび寝室にもどり、布団をかぶった。インターホンが鳴ってもわからないように防音効果の高い耳栓をした。ふたたび重苦しい眠りがやってきた――。

どれくらい眠ったのか。壁の時計を見ると、午前十時に近かった。いつまでも寝ていられない。ルネは洗面所で顔を洗い、部屋着に着替えた。

まさかとは思いながら、念のためインターホンのモニターをオンにすると、先ほどの記者がまだ立っていた。ショルダーバッグを掛けたまま、手帳のようなものを見ている。慌ててモニターをオフにしたが、このまま居続けられても困る。ルネは改めて通話のボタンを押した。

「まだそこにいるんですか。迷惑だから帰ってください」

「ああ、白石先生。お願いします。私の話を聞いてください。以前から私は安楽死の問題に興味を持って、取材を続けているんです。今回の件は、日本の医療状況に重大な一石を投じるものだと信じています。昨日の記者会見では、そこが故意に曖昧にされていたように思うのです。だから、ぜひ先生の率直なご意見を聞かせてください」

どうすべきか。ルネは迷った。この記者は自分を批判するためではなく、言い分を聞きに来たと言っている。大牟田の忠告に従うわけではないが、自分の主張を聞いてくれるマスコミがいるなら、話してもいいのではないか。

考えている間にも、宇野は早口に言葉を継いだ。

「先生は患者さんの苦しみを取り除くために、筋弛緩剤を使ったのでしょう。決して患者さんを死なせるためではなく、むしろ家族を含め、救うための処置だったのではないですか」

たしかにそうだ。未だ躊躇《ちゅうちょ》する気持もあったが、チャンスを逃す不安もよぎった。

「ほんとうにわたしの言い分を聞いてくれるんですか」

「もちろんです。そのために来たんですから」

迷いつつも、押し切られる形で解錠のボタンを押した。

数分後、上がってきたのは、体重が一〇〇キロを超えていそうな巨漢だった。くたびれた紺のスーツに、同系色のネクタイを窮屈そうに締めている。

「はじめまして。『週刊時大』の宇野公介《こうすけ》と申します」

リビングに招き入れると、短い指で名刺を差し出した。ルネは質問に答える前にまず訊ねた。

「ここの住所はどうやってお調べになったのですか」

「個人的に知っている方に教えてもらいました。だれか申し上げるわけにはいきませんが」

先まわりして言われる。

「宇野さんは、どうして安楽死に興味を持たれたのですか」

「日本の状況が、あまりに世界に比べて遅れているからですよ。悲惨な姿で死ぬに死ねない患者は、言わば医療に見捨てられたも同然です。私はそういう状況を捨ててはおけない性格なんです。ですから、承久市立病院の件もずっとフォローしています」

承久市立病院の事件は、速水からも聞いている。しばらく続報は途切れていたが、ルネの一件でふたたび注目されつつあった。

「さっそくですが、白石先生が横川氏の看取りをされたときの経緯をお聞かせ願えますか」

宇野は外斜視《がいしゃし》ぎみの目に、真剣そのものという光を宿して取材をはじめた。ルネはできるだけ具体的に、自らの正当性を主張した。話すうちに昨日の悔しさがよみがえり、声が震えた。

宇野がルネに寄り添うように聞く。

「病院はどうして事実を隠蔽したのでしょう」

「わかりません。わたしひとりを悪者にして、病院の責任を軽くしようとしたのかも」

「病院幹部の保身ですね。断じて許せないことです」

宇野の声はやや籠っているが、口調は滑らかで、いかにも頭脳明晰という印象だった。

「白石先生が筋弛緩剤を使ったのは、安楽死のためではなく、横川氏のうめき声を止めるためだったということですね。ほかに方法はなかったのですか」

「ありません。あのとき病室には小さいお孫さんもいたんです。悲惨な状況を避けるために治療を中止したのに、最後の最後に苦しそうな声を聞かせてしまって、わたしはそれを止めようと必死でした。患者さんに申し訳なくて、ご家族にもすまない気持でいっぱいだったんです」

当時の病室が思い出され、ルネは嗚咽しそうになった。口元を押さえて、顔を背ける。

それを見ていた宇野が、思わず感嘆の声をあげた。

「白石先生はまさに善医だ。善意の医師です」

ふたたび顔を向けると、宇野は唇を震わせるようにして続けた。

「お気持はよくわかりました。直接取材をさせていただいてよかったです。今報じられているのは病院側の情報ばかりですからね。私は、報道は常に双方の意見を聞くべきだと思っているのです」

これで少しは世間の誤解も解けるかもしれない。ルネは宇野の取材に心強いものを感じた。

「ところで、病院側は白石先生にどんな処分を下す見込みですか」

「今は自宅謹慎を命じられています」

「それはまずい」

宇野は巨体を引いて断定した。

「一刻も早く病院をやめるべきです。職員であるかぎり、自宅謹慎の命令にも従わなければならないから、身動きが取れません。今なら依願退職ということにできるでしょう。病院に先手を打たれて、懲戒免職になったら先生の経歴に瑕《きず》がつきますよ」

たしかにそうだ。迂闊《うかつ》にもそこまで考えていなかった。

「ありがとうございます。でも、宇野さんはどうしてわたしに味方するようなことを言ってくださるのですか」

「私は権威が嫌いなんです。病院組織も巨大な権威でしょう。先生がひとりで病院と闘っているのを見て、これは放ってはおけないと思ったのです。学生のころからずっと反権力ですから」

宇野がどんな記事を書くのかはわからないが、今は彼に頼る以外ないのだった。

10

宇野が帰ったあと、ルネは速水に電話を入れた。

「仕事中にごめん。今、少しいいかな」

「大丈夫」

気さくな声だ。

「今、週刊誌の記者さんが来て、いろいろ話を聞いてくれたの。これまで病院側の情報しか伝わっていないから、わたしの言い分も聞きたいって」

「マスコミが来たのか。どうして中へ入れたりするんだ」

速水が急に声を荒らげたので、ルネは慌てて弁明した。

「その記者さんは、わたしの側に立って取材してくれたのよ。こちらを批判するようなことは言わなかったし、病院の保身を許せないとも言ってくれたわ」

「そんなの作戦に決まってるじゃないか。味方のふりをしてあれこれ聞き出すんだ。そんなこともわからんのか」

きつい言われ方にむっとしたが、速水はマスコミには沈黙を守ったほうがいいと言っていたのだから、怒るのも無理はない。ルネは自分にそう言い聞かせて謝った。

「ごめんなさい。でも、その記者さんは橘院長の嘘も理解してくれたし、わたしの主張も正当に報じてくれると思うよ」

「いったい、どこの記者なんだ」

「『週刊時大』。たしか、宇野っていう人」

「宇野公介？　まさか。冗談じゃないぞ」

「知ってるの」

「知ってるどころか、攻撃的な批判記事で有名な記者だよ。政権批判の偏った本も書いてるし、自分が敵だと判断した相手には、徹底して攻撃を加えるヤツだ」

「批判記事で有名なら、病院側を攻撃してくれると思うよ。わたしがひとりで病院と闘っているのを放っておけないって言ってたから」

「信用できるもんか。週刊誌の記者なんて、売り上げしか考えてないんだ。今の段階で君を擁護するような記事を書くとは、到底、思えない」

どんなことを聞かれたのかと問うので、ルネは取材の内容を話した。不都合なことは話していないはずなのに、速水は不機嫌な対応を変えなかった。宇野が有名な記者とは知らなかったが、ルネを敵視しているようには感じられなかった。むしろ、病院側を攻撃していたのだから、速水は悪く考えすぎではないか。そう思ったが、言い合いになりそうだったので黙っていた。

「で、ほかには何か言われなかったか」

「病院は一刻も早くやめたほうがいいと言われた。懲戒解雇になったら経歴に瑕がつくからって」

「いや、今は病院をやめるべきじゃない」

また反対するのか。ルネはため息をつきたい思いだったが、それをこらえて訊ねた。

「でも、今のままじゃ身動きが取れないじゃない」

「病院をやめたら組織の後ろ盾がなくなって、完全に無防備になってしまう。宇野がどんなことを書くか知らないが、いったん記事が出たら、きっとマスコミが押し寄せるぞ。メディアスクラムに巻き込まれたら、だれも守ってくれない。少なくとも病院の職員だったら、病院が防波堤になるだろう」

「病院がわたしを守ってくれるわけないじゃない」

「バカ。ルネを守るんじゃなくて、病院側に迷惑がかかるのを避けるために、マスコミを遠ざけようとするんだ」

バカと言われて腹が立ったが、病院が保身のために防波堤になることまでは思い至らなかった。さらに速水が言う。

「それに病院をやめたあと、どうするつもりだ。どこか行く当てはあるのか」

答えられない。沈黙の意味を汲み取り、追い打ちをかけてくる。

「そんなことも考えずに、ただやめるつもりだったのか。考えが甘すぎるよ」

「だって仕方ないでしょ！」

思わず声が跳ね上がった。わたしだって必死に考えている。だけど、経験したことのない危機的な状況で、混乱しているのだ。悔しさが怒りに転じて強い口調になった。

「いろんなことが急に降りかかってきて、新聞にひどいことを書かれて、記者会見で嘘を言われて、夜も眠れないのよ。すべてのことに目配りなんかできるわけないじゃない。そんなに言うなら、祐樹がもっと相談に乗ってよ。わたしひとりじゃ何もかも考えられない」

速水はしばらく黙り込み、いろいろ思いが籠もったようなため息を洩らした。

「悪かった。言いすぎたよ。だけど、今、僕も動けないんだ。担当した本に差別表現があるって、回収騒ぎになりかけていて」

「何よ、自分だって仕事でミスをしてるじゃない。考えが甘いのはどっちよ。忙しいときに電話して悪かったわね。どうぞ、自分の尻拭いをしっかりしてちょうだい。しばらく電話もＬＩＮＥもしなくていいから」

返事も聞かずに、通話をオフにした。

ルネはそのまま寝室にもどり、頭から布団をかぶって狭苦しい闇に逃げ込んだ。

11

それからルネは一晩中、鬱々《うつうつ》と考え続けた。

今の状態では、次に雇ってくれる病院はないだろう。大学の医局にも斡旋は頼みにくい。病院勤務ができないとなると、あとは開業医か施設の医師くらいだ。一から自分で開業するのはむずかしいが、非常勤でもいいからどこか雇ってくれるところはないだろうか。

ルネはスマートフォンの電話帳で、これまで縁のあった開業医を順にさがした。電話帳の終わり近くなって、矢口《やぐち》クリニックが目に留まった。院長の矢口哲司《てつじ》は七十代の神経内科医で、これまで何人かの患者を紹介してくれていた。治療が終了すれば、その都度、詳細な報告書を送っていたせいか、昨年、医師会でカテーテル治療の講演をしたとき、わざわざ控え室まで挨拶に来てくれた。白髪頭の小柄な医師で、いかにも好々爺《こうこうや》という感じだった。そのとき、そろそろ引退したいが、跡継ぎがいないので困っていると苦笑していた。本気かどうかわからないが、連絡してみる価値はあるだろう。

思い切って電話をすると、矢口は何ら構えるところなく応対してくれた。病院をやめようと思っていることを告げ、こちらの勝手で恐縮だけれど、非常勤でも何でもいいので、先生のクリニックを手伝わせてもらえないかと伝えた。すると矢口は、「うちに来てくれるんですか。それなら非常勤だなんて言わずに、ぜひ常勤で」と、予想外の返答だった。

「常勤でしたらわたしも助かります」

「助かるのはこっちですよ。来年あたり閉院にしようかと考えていたところなんです。白石先生に来ていただけるのなら、安心して患者さんを引き継げます」

「ありがとうございます」

スマートフォンを持ったまま頭を下げたが、ふと念のために訊ねた。

「ご承知かと思いますが、わたしは今、三年前の治療でややこしいことになっていて、その件がまだ片づいていないのですが、よろしいのでしょうか」

「先生ご自身に、何か不都合なことがあるんですか」

「わたしはまちがったことはしていません。医師として何ら恥じるところはありません」

「それなら問題ないです。すぐにでも来ていただきたいくらいですよ」

矢口の声には、ルネに対する信頼が感じられた。ルネは久々に心が晴れるような気がした。

これで身の振り方は決まった。あとは前に進むしかない。その夜、ルネは退職願を書いて、翌朝、橘に電話をした。面会したいと告げると、用件を聞かれた。

「退職願を出したいんです」

橘は一瞬、黙り込み、おもむろに「わかった」と答えた。

開業医になればカテーテル治療はできないが、それは仕方がない。クリニックの医師として地域医療に尽くすことも、重要な役割のはずだ。それに、宇野が有利な記事を書いてくれれば、世間の風向きも変わるかもしれない。マスコミが押し寄せてきたら、思う存分、こちらの言い分を主張してやる。

そう思うことで、ルネはようやく落ち着きを取りもどすことができた。

12

その日の午後、ルネは早めにマンションを出て、病院に向かった。

ロビーからエレベーターホールに向かうと、顔見知りの看護師や事務職員がいたが、どことなくよそよそしかった。それはそうだろう。病院と敵対している人間と親しいと受け取られたら、どんな圧力がかかるかわからない。

ルネはめげずに、胸を張って前に進んだ。管理職のフロアに上がり、院長室の前まで来ると、ルネは決然と扉をノックした。

「どうぞ」

会釈もせずに入室し、執務机の前に進む。バッグから退職願の封筒を取り出して、橘の前にぐいと差し出した。

「お世話になりました」

堅い声で言い、頭を下げた。橘はうなずくのみで、ねぎらいの言葉もない。こうまで冷たい態度をとるのかと、さすがにルネもひとこと言わずにはいられなかった。

「橘院長。先生が記者会見でおっしゃったことは事実ではありません。どうしてほんとうのことを言ってくれなかったんですか」

橘の面に怒りが走る。片肘をついて目を覆い、不愉快そうに首を振った。

「君は自分がどれだけ病院に迷惑をかけたか、わかっていないのかね。うちの病院だけでなく、厚世会全体の名誉も傷つけたんだぞ。その責任はどう考えているんだ」

「わたしはまちがったことをしていません。わたしひとりの責任にするのはおかしいです」

橘は大きく息を吸い込んだが、口を開けば不快さが増すとでもいうように息を吐き出した。

「これ以上、何を言っても無駄のようだな。退職願はたしかに受理した。君には若手の医長として、期待していたんだがな」

それが橘の本心なのか、最後だけ体面を取り繕ったのかはわからなかった。

「失礼します」

ルネは院長室をあとにした。

そのまま帰ろうかとも思ったが、直属の上司だった小向には最後の挨拶をしたいと思い、副院長室の前で足を止めた。ノックをしたが返事がない。ドアノブに手をかけると鍵がかかっていた。橘からルネの来訪を聞いてわざと席をはずしたのか。

ルネは落胆して、エレベーターで一階に下りた。玄関の手前で急にロビーがざわついた。いきなり十人ほどの記者らしい男女が駆け寄ってきて、我先にとスマートフォンやICレコーダーを突きつけた。カメラのフラッシュが続けざまに閃く。

「白石先生ですね。病院を辞職されるとうかがいましたが、事実ですか」

橘がリークしたのか。思う間もなく、別の男性が入れ替わるように言った。

「『週刊時大』の記事はほんとうですか。積極的安楽死は致し方なかったとは言え、事実上の殺人だと認識されていた」

「何のことです」

身を強張らせて聞き返した。「週刊時大」の発売は明日のはずだ。女性記者が早口に答えた。

「早刷りが出たんです。これ」

差し出されたコピーの一枚目に、毒々しい見出しが躍っていた。

『〝殺医〟衝撃の告白　病院との壮絶バトル！』

コピーの二枚目には、『早すぎた治療中止』『患者は死なす以外になかったのか？』などの文字も見える。何だこれは。〝殺医〟って〝善医〟のまちがいじゃないのか。

「本人の意思を確認せずに、安楽死させるのは問題ではないですか」

「医師の倫理には反しませんか」

「病院側の主張と真っ向から対立していますが、勝算はあるんですか」

矢継ぎ早に質問が繰り出される。ルネは記事を読もうと思うが、文字が目に入らない。両手で頭をかばうようにして玄関を出て、タクシー乗り場にいる車に乗り込んだ。

「すみません。すぐ出てください」

心臓が奔馬《ほんば》のように拍動している。気がついたらさっきのコピーを握りしめていた。もう一度、しっかりと読もうとしたが、気が動転して十分意味が汲み取れない。

『……S医師に殺意があったことは明らか……、面倒な治療を終わりにしたい……、手抜き医療の疑い……、カルテに虚偽の記載……、死亡診断書にも嘘……』

コピーを持つ手が震えた。悪意のある文章が、毒針のように突き刺さる。取材で宇野に話したこととまるでちがう。

ルネは落ち着けと自分に言い聞かせ、目を閉じた。

マンションの前でタクシーを降り、後ろも見ずにオートロックを解除した。自室でコピーを読み直した。こちらの言い分も取り上げてあるが、病院側の主張も並記されていて、全体としてはルネを殺人医者に仕立てている。こんな記事が出たら、ますます誤解が深まる。

ルネは宇野の名刺にある番号に電話をかけ、本人を呼び出した。

「今、早刷りのコピーをもらいました。あんな記事が出たら困ります。すぐ取り下げてください」

「困ると言われてもこちらも困りますよ。もう印刷して販売店に配送してるんですから」

「じゃあ、回収してください。版元ならできるでしょう」

「そんな無茶を言われても」

人を小バカにしたような声に、ルネは思わずカッとなった。

「無茶はそっちじゃないですか。あのとき、殺意があったなんてひとことも言ってませんよ。ましてや、面倒な治療を終わりにしたいなんて言うはずもない。記事はデタラメです」

叫ぶように言うと、宇野はふいに声の調子を変えて低く言った。

「デタラメとは聞き捨てなりませんね。あのとき、報道は常に双方の意見を聞くべきだと申し上げたでしょう。だから病院側の主張も取り入れたのですよ。先生への取材も、私がそう受け取ったのですからデタラメではありません」

ハメられた……。

ルネは手の中で皺くちゃになったコピーが無限に増殖して、世間に広がる錯覚に襲われた。

13

民放の各報道番組は、オープニングから大々的にルネの事件を取り上げた。

好感度ナンバーワンという男性MCが、顔を歪めてコメンテーターに意見を求める。

『今回、「週刊時大」のスクープで明らかになった浦安厚世病院の事件ですが、まだ助かる見込みのあった患者さんに、医師が筋弛緩剤を注射して呼吸を止めてしまった。僕はどう考えても理解できないんですが、いったい三年前の病室で何が起こったのでしょうか』

口髭を生やしたタレント弁護士が、むずかしい顔で答える。

『主治医によれば、患者さんはほぼ脳死の状態で、このまま治療を続けると、尊厳が失われる状況になりかねなかったということのようですがね』

すかさずMCが反論する。

『病院側の発表では、脳死でも植物状態でもなかったというじゃないですか。ぜったいに助からないというのなら、尊厳を守ることも必要でしょうが、たとえ〇・一パーセントでも救命の見込みがあるのなら、最後まで治療に全力を尽くすというのが、医師の使命じゃないんですか』

『当然ですよ』と、辛口で知られる女性ジャーナリストがあとを引き継ぐ。

『今回の事件は、言わば医師が患者を死なせたというか、殺したわけでしょう。しかも、三年以上も隠蔽していたと。信じられないことが起こったわけで、だいたいこの主治医は、命の尊さやかけがえのなさをどう理解してるんでしょうかね。本人に問い質してみたいくらいよ』

ひどい。実際、延命を思いとどまらざるを得ないことが、厳然としてあるのに。ルネは悔しい気持で唇を嚙んだ。

　テレビなど無視しようと思いながら、今日、チャンネルを合わせたのは、朝刊のテレビ欄に、『遺族の証言』と書いてあったからだ。

　以前、速水は承久市立病院の連続尊厳死事件の話をしたとき、患者の遺族が内科部長をかばったために、マスコミが振り上げた拳の下ろしどころがなくなったと言っていた。横川が亡くなったあと、厚子も信一もナースステーションまで礼を言いに来てくれた。もしかしたら、ルネをかばう発言をしてくれるのではないか。そうわずかな望みをつないだのだった。

　画面では若手アナウンサーが、特大のフリップボードを使って説明をはじめていた。

『主治医のS医師ですが、現在三十六歳。カテーテル治療が専門の脳外科医で、写真をお見せできないのが残念ですが、彫りの深い美人ドクターです』

　そんなことは関係ないだろと思うが、反論できない。

　ルネはテレビから目を逸らして、窓越しに下を見た。マンションの出入口付近には、二十人近いマスコミ関係者がたむろし、こちらを見上げている。

　インターホンのスイッチを切ったのは、昨日の朝だった。一昨日、病院に来ていた記者から逃げるようにタクシーで帰宅すると、ものの十分もしないうちにインターホンが鳴りだした。マスコミの取材依頼で、断っても断っても鳴り続けるので、電源をオフにした。しばらくすると、スマートフォンにも同様の電話が入るようになったので、こちらも電源を切った。ＳＮＳもそうだが、個人情報保護の時代だなどと言いながら、いったんマスコミに追われると、こうもプライバシーがダダ洩れになるのか。

被害は諏訪市にいる父敏明にも及んでいた。週刊誌の記事が出てから、マスコミの問い合わせがあったらしく、敏明は高血圧の発作を起こして近くの病院に入院した。幸い、大事には至らなかったが、しばらくは絶対安静を指示された。すぐにも見舞いに行きたいが、外に出ればマスコミに追いまわされる。そちらに行けないことを電話で詫びると、敏明は逆に、「俺のほうこそ、肝心のときに守ってやれなくてすまない」と言い、ルネは申し訳なさで言葉を失った。

テレビに視線をもどすと、相変わらず深刻ぶったコメンテーターが、聞くに堪えない偽善的なセリフを口にしている。現場の実情も知らないくせに、世間の代表みたいな顔をしてよくも勝手なことばかり言えるものだ。

続いて看護師の証言がはじまった。電話取材でボイスチェンジャーを通した声が話している。脳卒中センターの看護師のようだ。そのうち、耳を疑うような証言が飛び出した。

『(ピー)先生は若くして医長になったことを鼻にかけて、偉そうにしてましたね。美人だけれど冷たい印象です。患者さんも、あの先生、怖いって言ってましたから』

身に覚えのないことばかりだ。しかし、患者や看護師からはそう見えたのかもしれない。情けない。みんなとうまくやってきたつもりなのに。

自分たちに都合のいい証言が得られると、MCは満足げに電話取材を終えた。

画面が変わり、いよいよ遺族の証言がはじまった。VTRの映像で、暗い部屋に座った男性の下半身にだけ光が当たっている。おそらく信一だろう。何とか流れを変えてほしい。しかし、この前、事情を説明に行ったときの態度からすれば望み薄だろう。それでもルネは、すがる思いで映像を見つめた。

『……親父はずっと先生を信頼してたんです。だから、仕事の現場で倒れたとき、苦しみながら浦安厚世病院に連れて行けと言ったんです』

そう。横川さんはわたしを信頼してくれていた。

『病院に着いたときは、心臓が止まっていましたが、救命救急センターで治療を受けたらまた動きだしました。そのあと、脳卒中センターに移って、（ピー）先生が治療をしてくれました。でも、親父の容体は悪くなるばかりで、一週間目に脳死に近い状態だと言われました。これ以上、治療を続けると親父がひどい状態になると……』

その通りだ。

『だから、仕方ないと思って、治療の中止を受け入れたんです……。そのあとも、親父が死んだのは仕方ないと思ってました。ところが、内部告発の手紙が届いたんです。そこに親父はまだ助かる見込みがあったのに、医者が勝手に安楽死をさせたと書いてありました。安楽死は殺人だから許せないと』

まさか。いったいだれがそんな手紙を出したのか。信一が叫ぶように言った。

『親父はあの医者に殺されたんです。親父は信頼していたのに……』

ルネは発作的にテレビの電源を切り、寝室に駆け込んだ。有利な証言をしてくれるどころか、露骨にルネを糾弾した。これでは世間の怒りを煽《あお》るばかりだ。番組のコメンテーターたちは、口を極めて非難を浴びせているだろう。

ルネは遮光カーテンを閉め、明かりもつけず、ベッドに潜り込んだ。

孤立無援。固定電話を持たないルネには、たとえ味方になってくれる人物がいたとしても、連絡のしようもない。父親のことも心配だが、問い合わせる気力も出ない。

速水に会いたい。

ふいに彼の顔が脳裏に浮かんだ。スマートフォンをオンにして助けを求めたいと思ったが、電源のボタンを押せなかった。電話で喧嘩別れのようになっていたし、それに彼自身、仕事のトラブルを抱えているようだった。だけど、もしかしたら、「週刊時大」の記事を読んで、自分が心配した通りになったと知り、訪ねてきてはくれないだろうか。速水なら、管理人室に事情を話して、二階の駐車場からでも入ってくるだろう。

いや、速水は今、自分の仕事で手いっぱいで、週刊誌など読む余裕はない。読んだとしても、わざわざ訪ねてくる時間などあるはずもない。しかし、それでも、もしも彼が来てくれたら……。

奇跡など起こるはずがないとあきらめかけたとき、扉にノックが聞こえた。まさか、速水なのか。そんなはずはないと思いつつも、期待せずにはいられない。

胸の高鳴りを抑えて扉を開けると、見知らぬ男性が二人立っていた。

「正面の入口は人だかりができていたので、管理人さんにお願いして、駐車場から入れてもらいました。浦安署の立川《たちかわ》と申します。こちらは同じく刑事課の近藤《こんどう》。横川達男氏の死亡の件に関して、お話を聞かせていただけますでしょうか」

第五章　齟齬

1

「それでは失礼いたします。本日は貴重なお時間をいただき、誠にありがとうございました」

　席を立った野沢元治は、テーブルに広げた書類を片付けながら、せわしないお辞儀を繰り返した。出口に向かう前にダメを押すように言う。

「申し上げました条件でご納得いただけるようでしたら、すぐにも正式な示談書を交わさせていただきますので、どうぞよろしくお願いいたします。賠償金のほうは、現金でもお振り込みでも、即座に対応させていただきますので」

　横川信一をはさんで座っていた石毛と沼田が、上目遣いに野沢を見上げる。野沢は三人にふたたび卑屈なほど頭を下げて、沼田弁護士事務所の応接室を出て行った。

　石毛と沼田は互いに顔を見合わせ、予想外のこの展開に落とし穴はないかと、探るような目線を交わした。

浦安厚世病院の野沢事務部長から、沼田に電話があったのは一昨日の午後だった。できるだけ早く面会できないかというので、用件を聞くと、横川達男の件について、示談の相談をしたいとのことだった。病院側からの賠償金は六千万円を考えているという。沼田はすぐに石毛に連絡を入れ、対応を相談したあと、今日、信一ともども沼田の事務所で野沢と会ったのだった。

「信一君。今の話、どうします」

沼田が聞くと、信一は慣れないネクタイを緩めながら、「はあ……」とだけ言って、後頭部に手を当てた。信一が聞かされていたのは、病院の事務部長が面会に来るというだけで、示談のことは知らされていなかった。

石毛がテーブルに置かれた覚え書きを取り上げて、今一度、目を通す。

「俺は悪い話じゃないと思うがな。沼田先生はどうですかね」

「まあ、こちらもはじめの作戦が狂いましたから」

信一が何のことかと沼田を見る。石毛がすかさず補足する。

「マスコミにバラすことをちらつかせて交渉する件さ。どこから洩れたのか知らないが、早々に使えなくなっただろう」

「そういう意味では、先方から示談を持ちかけてきたのは、ある意味、好都合かもしれませんね。信一君は何か不満とか、気になることはありますか」

信一はどう答えていいのかわからないという顔で、目線を泳がせた。

「もしかして、最初に石毛さんが七千万は堅いと言ったのが引っかかってるのかな」

「あれはまったくの当てずっぽうだ。忘れてくれ」

石毛が笑い飛ばすと、沼田が専門家らしい口調で説明した。

「賠償金の金額は、事案によってまちまちですし、場合によっては不当に低い金額に抑えられるケースもあります。それに賠償金を手に入れるまでの期間も、金額と同じくらい重要です。十年かかって七千万円を手にするのと、今すぐ六千万円をもらうのとでは、ありがたみがちがうでしょう」

「それは、たしかに」

信一も示談の受け入れに傾いたようだった。石毛がすかさずつけ加える。

「裁判になったら、何度も裁判所に呼び出されたりしてたいへんだぞ。時間も食うし、当事者尋問とかいろいろ面倒なこともあるし」

「その点、示談にすれば、即、六千万円が手に入るわけだから、簡単と言えば簡単ですね」

沼田も石毛に同調し、何となく病院側の申し出を受け入れる雰囲気になった。

「それにしても、さっきの事務部長の話、ちょっとおかしくないか」

石毛は話を逸らすようにつぶやいた。

「だってよ、事務部長はしきりに白石は許しがたいとか繰り返してただろ。あそこまで医者を悪く言う必要があるのかね」

「ことさら白石医師の違法性を強調するような口振りでしたからね。ふつうは逆でしょう」

「逆というのは？」

要領を得ない信一に、沼田が答える。

「病院側はできるだけ責任を軽くしたいから、医師の行為を弁護するのがふつうでしょう。しかも、白石医師の行為が不正だという結論はまだ出ていないんだし、彼女自身も自らの非は認めていないわけですから」

「ああ、この記事な」

石毛がテーブルの下に置いてあった「週刊時大」を取り出して、ページを繰った。

「病院側と白石の言い分は、真っ向から対立してるな。どうして病院は自分のところの職員を守ってやらないんだろう」

「もしかしたら、スケープ・ゴートかもしれませんね。記者会見で院長が言ってましたが、浦安厚世病院は〝患者さま第一主義〟を標榜しているんでしょう。その病院が身内の医者をかばい立てしたら、看板に偽りありってことになる。逆に、いち早く患者側に謝罪すれば、有言実行の病院ということにもなり得る。白石医師は病院側に切り捨てられたんですよ」

「いずれにせよ、示談は早くまとめる必要があるな。万一、白石の行為が正当だという可能性が出てきたら、病院側も態度を変えるだろうからな」

「まさしく」

「なら、そういうことでいいかな」

沼田が同意し、石毛が念を押すと、信一も「はい」とうなずいた。

「よし。じゃあ、ちょっと気が早いかもしれないが、沼田先生への支払いの件を確認しとこう。信一君も心づもりができていいだろう」

「石毛さん。それはまた今度でも」

沼田が右手を振って遠慮したが、石毛は「いや、こういうことは早めにきっちりしたほうがいい」と、話を進めた。

「沼田先生への成功報酬は、賠償金の二割という約束だから、六千万円なら一千二百万円だ。それから俺が立て替えた着手金なんだが」

石毛はそこで言い淀み、沼田に「領収証を」と小声で催促した。

「代理人を依頼したとき、沼田先生は半額の七百万円でいいと言ってくれてたが、実は全額払ったんだ。沼田先生にはこれまでにも世話になっていて、値引きしてもらうのが心苦しくてな」

「すみませんね。私は半額でと申し上げたんですが、石毛さんがどうしてもとおっしゃるので」

沼田はファイルから領収証の控えを取り出して、信一の前に置いた。宛名は『石毛乾治殿』、額面は『金壱千四百万円也』と記されていた。

「つまり、その、トータル二千六百万円ということですか」

信一が声を震わせた。石毛がソファの背もたれに身を預けて気怠そうに言う。

「まあ、信一君にすれば法外な額に思えるかもしれんが、示談とか裁判じゃあ代理人の報酬はそういうものなんだ」

続けて沼田が諭すように言った。

「信一君。千四百万円は、君が石毛さんに借りたお金なんですよ。いくら賠償金が取れる可能性が高いとはいえ、もしかしたら一銭も取れない危険性もあるのに、石毛さんはそのリスクを受け入れて融通してくれたんです。額が大きいから、本来なら利息もバカにならない。しかし、幸い解決が早まりそうなので、それは目をつぶろうとおっしゃってるんです。そうですよね」

「もちろん、利息を取ろうなんて気はないよ。かつての義理の弟なんだから」

沼田は石毛にうなずいてから、信一に向き直る。

「だけど、千四百万円は貸したお金を返してもらうだけだから、石毛さんにはプラスにはなりません。着手金を融通してくれたことや、何度も交渉に付き合ってくれたこと、信一君と私を結びつけてくれたことなど、諸々《もろもろ》に対して、信一君もいくらか謝礼を渡したほうが、あと味がいいんじゃないですか」

「いや、俺はそんなつもりで動いたわけじゃないし、はじめから謝礼をもらおうなんて気はさらさら……」

石毛は否定しかけたが、信一はそれを遮るように口走った。

「もちろん、義兄さんにはお礼をさせていただきますよ。僕一人ではとてもここまで来られませんでしたから」

「そう言ってもらうと、俺も手助けした甲斐があるというもんだが、でも、ほんとうにいいのかい」

「もちろんです。これで何もしなかったらバチが当たりますよ」

沼田が大きくうなずいて感心した。

「偉い。それでこそ石毛さんの元義弟だ。信一君はこういうことには慣れていないだろうから、一応の相場をお伝えしておきますね。示談の成立に欠かせない功績があった場合は、弁護士の成功報酬と同額というのが一般的です」

「つまり……、一千二百万円ですか」

信一の声がさっき以上に震えた。石毛が着手金を全額支払ったのなら、成功報酬が二割というのはおかしいのではないか。信一はそう思ったが、とても言い出せる雰囲気ではなかった。沼田がまた強い口調で諭す。

「信一君。今、君も言った通り、石毛さんがいなければ、何も得られなかった可能性が高いわけだし、それに君の手元には、差し引き二千二百万円という金が転がり込むんですよ。それだけの金を稼ごうと思えば、たいへんな労力がいるでしょう。思いがけないボーナスだと考えれば、決して少ない額ではないんじゃないですか」

「はあ、まあ、たしかに」

答えながら、信一はハンカチを取り出して、首筋の汗を拭った。

「でも、あの、姉にはいくらか渡さなくてもいいんでしょうか」

信一の問いに、石毛は右手をヒラヒラと振った。

「いらない、いらない。厚子は何の協力もしてないんだから、渡す必要なんかないよ」

「そうとも言えますが、もしも信一君の気がすまないのなら、三百万円ほど差し上げたらどうですか。それでも、もらうほうからすれば大きな額ですよ」

信一は混乱したようすで、首を縦にも横にも振れなかった。

最後に石毛が念を押すように言う。

「さっき、事務部長も言ってたが、もしも白石って医者のやったことが正しかったということになったら、賠償金を受け取ったことの説明がつかなくなるから、俺たちにとっても、親父さんは白石に殺されたってことのほうが都合がいいんだ。信一君もそのことを忘れないようにな」

さすがは石毛だというように、沼田は横で大きくうなずいた。

2

沼田弁護士事務所からもどると、野沢はその足で院長室に向かった。

「野沢でございます。ただ今、もどりました」

「ああ、ご苦労さん」

声に柔らかい響きがある。橘の対応が変化したのは、野沢が医師会の医師賠償責任保険に、医療特約条項を見つけてからだ。

医師会が運営する医師賠償責任保険は、通常、中立の審査機構が病院側の責任の有無を審査し、賠償金額を決定してから賠償が行われる。審査機構の承認を得ずに賠償金を支払った場合は、一般に保険の対象にならない。

記者会見で「精いっぱいの償いを」と、大見得を切ったこともあり、橘は厚世会本部からすぐにも遺族補償を行うよう命じられた。当然、審査機構の結果を待つ余裕はない。賠償金は病院の負担となるから、橘はその責任を取って辞任させられる可能性が高かった。そこへ野沢が、先に賠償金を支払った場合でも、保険の対象になり得る医療特約条項を見つけてきたのである。

野沢は県の医師会と日本医師会に足を運び、担当者に相談した。横川達男の事案は、発生から三年以上経過していることや、安楽死事件としてマスコミの注目度も高いことなどから、先に賠償金を支払った場合でも、保険がおりる可能性が高いとの返答が得られた。ただし、その額は六千万円程度ということだった。

そのことを知らせると、橘は半信半疑の表情ながら、野沢の話に耳を傾けた。これでうまく示談に持ち込めれば、病院の負担なしに速やかに遺族補償ができる。病院憲章の〝患者さま第一主義〟を体現し、病院の評判を高めることができれば、本部における橘の評価も高まるのではないか。野沢がもみ手をしながらおもねると、橘は表情を緩め、横川側との交渉を野沢に一任した。

「で、向こうの反応はどうだった」

「最初は渋っているようでしたが、私があの手この手で説得を繰り返すうちに、徐々に受け入れる雰囲気になりました」

野沢は示談交渉がいかに困難であったかを、実際以上に大袈裟にアピールした。これまでなら顔をしかめられるところだが、今は頼りにしているのか、橘も「それはたいへんだったろう」と、労《ねぎら》いの言葉をかけてくれた。

「示談がまとまれば、早急に賠償金の支払いをすませてくれ。我が浦安厚世病院が、一〇〇パーセント患者側に立つ病院であることを、世間に広めるチャンスだ。いったん話がマスコミに出たかぎりは、それを最大限に生かして、病院の評価を高めるために利用するんだ」

「もちろんでございます」

順調な成り行きに満足そうだった橘が、ふと不安を覚えたように眉根を寄せた。

「念を押すようだが、保険のほうは大丈夫なんだろうな」

「医師会に話を通しておりますのでご心配なく。ただし、白石先生の行為が、法律上、賠償責任を負うものであることが前提になります。その条件が満たされないと保険も下りませんので」

「つまり、裁判で有罪になるということだな。筋弛緩剤を使ってるんだから、それはまちがいないだろう。しかし、遺族側が白石に有利な証言をすることはないだろうな」

「大丈夫です。息子は少々頼りない感じでしたが、横についている弁護士と娘の元夫が、いかにも抜け目なさそうでしたから」

「ならいい」

「白石先生が無罪の主張をしても、それを認めることのないよう、私も遠まわしに彼女の違法性を強調しておきました」

ダメを押すように付け加えると、橘は急に機嫌を損ねたように、以前の冷ややかな口調にもどって言った。

「君ねぇ、白石が無罪なんてことはあり得んのだよ。そんなことになったら、病院のメンツは丸つぶれじゃないか。保険がおりないだけでなく、私が部下を冤罪に陥れたことにもなるんだからな」

「申し訳ありません」

野沢は慌てて平伏した。病院のためにも、橘のためにも、白石ルネはどうあっても有罪でなければならない。それは譲ることのできない条件だった。

3

二回目の事情聴取を求められたルネは、管理人に頼んでマンションの駐車場にタクシーを入れてもらい、後部座席で顔を伏せたままマンションを出た。

浦安署に着くと、裏口から三階の取調室に入った。待っていたのは前回と同じ二人だ。前にもらった名刺によれば、立川は刑事課の主任で、階級は警部だった。年齢は四十代前半。鋭い眼光と眉間の皺を見て、血圧が高そうだなとルネは思った。

手前の机でパソコンに向き合っている近藤は、三十代半ばの巡査部長で物静かな印象だった。仕事に熱心すぎて、ロクな食事をしていないのだろう。睡眠不足も重なって、前回も今回も目が充血していた。

二日前の事情聴取では、ルネが横川達男を診察した経緯を聞かれた。ルネは生まれてはじめての取り調べに、かなりの警戒心を持って向き合ったが、立川の言葉遣いはていねいで、呼びかけも「白石先生」だった。病院側からも情報を得ているようで、取り調べはルネの話がそれと食いちがわないかどうかを確認しているようだった。

「今日は白石先生が書かれたカルテについて、お話をうかがいます」

立川はプリントアウトしたカルテのコピーを広げた。横の机で近藤が記録を取る。

「ムンテラ（患者側への説明）」や「Fa（家族）」などの略語を確認したあと、ルネが横川の治療中止を決意した経緯などについて聞かれた。

「横川氏が亡くなった十月二十六日ですが、十八時に家族を集めて、ふたたび説明をされていますね。そのあとで、『家族全員より治療中止の了解を得る』とありますが、同意書のようなものは取られなかったのですか」

「取りませんでした。今から思うと、わたしの落ち度です」

ルネは素直に認めた。

「それは取り忘れたということですか」

「いいえ。わたしは治療中止の同意書を、家族から取るべきではないと考えているのです。患者さんの命を見捨てることにつながりますから。それを家族に求めるのは酷なことです」

立川はルネを見つめたまま、静かにうなずいた。

「横川氏が息を引き取る前後のことをうかがいますが、よろしいですか」

立川はルネを気遣うように間を置いてから、テーブルの上のコピーを繰った。

「カルテには『18：50 抜管。抜管後、喘鳴、発声あり』とあります。ご家族への事前の説明では、気管チューブを抜くとそのままお亡くなりになるだろうとのことでしたね。それがそうはならなかったのはなぜですか」

「わかりません。というか、医療には不確定要素がつきものなのです。わたしの予測が甘かったと言えばそれまでですが、実際、あのときの反応は思いがけないものでした」

三年前のことが脳裏に浮かぶ。重症管理室の白い壁、明るい照明、予想もしなかった横川のうめき声……。

思わず顔を伏せたルネを、立川はじっと見ているようだった。

「そのとき白石先生が使った薬ですが、カルテに記載されている通りでまちがいありませんか」

立川の質問に、ルネは我に返って答えた。

「まちがいありません」

ルネは自分の主張を懸命に繰り返した。立川は耳を傾けるだけで、否定も肯定もしなかった。

「では、今日のところはこれで終わります。お疲れさまでした」

立川が合図を送ると、近藤が記録をプリントアウトする作業に取り掛かった。

「患者さんを看取るというのは、実にたいへんなことですな」

立川が椅子の背もたれに上体を預けて伸びをした。聴取が終わったからか、リラックスした雰囲気だ。

「この前、承久市の病院であった連続尊厳死事件。あれも向こうの県警はてこずってるみたいでね。医学の専門的なこともありますから」

「内科部長は逮捕されたのですか」

「まだです。逮捕になるかどうかもわかりません。優秀な弁護士がついているようだから」

そこで立川はふと思いついたように言った。

「白石先生は弁護士を頼んでいますか。まだなら早めに手配したほうがいいですよ」

「でも、どうやってさがせばいいのか」

「ネットで検索すればすぐですよ。県内で医療訴訟に強い弁護士をさがせば、いくらでも見つかるでしょう」

ルネは立川の親切に感謝しながら、マンションにもどったらさっそく弁護士をさがそうと心づもりをした。

4

帰宅後、パソコンで検索すると、「弁護士ドットコム」というサイトに、県内の医療訴訟に強い弁護士の一覧が出ていた。どの弁護士に頼めばいいのか、皆目、見当もつかない。できるだけ親身になってくれそうな相手と思って、ルネが選んだのは千葉市中央区に事務所を持つ寺崎美千代《てらさきみちよ》という弁護士だった。茶髪のショートカットに大きな眼鏡をかけ、下がり目で気さくな笑顔の写真が出ている。ホームページでプロフィールを見ると、年齢は四十四歳。『モットーは誠意と粘り強さ』とあった。

スマートフォンの電源をオンにして連絡し、できるだけ早く相談させてほしいと頼むと、翌日の午後二時にアポイントをくれた。

次の日、マンションの裏口からタクシーに乗り、JRの西船橋駅から総武線で千葉駅に向かった。寺崎の事務所は千葉公園口から歩いて五分ほどの雑居ビルの三階にあった。

受付で名乗ると、衝立の奥から「ちょっと待ってもらってー」と、明け透けな声が聞こえた。受付の女性が肩をすくめて、待合室の椅子を勧めてくれる。

数分待つと、寺崎が衝立から顔をのぞかせ、「どうぞ」とルネを奥へ通した。執務机と応接用のテーブルに、ファイルや書類が山積みになっている。

「お待たせしてごめんね。三時半から地裁で公判前整理手続があるのだけど、その準備がギリギリになって」

寺崎は自分にあきれるように言い、ルネと向き合って座った。

自己紹介のあと、ルネは現在の状況を説明した。電話では詳しく話していなかったので、寺崎はルネが今、報道で騒がれている事件の当事者だとは気づかなかったようだ。

「わたし自身、何をお願いしていいのかよくわからないのですが、警察で弁護士さんを頼んでおいたほうがいいと言われたし、もしかしたら、ご遺族から損害賠償の訴えを起こされるかもしれないので、相談に乗っていただけないかと思いまして」

「ああ、なるほどね。でも、困ったな」

寺崎はプラスチックレンズの眼鏡の奥で、下がり目をチラとしかめた。

「白石さんはご存じないかもしれないけど、医療訴訟に関わる弁護士は、患者側につくか、医療者側につくかがだいたい決まっているのよ。医者の弁護をしたり、患者の弁護をしたりしたら、どっちの味方かわからなくなるでしょ。で、わたしは患者側の弁護士なの。だから、患者さんのご遺族から賠償請求の訴訟があっても、ご遺族側の弁護しかできないの」

「そうなんですか」

せっかく感じのいい弁護士なのに、相談に乗ってもらえないのか。残念だが仕方がない。

「では、恐縮ですが、医療者側の弁護をしてくれる先生をご紹介していただけませんか」

「そうねぇ。個人的な紹介はできないけど、連絡先のリストでよければ教えてあげる」

寺崎は執務机にもどり、せわしなくマウスを動かしてリストをプリントアウトした。

「でも、わたしから連絡先を聞いたとは言わないでね。ネットでホームページを見つけたことにしておいて。いろいろうるさい人もいるから」

渡された紙には、九件の弁護士事務所が記されていた。二番目に「上月総合弁護士事務所」が記されているのを見て、ルネは目を逸らした。

「ありがとうございます。お時間を取らせてしまい、申し訳ありませんでした」

「こっちこそ、お役に立てなくてごめんね」

事務所を出ると、知らずため息が洩れた。一件目がダメくらいで落ち込んではいられない。弁護士に医療者側と患者側の区別があるのがわかっただけでも一歩前進じゃないか。ルネはそう自分を励まして、電車の中で寺崎にもらったリストを見直した。

マンションにもどってホームページを順に開くと、市川市の糸山利治《いとやまとしはる》という弁護士がよさそうな気がした。写真は昭和のサラリーマンのような七三分けで、きまじめそうに畏まっている。

電話をかけると、早いほうがいいでしょうと、午後五時に予定を入れてくれた。市川市なら浦安市のルネのマンションからもそう遠くはない。

ほっとひと息つくと、机に置いたスマートフォンが振動した。知らない番号だったら電源を切ろうと思ったが、ディスプレイに表示されたのは速水だった。

「もしもし」

「ああ、やっとつながった。何度かけても電源オフなんだもんな」

電話で喧嘩別れのようになったのは一週間ほど前だ。速水はそのときのことより、報道の影響を案じるように訊ねた。

「あれからどうしてたんだ。マスコミの取材とか、大丈夫だったか」

「ありがとう。なんとか生きてる。それより祐樹のほうは大丈夫なの、本の回収騒ぎ」

速水の仕事を気遣ったのは、ルネのせめてもの矜持《きょうじ》だ。

「なんとか切り抜けたよ。局長が頑張ってくれたんでね。それより心配してたんだぞ。『週刊時大』の記事もひどかったからな。宇野はあれからしつこくつきまとってこないか」

「祐樹、ごめん。わたし、あなたに謝らなきゃいけない。結果的に全部、祐樹の言った通りになったものね」

「そんなことはどうでもいいよ。それより今後の対策だ」

速水の力強い声に、気持が込み上げ言葉にならない。

会いたいが速水は仕事中のはずだ。無理をして来てもらうほど追い詰められているわけではない。ルネは気持を落ち着け、呼吸を整えてから答えた。

「大丈夫。祐樹が味方でいてくれるとわかっただけで、安心したから」

そう言ってから、ルネは病院を辞めたこと、その前に江戸川区の開業医に次の勤め先を頼んだこと、警察で事情聴取を二回受けて、今、弁護士をさがしていることを告げた。

「今日の午後五時から、市川市の弁護士さんに会いに行くの」

「それなら僕も付き添うよ。二人で行くほうが心強いだろう」

「仕事はいいの？」

「夕方なら時間は取れる」

二時間後、速水は車で迎えに来てくれた。裏口にまわってもらい、素早く助手席に乗り込んだ。

糸山法律事務所は、京成八幡駅近くのビルの八階だった。コインパーキングに車を停め、ルネは速水といっしょに午後五時ちょうどにインターホンを押した。

「お待ちしていました」

糸山は速水が付き添っているのを見て、意外そうな顔をした。

「知人の速水祐樹さんです。前からいろいろ相談に乗ってもらってますので、いっしょに来てもらいました」

ルネが紹介すると、糸山は笑顔で二人を迎え入れた。

事務所は寺崎のところよりも広く、羽振りがよさそうだった。執務室のテーブルには余分なものはなく、資料も書棚に整然と保管されている。

「白石先生ですね。報道で事件の概要は存じていますが、事実とはずいぶんかけ離れているのではないですか。だいたいメディアの取り上げ方はあざといものが多いですから」

糸山には電話で事情を話しておいたので、情報を集めてくれたようだ。寺崎はさん付けだったが、糸山が先生付けで呼ぶのは、やはり医療者側の弁護士だからだろうか。

警察で事情聴取を受けたことを言うと、糸山は表情を引き締め、「感触はどうでした」と聞いた。

「刑事さんはわたしの話をしっかり聞いてくれました。一方的にわたしを犯罪者扱いするようなこともなかったですし」

「でも、油断しないほうがいいです。また呼び出しがあるでしょう」

そのあと、糸山は熱心に話を聞いてくれた。病院の卑劣な対応には、「どうしようもないですね」と、強い憤りさえ見せた。

「今の段階では起訴になるかどうかわかりませんが、準備だけはしておきましょう。速水さんにもご協力いただけるとありがたいですね。味方は一人でも多いほうがいいですから」

がした。

「よろしくお願いいたします」

速水が両手を膝に突っ張って頭を下げた。

糸山の事務所を辞したあと、ルネは車の中で速水に言った。

「やっぱりいっしょに来てもらってよかった。ありがとう」

「闘いはこれからだよ。糸山先生が言ったように、油断しないで頑張ろう」

糸山と速水という援軍を得て、ルネはようやく孤独なトンネルから抜け出せそうな気がした。

＊

ルネと速水が帰ったあと、糸山利治はスマートフォンを取り出し、着信履歴の番号にかけた。

「糸山でございます。今、白石さんが相談に来ました。近いところが便利だと思ったんじゃないでしょうか」

電話の相手は、低いしゃがれ声で言った。

「糸山先生のところに行きましたか。県内の事務所には網を張っておいたから、どこかに引っかかるとは思ってましたがね。で、白石は何と」

糸山は今しがた聞いた内容を伝えた。

相手はフンフンと適当に相槌《あいづち》を打ってから、鷹揚に言った。

「恐縮ですが、前にお話しした線でお願いできますかな。でないと、こちらの病院もたいへんなんでね」

「もちろんでございます。白石さんにとってもそれがいちばんいいんじゃないですか」

「そうなんですよ」

相手の満足そうな答えに、糸山も笑みを浮かべる。そして、スマートフォンを持ちかえて、恭《うやうや》しく言った。

「県内の医療者側の弁護士で、上月先生のご意向に背ける者など一人もおりませんよ」

5

まわりにいる客は、うらぶれた老人、だらしないTシャツ姿の青年、タオルで鉢巻きをした男など、世間の隅でくすぶっていそうな連中ばかりだった。どぎつい照明が、店の安っぽさをよけいに際立たせている。

大牟田寿人は、焼酎を濃い目に入れたホッピーを飲み干し、自分でお代わりを作って、アテのネギマにかじりついた。堀田芳江にLINEを送ってからもう四十分がたつ。看護師寮からなら歩いても十五分とかからないはずなのに、いったい何をしているのか。

浦安厚世病院ではさんざんゴネてみたが、結局、懲戒解雇は覆らず、恐喝罪で訴えるぞと脅されて、引き下がらざるを得なかった。橘の勝ち誇った顔、野沢の卑屈な薄笑いは思い出しただけでもはらわたが煮えくり返る。なんとか吠え面をかかせてやりたい。

そう思って、白石ルネを焚きつけたが、不発に終わった。

橘を窮地に追い込むには、やはり記者会見の内容がデタラメだったことをバラす以外にない。横川達男には助かる見込みはあったという嘘だ。それを暴くためには、検査データが必要だが、今の大牟田には手に入れるのがむずかしい。そこで堀田に頼む算段を考えた。待ち合わせに選んだのは、浦安駅の高架下にある立ち飲み屋だ。あんな女には居酒屋でももったいない。頼みごとをするのに我ながらセコいと思うが、酔ってしまえばどこで飲んでも同じだ。

ジョッキを口に運びながら、暖簾《のれん》のかかった引き戸を見ていると、真っ赤なコートに派手なスカーフを巻いた堀田が入ってきた。片手を挙げるといそいそと近づいてくる。

「いやあ、あたし、立ち飲みのお店なんてはじめてよ」

丸い高テーブルに着くと、壁に貼った手書きの料理札を珍しそうに見まわす。

「こういう店が穴場なんだ。気取った店よりよっぽどうまいもんを食わせるぜ」

堀田は生ビールを注文し、ジョッキが運ばれてくると、「かんぱーい」と、大牟田のホッピーに当てた。よく見ると、いつもより化粧が濃い。それで時間がかかっていたのかと、大牟田はげんなりした。

「大牟田先生。元気にしてました？」

明るい声に、いきなりムカつく。

「なわけないだろ。毎日、橘の野郎を呪《のろ》ってるよ」

「おいしそうなものがいっぱいある。あたし、刺身と串カツの盛り合わせを頼んでいいですか」

聞いてんのかこの野郎と、さらにムカつきながら、大牟田は自分のジョッキを空ける。

「さっそくだが、今日来てもらったのは、例の横川達男の件、あんたは助かる見込みはなかったって言ってたよな。それを証明できるデータが手に入らないかと思ってさ」

「まだそんなこと言ってるんですか。テレビとか週刊誌で、白石がいろいろ言われてたの、おもしろかったですね。殺人医者扱いですもんね。また取材に来ないかな。もっとあることないこと言ってやるのに」

勝手なことをしゃべる堀田に、大牟田はキレそうになるが、我慢して話を引きもどす。

「俺はさ、病院と橘が許せねぇんだ。わかるだろ。特に橘にはアタマに来てる。だから、記者会見がデタラメだったってことを暴露して、赤っ恥をかかせてやりたいんだ」

改まって言うと、堀田が反っ歯《ぱ》気味の唇を尖らせた。

「あたし、前に言いましたよね。病院を敵にまわして、やめるハメになったら大損だって。だから、悪いけどその話には協力できません」

「病院に忠誠を尽くすってのか。横川の件を俺に洩らして、そもそもの発端を作ったのはあんただって、病院にチクってもいいんだぜ」

「チクりたければいつでもどうぞ。だれも気にしないと思いますけど」

余裕の薄笑いを見せる。

「そんなことはないだろう。今回の騒動は病院にとって大打撃になったんだから、そのきっかけとなったヤツは戦犯じゃないか。ただですむはずがない」

「さあ、どうでしょう」

堀田は妙に自信満々だ。大牟田が解雇されたので、チクれないと高をくっているのか。

「俺が病院の職員で話ができるのは、あんただけじゃないんだぜ」

堀田は相変わらず動じない。大牟田はもうひとつ気になっていた件でハッタリを利かせてみた。

「横川の件をマスコミにバラしたのは、やっぱりあんただろう。ネタは上がってるんだ。正直に言ってみろ」

「しつこいなあ。あたしじゃないって言ってるでしょ。ネタが上がってるって何ですか。言ってくださいよ。さあ、早く」

まったく悪びれたところがない。どうやらこちらもハズレのようだ。目を逸らすと、堀田は店員に生ビールのお代わりを頼み、牛すじ煮込みとかき酢と焼き鳥の盛り合わせを注文した。

「このお店、先生が言う通りおいしいですね。ビールが進むわぁ」

運ばれたジョッキを一気に半分ほど空けて、気持よさそうな息を吐く。

「ところで、前から聞きたいと思ってたんですけど、大牟田先生って独身ですよね。どうして結婚しないんですか」

「結婚する気なんかないよ」

「でも、寂しくないですか。夜、帰ったら、部屋が朝に出たときのまんまでしょ」

自嘲と自己憐憫《れんびん》の交ざった笑いを見せる。ふと、あらぬ空想がよぎった。

「おまえ、何を考えてるんだ」

「エヘヘへ」

まずい雰囲気だ。大牟田は眉をひそめる。そう言えば堀田は化粧も濃いし、胸元のボタンもひとつ開いている。

話題を変えようとしたとき、堀田が低い声で聞いた。

「この前のこと、遊びじゃないですよね」

一気に酔いが醒める。苦笑いでごまかそうとするが、堀田の視線は動かない。

「あんなふうになっちゃって、あたしたち、これからどうするんですか」

「ちょっと待てよ。あれはあんたのほうから」

言いかけると、堀田は目の前のジョッキを空け、叩きつけるようにテーブルに置いた。

周囲の客がこちらを見る。

「大牟田先生。あんまりひどいこと言わないでくださいよ」

「ひどいって何だよ。あんた、覚えてないのか」

「覚えてますよ。あたし、あのとき、困ったなって思ったのに、先生が強引にあたしに覆い被さってきたんじゃないですか」

「おい、もう少し小さな声でしゃべれ」

「いやですよ。はっきり言わせていただきます。先生はあたしを無理やり酔わせて、押し倒したんです。医者だから抵抗できないって思って、看護師のあたしを」

離れた場所の客までが大牟田に視線を向ける。

「あたしは看護師だから、ドクターである先生に逆らえなくて、ただじっと目を閉じてこらえていたんです。先生の荒い息づかいが顔にかかって」

「シーッ。わかった。わかったから、もう少し静かに話し合おう」

大牟田は周囲の視線を毒矢のように感じながら懇願した。堀田は空のジョッキを持ち上げて、店員にお代わりを注文する。大牟田は目線を下げたまま動けない。

新しいジョッキが来ると、堀田はまたも半分ほど呷り、ふうっと長い息を吐く。そして、今度は音量を下げて聞いた。

「先生は、好きでもない女性を抱くんですか」

「いや、まあ、男だから、たまにはそういうことも」

また堀田の声が跳ね上がる。

「ひどい。そんなの、人として許せないっ」

「シーッ。たまにだよ。この前はちがう」

「ほんとうですか。あたしは前からずっと先生のことが好きだったんです。だから、部屋に来るってなったとき、ほんとうに嬉しかった」

　思わず吐きそうになる。

「あたし、フェミニズムの活動家の友だちがいるんです。その友だちはいろんな運動に関わってて、女性の味方なんです。彼女が言うには、医者のセクハラは立場を利用しているだけに許せない、社会的制裁を受けさせるべきだって。状況によっては強制性交等罪になるそうです。前の強姦罪」

「ちょっと待て。いくらなんでもそれはないだろ」

　なんでこうなるのか。動揺する大牟田をしり目に、堀田は急ピッチでジョッキを空ける。大牟田も飲まずにいられず、残った焼酎をドボドボと自分のジョッキに注ぐ。一気に飲み干すと、目の前が赤くなり、銀色に輝き、暗くなった。両目をこすると、焦点が合わずぼんやりと見える。

「そんなに見たら、恥ずかしい」と、堀田が手で口元を隠した。

　おかしい。この女がかわいく見える。もう一度、目を凝らすが、それまではカッパのように見えていたショートボブが、何とかいう女優に似ていなくもない気がする。アルコールの魔力か。もしかして、これは夢か。夢なら早く醒めてくれ。

　テーブルに突っ伏しそうになりながら、大牟田は床のベタつきが気になって仕方なかった。

6

昼休みの看護師控え室。

堀田がテーブルで弁当を広げると、後ろから来た後輩看護師二人が頓狂な声を出した。

「わぁ、堀田さん。今日もお弁当ですか。鼻歌なんか歌っちゃって、どうしたんですか」

驚くのも無理はない。いつも院内のコンビニで弁当かカップ麵を買っていたのが、ここ数日、連続で手作りの弁当を持参しているからだ。自分でも気づかないうちに、鼻歌を歌っていたらしい。

別の後輩がさらに聞く。

「堀田さん、このごろ機嫌いいですね。何かいいことあったんですか」

「それは内緒。言いたいけど、言えないのよ。フフッ」

人事の話だからねと、胸の内でつぶやく。

副看護部長の加橋から、主任への昇格のお達しがあったのは、四日前のことだ。十一月下旬のこんな時期に、突然の内示があるのは、明らかに含みがある証拠だった。

横川達男の件が発覚してから、堀田は横川が亡くなったときの準夜勤務だっただけでなく、担当看護師でもあったので、病院の幹部に何度か聞き取り調査を受けた。そのとき、密かに加橋にだけ、大牟田に横川の件を教えたのは自分だと打ち明けた。もちろん、教えたのは自分からではなく、白石を敵視していた大牟田に半ば強要されて致し方なく、と、嘘の言い訳も忘れなかった。加橋は驚いたが、堀田はすぐあとに、自分は病院に忠誠を誓っているし、橘院長にも尽くすつもりだと、真剣な表情で伝えた。

その前から、加橋は堀田に無言の監視を続けているようだった。横川達男にまだ治療の余地があったか否かは、この事件の重要なポイントだが、担当看護師として実情を知る堀田がどう考えているかは、加橋のみならず、病院にとって大きな問題のはずだった。橘は記者会見で、横川にはまだ助かる見込みがあったと明言したが、もし堀田が逆の証言をすれば、橘の発言は矛盾を孕《はら》むことになる。

その堀田が恭順の意を表したのだから、加橋にしても安堵するところがあったのだろう。告白はリスクもあったが、結果は堀田の思い通りになった。すなわち、病院は彼女を切るのではなく、昇格させて口封じを図ったのだ。

知らん顔で食事を続けていると、最初に声をかけてきた後輩が上目遣いに聞いてきた。

「堀田さん。もしかして、彼氏ができたとか？」

半分からかうような聞き方だった。軽く見てるな。そう思った堀田は、思わせぶりに小さく肩をすくめた。

「それもあるかも」

「えーっ」

後輩二人が信じられないという表情で顔を見合わせる。

「何よ。あたしに彼氏ができたらおかしい？」

「そんなことないです」

「どんな人なんですか、その彼氏」

「一応はドクターよ」

「すごい。玉の輿じゃないですか」

二人は半信半疑を取り繕うように、感心するそぶりで離れていった。

食事を終えて、お茶を飲んでいると、またかれかが近づいてきた。井川夕子だった。

「堀田さん。ちょっといいですか」

明らかに単なる雑談ではない雰囲気だ。横川の件が問題になってから、彼女も聞き取り調査を受けていた。マスコミの取材も依頼されたが、すべて断っていたようだ。

「ここだと話しにくいんですけど」

「わかった。じゃあ、ちょっと待って」

堀田は弁当箱をロッカーにしまい、井川を連れて非常階段の踊り場に入った。

「ここならだれも来ないわよ」

ひんやりしたコンクリートのにおいを嗅ぎながら、堀田は努めて明るく言った。このところ井川はふさぎ込み、仕事中でも何か考え込んでいるようだった。

「わたし、このまま黙っていていいんでしょうか」

「このままって、どういうこと？」

「白石先生が病院をやめたのは、わたしのせいでしょう？　わたしが横川さんにミオブロックの注射をしたから、白石先生が安楽死を指示したみたいに言われてるんじゃないんですか」

井川の目が赤くなっている。ひとりで思い詰めているのだろう。彼女が弱気になっていることは、堀田も薄々気づいていた。

「それは白石先生が指示したことでしょう。だったらあなたには責任はないわよ」

「でも、指示があったかどうか、はっきりしないんです。もし、わたしが勘ちがいして側注したのだとしたら……」

まだそんなことを言っているのか。白石が院長の前で、井川に看護記録はまちがいだったと言わせようとしたときのことを忘れたのか。

堀田はため息をつきたい気持をこらえて、井川を励ました。

「井川ちゃんは何も悪くない。責任は医師が取るべきなんだから。仮にあなたが勘ちがいしたとしても、勘ちがいするような指示の仕方をした先生が悪いのよ。あのとき、あたしが看護記録に『主治医指示により』と書くようにアドバイスしたのはそういう意味よ。わかるでしょう」

「でも、やっぱり、わたし、白石先生に悪くって」

うつむいた井川の目から涙が床に落ちた。堀田には同情する気がまるで起きなかった。むしろ、苛立ち、井川の弱気に腹が立った。この子が妙なことを言い出すと、自分まで不利な立場になる。堀田はその苛立ちを隠して、ことさら優しい声でなだめた。

「井川ちゃんの気持はわかるよ。自分を責めるのは、あなたが正直な証拠だものね。あたしも白石先生はいいドクターだと思うし、病院をやめたのは、惜しいと思う。でも、それはもうすんだことでしょう。今さら元にはもどれない。あなたが今考えるべきは、自分のことじゃない？」

「自分のことって……」

「井川ちゃんが自分の勘ちがいで、ミオブロックを側注したなんてことを言いだしたら、今度はあなたに責任があることになるわよ。つまり、横川さんを死なせたのは井川ちゃんということになるの。場合によっては、殺人罪で裁かれるかもしれないよ。いいの？」

井川はそこまで具体的に考えていなかったのだろう。「殺人罪」のひとことで、怯えたように首を振った。

「それは困ります」

「でしょう。だったら今まで通りにしとかなきゃ。看護記録にははっきりと、『主治医指示により』と書いてあるんだから、守りは完璧よ」

ふたたび井川が顔を伏せる。そして、消え入りそうな声でつぶやく。

「でも、そのために、白石先生が警察につかまるようなことになったら、わたし、どうすればいいのか」

「じゃあ、あなたが殺人罪で逮捕されてもいいの」

さすがに語気が強くなった。井川は白石を悪者にしたくもないし、自分も罪を背負いたくないのだ。まるで子どもじゃないか。自分で責任を取る覚悟もないくせに善良ぶるな。堀田はそう怒鳴りたい気分だった。

井川がうつむいたままなのを見て、堀田は逸る気持を抑えて言った。

「大丈夫。白石先生はドクターなんだから、身分的に守られてるのよ。お金もあるからいい弁護士も雇えるし。あたしら看護師は弱い立場なの。自分の身は自分で守らなきゃ、だれも助けてくれない」

それは事実だ、と堀田は自らを肯定する。脅すばかりだと井川は萎縮してしまう。少しはいい話もしてやろう。堀田は井川の耳元に顔を寄せ、隠微な笑みでささやいた。

「横川さんの件はね、病院にとっても重大事件だから、対応次第でこちらが優位に立つこともできるの。現にあたしは病院から優遇されてる。人事のことだからはっきりとは言えないけど、近々公表されると思う。井川ちゃんも病院に忠誠を尽くしていれば、将来は安泰よ。やめた白石先生に義理立てしたって、何もいいことないでしょう」

井川が堀田を見る。当惑はしているが、それもそうかもという変化が兆している。だれしも自分がかわいいのだ。

「ね」

堀田は自己肯定を秘めて、井川の肩に優しく手を載せた。

7

矢口哲司のクリニックは、都営新宿線の一之江《いちのえ》駅から西へ十分ほど歩いた住宅地にあった。開院して三十年はたっているだろう、むかしながらの低い煉瓦塀に、植え込みの目立つ親しみやすい二階建てだ。

ルネは何度か矢口と電話で打ち合わせをし、とりあえずは二人で診察をしながら、徐々に患者を引き継いでいくということで話がまとまった。診療の開始は十二月一日。その前に、挨拶を兼ねて新しい職場を見にきたのだった。

世間では政治家の戦争容認発言や、女優の末期がんの告白、アクセルとブレーキを踏みまちがえた高齢運転者の大事故などが続き、ルネの事件は二週間ほどで忘れられたかのようになっていた。マンションの前で待ち構える記者たちもいなくなり、ルネは正面玄関から出入りできるようになった。

「ようこそいらっしゃいました」

午後の休診時間に訪ねると、院長の矢口が出迎えてくれ、看護師や事務職員に紹介された。

「白石と申します。これからお世話になりますが、どうぞよろしくお願いします」

ていねいに頭を下げると、ベテラン揃いらしいスタッフが、「こちらこそ」と笑顔で挨拶してくれた。事件のことは知っているだろうから、冷ややかな態度で応じられたらどうしようかと心配したが、杞憂《きゆう》だった。矢口が根まわしをしてくれたのだろう。

一通り院内を案内してもらい、検査機器や可能な診療内容の説明を聞いたあと、矢口はルネを二階の院長室に招き入れた。

「狭いところだけど、ゆっくりしてください」

矢口もほっとしたようすだった。閉院するとなると、患者の振り分けがたいへんだが、その心配がなくなったからだろう。こんな自分を拾ってくれたのだから、精いっぱい診察に励もうと、ルネは気持を新たにした。

白いカバーのかかったソファでしゃべっていると、受付から来客を告げるブザーが鳴った。

「来たみたいだな。ちょっと失礼」

矢口が席をはずし、下まで出迎えに行った。ほかに客があることは聞いていない。

スリッパの音を響かせてもどってくると、矢口は「さあ、どうぞ」と新来の客を促した。思いがけない顔が、とぼけたような笑みを浮かべて片手を挙げた。

「よう」

「山際先生。どうしてここに」

「俺だって矢口先生に患者を紹介してもらってんだ。先週も髄膜腫《ずいまくしゅ》の患者を送ってもらってな。そのとき白石が来ると聞いたんで、矢口先生に挨拶がてら顔を見に来てやったのさ」

ルネはとっさにどう応じていいのか迷った。大牟田に、気づかないところで嫉妬や反発されていてもおかしくないと言われてから、山際との関係にも自信をなくしていた。院長の前で釈明を頼んだとき、「俺を面倒に巻き込まないでくれ」と言われたことが引っかかっていた。

矢口が人のよさそうな笑顔で説明する。

「山際先生には白石先生同様、以前からお世話になっていたんです。医師会の集まりにもほとんどいらっしゃらないから、お目にかかるのは今日がはじめてで」

山際はルネの向かいに座り、「どうだ、元気にしてるか」とぶっきらぼうに訊ねた。

「マスコミに追われてたいへんだったろう。病院にも記者連中が押しかけて、院長や副院長は対応に大わらわだったよ。まあ、白石ほどじゃなかったろうがね」

自分のことを心配してくれているのだろうか。山際の意図がつかめず、ルネは「はあ」と受け流すにとどめた。

山際はルネの不安などどこ吹く風というように、矢口に言った。

「白石はまじめすぎるんですよ。適当に話を合わせて、自分にも至らぬ点がありましたとかなんとか言っておけば、院長もここまで大事にはしなかったと思うんですけどね」

「だって、わたしはまちがったことはしていませんから」

思わず反論した。

「ほらな。そういうところが硬すぎるんだよ。まちがってなかったと強弁するだけじゃ、通用しないだろう」

「強弁してるわけじゃないです。電話でお願いしたとき、山際先生が証言してくれていたら、橘先生も理解してくれたかもしれないのに」

つい恨みがましい気持が先に立って、院長室での一件を口走ってしまった。

山際は首を傾げ、やがて思い出したように、「ああ、あれか」と苦笑した。

「あのとき、俺は自分の患者が重症で、超がつくくらい忙しかったんだ。治療のこと以外、何も考える余裕がないほど煮詰まってるときに、こっちの都合も聞かずにいきなり証言してくれなんて言われて、アタマに来たんだよ。それで断ったんだが、悪いことをしたみたいだな。ハハハ。申し訳ない」

笑いながら謝るなんて、まるで誠意が感じられない。しかし、自分のことを嫌っているのでもなさそうだ。ルネは少し安心して山際に訊ねた。

「先生はそんなむかしの会話なんか覚えてるわけないと言ってましたけど、ほんとうに覚えてないんですか」

「もちろん覚えてるさ。あのとき、俺がナースステーションにいたのは、白石がうまく看取れるかどうか気になったのもあるが、俺の患者に使ってた微量点滴ポンプの調子が悪くて、準備室でチェックしようと思ってたからだ。そしたら、案の定、想定外のことが起こって、おまえが混乱してただろ。だから、アドバイスしてやったのさ」

「じゃあ、ミオブロックを静注するのは安楽死になるから、許されないとわたしが言ったことも、覚えてくれているんですね」

「覚えてるよ。で、それをどっかで証言してくれっていうのか」

ミオブロックの使用を勧めたとなれば、場合によっては山際に非難の目が向く。高濃度にして全開で落とせという助言は、実質的に安楽死を示唆したのも同然だ。

もしかして、山際はミオブロックを勧めたことを口止めをするために来たのか。そう思うと、ほとんど反射的に言葉が口を衝いた。

「山際先生にご迷惑をかけるつもりはありません」

「そりゃ、ありがたいな」

やはりそうなのか。しかし、山際の口調にはどことなくふざけたような響きがあった。雰囲気が怪しくなりかけたとき、矢口が話題を変えた。

「白石先生がクリニックを引き継いでくださるというので、私はほんとうに助かっているんですよ。そろそろ引退を考えていたところなので」

「白石のカテーテル治療ができないのはもったいないが、まあ、そのうちどこかの病院が応援で来てほしいと言ってくるだろう」

山際が言うと、矢口も同意して、「午後の休診時間に行けばいいですよ」と言ってくれた。

山際は車で来ているらしく、帰りはルネをマンションまで送ってくれることになった。

コインパーキングに行きかけると、後ろから「白石先生」と、聞き覚えのある声がかかった。振り向くと、ショルダーバッグを肩にかけた宇野公介が立っていた。

「宇野さん。どうしてここに」

「もう一度、お話を聞かせてもらおうと思って、マンションにうかがいかけたら先生が出てこられたので、ここまでついて来たんですよ。もうご用事はおすみですか」

「だれなんだ」山際がルネに聞いた。

「『週刊時大』の記者ですよ。前に一度、取材を受けたら、わたしが言ったこととまるでちがうことを記事にした人です」

山際がにらみつけると、宇野は太々《ふてぶて》しく短髪の頭を掻いた。

「私はうかがったことをそのまま記事にしたつもりですよ。それより、その後の報道について、白石先生の言い分をお聞かせ願えますか。私は先生が善意で横川氏の治療を中止したと信じていますが、世間の報道では、まるで悪意があって横川氏を死なせたように言ってるでしょう」

「それは宇野さんの記事のせいじゃないですか。これ以上、宇野さんに説明する気はありません。どうぞ、お帰りください」

「そんな冷たくしないでくださいよ。先生のご用事がすむまでずっと待っていたんですから。矢口クリニックさんとはどういうご関係ですか。もしかして、こちらに再就職されるとか？」

「君なぁ、白石先生が帰れと言ってるだろ。しつこくすると迷惑なんだよ」

山際がルネの前に立ちはだかると、宇野は悪びれもせず名刺を取り出し、「『週刊時大』の宇野と申します」と、分厚い唇を震わせた。

「で、あなたは？　もしかして、白石先生の彼氏ですか」

「山際先生は浦安厚世病院の先輩医長です。変な勘ぐりはやめてください」

ルネが言うと、宇野は山際の身体を避けるように首を横に伸ばして訊ねてきた。

「承久市立病院の連続尊厳死事件のときも、最初、マスコミは内科部長には批判一辺倒だったんです。でも、今は風向きが変わりました。白石先生のケースも、ご自身がしっかりと説明すれば、マスコミの論調も変わるんじゃないですか」

「説明する気はないと言ってるでしょう。悪いけど、宇野さんは信用できないんです」

はっきり言ってやると、宇野は一歩引き下がり、それまでの愛想笑いを消して、急に冷ややかな表情になった。

「白石先生。あなたのケースと承久市立病院とのいちばんのちがいは、遺族の反応ですよ。承久市立病院の場合は、遺族全員が内科部長に感謝しているんです。ところが、横川氏のご遺族は、だまされた、父親は殺されたとも言っています。そんなふうになるには、理由があるんじゃないですか」

ルネは答えない。言いたいことは山ほどあるが、反論すればまた好き勝手に書かれるにちがいない。沈黙のままにらみつけると、宇野はさらに挑発するように畳みかけた。

「あのとき、横川さんは極めて厳しい状況で、救うためには面倒な治療をする必要があった。白石先生は、そのことにうんざりしていたんじゃないですか。患者の尊厳を建前にして、厄介な治療を早々に切り上げたかったんじゃないですか」

その言葉に、ルネでなく山際が反応した。

「おい、いい加減にしろよ。現場の実態も知らんくせに、勝手なことを言うな。おまえらはただおもしろおかしい記事を書くことしか考えてないんだろう。我々医師が現場でどれほど苦労し、葛藤しているかわかっているのか」

それでひるむかと思いきや、宇野は逆に胸を張って反論した。

「私はジャーナリストとして、世間に必要な情報を提供することに使命感を抱いています。おかしいと思うことは、おかしいと声をあげなければならない。特に、専門家が都合の悪い事実を隠して、批判を免れようとするのは許せない。専門知識を盾にして、世間を見下し、自らの非をごまかそうとすることに、生理的な反発を感じるんです」

身長では負けているが、横幅で圧倒している宇野は、一歩も引かずに山際とにらみ合った。山際もそれ以上、反撃できないようだった。

舌打ちとともに振り向いて、ルネに言った。

「おい、行こう」

そのままコインパーキングに向かう。宇野は追ってこない。

車に乗り込もうとしたとき、宇野が後ろからルネに言葉を投げかけてきた。

「白石先生。あなたはもう一度、自分の胸に問いかけてみるべきです」

8

大牟田が二杯目のボウモアをロックで飲み終えたとき、ポケットでスマートフォンが震えた。門前仲町《もんぜんなかちょう》にある行きつけのオーセンティック・バーのカウンターだ。ディスプレイに『母さん』と表示されている。母から電話がかかることはめったにない。仕事の邪魔をしてはいけないと遠慮しているからだ。だから逆に、着信があると何か悪いことが起こったのかと緊張してしまう。

「悪い。お袋からだ」

大牟田は顔見知りのバーテンダーに断って、出入口近くにある仕切りの向こうに移動した。

「もしもし」

「ああ、寿人け。母さんだ。元気にしとるけ?」

「何かあったのか」

「なんもねっぺよ。けんどほら、もうじき父さんの十三回忌だべ。おめも忙しいだろから、いつにすっかなと思って。やっぱ、日曜日がよかっぺや」

悪い報せでないことに安堵しつつも、面倒な法事の話に大牟田は苛立つ。

「いつでもいいよ。まだ先の話だろ」

「そうだけんど、おめの都合もあるべなと思ってからに……」

母の久代は息子に遠慮しつつも、法事には帰ってきてほしいようで、曜日や時間の都合をあれこれと聞いてくる。大牟田は煩わしくて、ついぶっきらぼうに返した。

「そっちで決めてくれよ。ちゃんと帰るから」

「そうけぇ、悪いね。父さんも喜ぶべぇ」

嬉しそうに答えてから、ついでのように聞く。

「この前テレビでやってたけんど、女医さんが患者を死なせたって事件、あれ、おめの病院だべ？　だいじ（大丈夫）だべか」

こちらがほんとうの気がかりのようだ。

「大丈夫だよ。俺には関係ないことだから。心配ねぇっぺよ」

イラついて思わず方言が出てしまう。

「それならええんだけどよ。たまたまテレビつけたら、おめんとこの院長先生が、むずかしい顔で何やら説明しとったから、おめも巻き込まれてねかと思ってよ。おめ、副部長になったたって言ってたべや」

「だから、俺には関係ないって言ってるだろ」

息子がどれだけ偉くなったと思ってるんだ。勘ちがいを諫《いさ》めたいが、言うとまた息子に叱られたと落ち込むから、ぐっとこらえる。

「あの院長はほんとにひどいヤツだから、このまま居続けるのもどうかと思ってるんだ。もしかしたら、やめるかもしれんよ」

「そうなのか」

久代は不安な声を洩らした。懲戒解雇になったことはもちろん言っていない。突然、やめたと言うと、またいろいろ勘ぐられるから、布石を打つつもりで続けた。

「厚世会ってとこは外面はいいけど、中はメチャクチャだから、面倒に巻き込まれる前にやめたほうがいいかもしれんて思ってんだ。でも、心配いらんから」

「そうかい。母さんはおめのことを信じてるっから。身体には気をつけてな。メシはちゃんと食ってるか」

「食ってるよ。今、ちょっと外だから、そろそろ切るよ。母さんも元気でな」

通話を終え、ふうっとため息を洩らす。どうしてお袋はいつもおどおどしているのか。それは自分がすぐに機嫌を悪くするからだ。反省するが、毎度同じことを繰り返してしまう。そんな自分に苛立つ。

「お母さん、大丈夫でした？」

カウンターにもどると、バーテンダーが聞いてきた。三杯目はシャルトリューズのヴェールをストレートで頼む。

「例の浦安厚世病院のことを心配してるんだ」

「ああ、テレビでやってましたね。ほんとのところはどうなんです」

勤務先のことは前に話してあった。バーテンダーがエメラルド色の酒をショットグラスに注いで出す。

「白石って女医が、筋弛緩剤で患者を安楽死させたんだから、まちがいなく大問題なんだが、病院の対応もひどくってな。上司も看護師長も安楽死のことは知ってたのに、いざ発覚したら白石ひとりに責任を押しつけてるんだからな」

「いわゆるトカゲの尻尾切りってやつですか」

「そんな甘いもんじゃない。生贄《いけにえ》の山羊《やぎ》さ。とにかく、あの浦安厚世病院ってのは、ひどいとこなんだよ。院長は院内でも評判が悪くて、嘘はつくわ、約束は守らないわで、俺もひどい目に遭ったんだよ」

自分の要求が受け入れられなかったことを思い出し、大牟田はまた苛立った。アルコール五五度の酒が、あっと言う間に三分の一ほどに減る。

「病院憲章に〝患者さま第一主義〟とか謳《うた》ってるが、裏では患者を厄介者扱いしてるよ。医局じゃ患者の悪口の言い放題だし、誤診や下手な手術で患者が死ぬこともしょっちゅうだよ。どこが〝患者さま第一主義〟だ。偽善もいいところさ」

「そんなこと大きな声で言っていいんですか。少しボリュームを落としたほうが」

バーテンダーが上体を寄せて声をひそめる。客はほかにカウンターの離れたところに二人と、後ろのテーブル席に数人だった。大牟田はグラスを一気に空けて、勢いよくカウンターに置く。次は甘みの強いジョーヌを頼んだ。

「いいんだよ。俺は愛想が尽きたから、辞表を叩きつけてやったんだ。だいたいあの厚世会ってとこは偽善者の集まりで、医療のことなんか何も考えていない山師が牛耳《ぎゅうじ》ってるんだ。だから、俺は声を大にして言いたい。あんな人殺し病院は、早くぶっ潰したほうがいいってな」

大牟田は大声で言い放ち、拳をカウンターに打ちつけた。

そのとき、テーブル席からスーツ姿の男性が立ち上がり、おもむろに近づいてきた。

「失礼します。もしかして、ドクターでいらっしゃいますか」

大牟田が酔眼を向けると、男は内ポケットから名刺を取り出して差し出した。

「中央連同《れんどう》病院で事務部長をしております神谷《かみや》と申します」

大牟田の酔眼には相手の顔が二重に見えた。

「連同病院の事務部長さんが、何の用です」

「先ほどからうかがっておりますと、浦安厚世病院はそうとう問題があるようですね。私どもは厚世会さんと少々微妙な関係にありまして、詳しいお話をお聞かせ願えないかと思いまして」

「微妙な関係って何だ。もめてるのか」

「そういうわけではございません。選挙絡みでお力添えをいただけないかと」

そこで大牟田ははっと気づいたように、相手を指さした。

「連同病院ってのは、あの真民党系列のところか」

「おっしゃる通りでございます」

神谷はていねいに一礼し、姿勢を正して訊ねた。

「失礼ですが、先生は何科がご専門でございますか」

「俺か。麻酔科だけど」

「それは好都合です。先ほど小耳にはさみましたところでは、先生は浦安厚世病院を退職されたとか。もしも転職先が未定でしたら、ぜひ当院にお出でいただけませんか。麻酔科は人手不足ですので、部長待遇でお迎えさせていただければと存じますが」

「部長待遇？」

また〝待遇〟かと、野沢の顔が思い浮かんだ。しかし、同じ事務部長でも、神谷は野沢とはまるでちがう。見た目もスマートだし、仕事もできそうだ。

神谷が後ろのテーブルにいた部下らしい男たちを呼んだ。男たちは笑顔で大牟田を取り巻いた。掲げたグラスに、大牟田は自分のグラスを当てる。

もしかして、これは思いがけない幸運ではないのか。薄いレモン色の酒を口に運ぶと、とろけるような甘みが広がった。

9

糸山弁護士との三回目の打ち合わせには、初回に引き続き速水が同行してくれた。木曜日の午後で、わざわざ半休をとってくれたようだ。

二回目の打ち合わせは、ルネがひとりで行った。糸山弁護士は初回同様、親身になって話を聞いてくれた。打ち合わせのあと、ルネが糸山に訊ねた。

——糸山先生はどうして医療者側の弁護士になったのですか。世間的には、患者側の弁護士のほうが、正義の弁護士という印象があるようにも思えますが。

糸山は苦笑しながら答えてくれた。

——逆に言うと、医療者側の弁護士は悪の弁護士というわけですか。その印象はまちがっています。我々は医療ミスをした医者をかばうために弁護をするのではありません。明らかに理不尽な訴えを起こされる医師を護るために弁護するのです。

ルネが首を傾げると、糸山は居住まいを正して続けた。

——患者側の弁護士にはまっとうな人もいますが、患者や家族の訴えを利用して、無理筋でも賠償金を取ろうとする者もいるんです。彼らは専門知識を総動員して、医療者を追い詰めます。裁判の場では医療者は丸腰も同然です。そんなとき医療者を護るのが、我々医療者側の弁護士なのです。理不尽な訴えや、無茶な賠償請求を放置したら、医療者の心が折れてしまいますからね。

堂々とした答えぶりに、ルネは頼もしさを感じた。

糸山の事務所に向かう途中で、速水が訊ねた。

「それで、今日はどんなことを話し合うの」

「警察の事情聴取のことを聞きたいらしいわ」

それまでに事情聴取は四回行われていた。いずれも立川が聞き手となって、ルネの言い分を聞いてくれた。率直に事実を述べると、立川は反論も否定もせずに耳を傾けてくれた。

事務所に着いてそのことを伝えると、糸山はむずかしい顔で眉をひそめた。

「よくない兆候ですね。警察は白石先生を泳がせているということですから」

「泳がせている？」

「しゃべらせるだけしゃべらせて、あとで矛盾を突いてくるんです。どこかで辻褄《つじつま》が合わないことが出てくる可能性がありますからね」

「それは罪をごまかそうとするからでしょう。わたしは何も悪いことはしていないのですから、矛盾なんか出てくるはずがありません」

否定すると、糸山はルネ以上に強い口調で押し返してきた。

「警察を甘く見てはいけません。彼らの目的はとにかく犯人を検挙することです。容疑者が真犯人かどうかより、逮捕して起訴できるだけの理由があるかどうかが重要なんです。白石先生がいくら自分は正しいと主張しても、警察の論理で不正が証明されれば、逮捕されるんですよ。正直にほんとうのことを話せば、わかってもらえるなどというのは甘いです。油断させておいて、不意打ちを食らわせるというのが警察のやり方ですから、好きにしゃべらせてくれるというのは危険なんです」

そう言われると、ルネも不安になった。横を見ると、速水が深刻な表情でうなずきながら言う。

「話せば話すだけ、警察にとって追及の材料が増えるということですね。思いがけない食いちがいを指摘されたり、罠に誘導されたりするかもしれませんね」

それなら自分はどうすればよかったのか。何も言わないほうがよかったとでもいうのか。ルネは反論したい衝動に駆られたが、自分を抑えた。

「すんでしまったことは仕方がありません。事情聴取はまだ続くでしょうから、今後はできるだけ無用のことはしゃべらないようにしてください。ところで——」

糸山は別件で気になることがあるようすで、ルネに訊ねた。

「前回も今回も、打ち合わせを木曜日の午後と指定されたのは、何か理由があるのですか」

木曜日は矢口クリニックの休診日だからだった。ルネは矢口との約束通り、十日前の十二月一日から常勤医としてクリニックでの診察をはじめていた。

そのことを告げると、糸山は「えっ」と声をあげ、眉間に皺を寄せた。

「どうしてひとこと相談してくださらなかったのです。まさか、そんなことをしてるなんて思いもしなかった。まったく信じられない」

吐き捨てるように言われたが、ルネには何がいけないのか見当もつかない。速水も同様に困惑している。糸山が苛立ちを募らせるように続けた。

「自分から病院をやめたとおっしゃっていたから、反省と後悔の表れだと思っていたのです。情状酌量を得るのに大事なことです。なのに、別のクリニックで仕事をはじめただなんて、せっかくの効果が台なしじゃないですか」

「ちょっと待ってください。わたしが病院をやめたのは、相手の対応があまりにひどいからですよ。反省と後悔の気持なんかこれっぽっちもありません」

ルネの反論に、糸山は目を見開き、すべてをリセットしたいと言わんばかりに大きく首を振った。

「あなたはご自分の立場がわかっていない。警察では、あなたは殺人の容疑者なんですよ。起訴されれば有罪はほぼ確実です。だから、せめて執行猶予をつけてもらえるように、戦略を練っているんです。そのためには情状酌量を得る必要がある。自宅で謹慎していれば、裁判官も反省の証と見てくれるでしょう。それを一カ月もたたないのに別のクリニックで診察をはじめたなどと知れたら、まったく反省していないことになるじゃないですか」

「糸山先生！」

思わずルネの声が跳ね上がった。

「先生はわたしの無実を信じていないのですか。わたしは何もまちがったことはしていませんせん。だから、もちろん悔いてもいないし、反省する気もないのです。多少の混乱はありましたが、治療の中止には何ら恥じるところもありません」

横で速水も力強くうなずく。糸山は苛立ちを隠そうともせず、露骨な見下しの表情さえ浮かべて言った。

「あなたは世間が自分のことを、どう見ているか知らないんですか」

「世間なんて関係ないです。わたしは医師として精いっぱいの努力をして、ぎりぎりまで考えて治療の中止を決断したんです。世間やマスコミは現場の事情も知らないで、好き勝手なことを言っているだけです」

「そうですよ」

速水も黙っていられないというふうにルネに加勢した。

「糸山先生はだれの味方なんですか。弁護士がクライアントの利益を守らないでどうするんです。はじめから執行猶予を目指すなんて、敗北主義もいいところじゃないですか」

「実刑判決の可能性が高いから、なんとか執行猶予を勝ち取ろうとしてるんじゃないですか。それが白石さんにとっても最大の利益になるんです。君こそ法律もわかっていないのに無責任でしょう」

速水が嘲笑されて、ルネは思わず言い返す。

「たしかにわたしたちは法律のことはわかりません。でも、わたしは医学的には何もまちがったことはしていない。それだけは断言できます」

ルネの反論に、糸山は聞こえよがしに絶望のため息をついた。

「あのね、教えてあげますが、裁判では医学的に正しいかどうかなんて、まったく問題にならないんです。裁判官が重視するのは、法律的に正しいかどうかです。それで判決が下されるんです」

「バカな」

ルネが啞然として声を震わせると、速水が立ち上がって言った。

「こんな弁護士はだめだ。もっと親身になってくれる先生をさがそう」

糸山はルネをにらみつけて言う。

「どういうことです。私はこれまで十分親身になってやってきたつもりですよ。気にくわないなら、どうぞほかへ行ってください。ただし、どこへ行っても専門家の意見は同じですよ。あなたはがんの診断が気に入らなくて、無駄にセカンドオピニオンを求める患者にそっくりだ。いくら足搔いたところで診断が変わらないことは、医師であるあなたがいちばんよくご存じでしょう」

「ルネ。行こう。こんな不誠実な弁護士には任せられない」

速水に促されるまま応接室を出ようとすると、後ろから糸山が陰険な声を投げつけてきた。

「弁護士にはネットワークがあるんだ。どこへ行っても同じことを言われるぞ。あとで吠え面をかいても知らないからな」

10

二日後の土曜日の午後、ルネはまたも浦安署に来るよう言われた。これ以上、何を聞くのかと思うが、呼び出しに応じないわけにはいかない。糸山と決裂しても、ルネは強気を崩さなかった。警察にはすべて話したが、それでも呼びつけるのは、糸山が言ったように同じ話を繰り返させて、矛盾を見つけるつもりだろう。完全に矛盾がないことを証明して、逆に容疑を晴らしてやる。

そんなつもりで警察署の玄関をくぐり、いつも通り三階の取調室に入った。

「何度もすみませんね。おそらく今日が最終確認になると思いますので」

立川の口調は穏やかで、むしろ低姿勢なくらいだった。それでもルネは油断せず、堅い表情のまま、「よろしくお願いします」と頭を下げた。

立川からの質問は予想通り、これまで話したことをなぞるようなことばかりだった。「それは前にお話ししました」と答えても、「すみませんが、もう一度」と求められる。

最後に立川が問題にしたのは、カルテと看護記録の食いちがいだった。

「看護師さんが記録を書くとき、嘘やごまかしを書かなければならないような状況に、何か思い当たりますか」

ルネは質問の意味を考えた。「ない」と答えさせて、看護記録の信憑性を高めるつもりだろう。そうはさせるかと、ルネは答えた。

「特に思い当たりませんが、勘ちがいや記載のミスはあり得ると思います」

「つまり、看護記録にある静脈注射を示す『iv』という記載は、点滴を示す『di』のまちがいだと？」

「そうです」

「根拠はありますか」

「わたしが静注の指示を出すはずはないからです」

立川は納得したそぶりも見せず、さらに確認した。

「では、ミオブロックの点滴で、患者さんが亡くなる可能性はありますか」

「ないと思います」

「つまり、横川氏が亡くなったのは、筋弛緩剤のミオブロックが原因ではなく、自然な経過によるものだということですか」

「その通りです」

ルネは胸を張って答えた。前からそう繰り返している。自分は横川をできるだけ静かに看取ろうとしただけだ。そのどこが殺人なのか。

立川は目を伏せ、手元のファイルを見た。そこにはカルテのコピーがある。

「白石先生がカルテの記載をしたとき、この件が将来、表沙汰になるかもしれないという気持はありましたか」

「いいえ、まったくありません。いつもと同じ気持でカルテを書きました」

「看護記録に比べると、記載が少ないようですが」

「それこそ、特別な意図なしに書いた証拠でしょう。何かを隠すつもりなら、もっとそれらしく詳しく書きますよ。わたしのほかのカルテと比べてください。何ら特別な印象はないはずです」

一気に言うと、立川は半眼になって三度ほどうなずいた。もうわかったというそぶりだ。そのあとは看取りのときの家族のようすや、その場にいた看護師の反応などを確認するにとどまった。

「お疲れさまでした。ではこの辺で」

事情聴取は四十分ほどで終了した。警察署に来るときは強気だったが、いざ解放されると、妙に心許《こころもと》なくなった。警察がそんなに簡単に納得するだろうか。納得したと見せかけて、裏で逮捕の準備を進めているのではないか。あるいは、密かにこちらに不利な証拠を見つけているのかも。考えれば考えるほど、不安な気持は火山の噴煙のように膨らんだ。

いや、自分は違法なことなどしていないのだ。怯える必要はない。いくら警察でも、一連の処置を殺人と決めつけることはできないはずだ。

そう自分に言い聞かせたが、ルネの気持は乱れたままで、一刻も早く警察署から遠ざかりたかった。

11

十二月十五日、火曜日。

ルネが矢口クリニックで診察をはじめて二週間がすぎた。

午前六時。ほの暗い寝室でアラームが鳴る。病院勤務のときとちがい、規則正しい生活なので、朝の目覚めはスムーズだ。洗面所で顔を洗い、出勤の準備をする。

矢口クリニックの診察は、午前診が九時からで、受付は三十分前からはじまる。ルネは毎朝、午前八時にはクリニックに入るようにしていた。前後して、看護師や事務職員たちが出勤してくる。備品の置き場所、点滴やレントゲン検査が必要な患者の流れなど、実際的なことを教えてもらいながら、ルネは現場に受け入れられているのを感じた。ありがたい。これもすべて矢口のおかげだ。

診察をはじめる前は、患者側の反応も心配だった。事件を知っている人もいるだろうし、あとから知って驚く人もいるだろう。新聞沙汰になるような医者には、診てもらいたくないという患者がいるかもしれない。

診察や処方は二週間ごとの患者が多いので、最初の二週間が不安だったが、昨日でそれも終わり、幸い、診察を拒否する人はいなかった。それどころか、ルネが事件の当事者だとわかると、逆に励ましてくれる人もいた。

「マスコミなんかいい加減なことばかり書くんだから、先生、負けないで」

「病院が何て言ってるか知らないけど、先生みたいにいい人が、おかしなことをするはずがないよ」

嬉しかった。むしろ、逆に恐縮した。勤めはじめてまだ日も浅いのに、自分を信頼してくれる患者に対して、ルネは誠心誠意、診療に努めようと心に決めた。

どの開業医もそうであるように、矢口クリニックの患者も軽症者が多い。ルネが専門とするカテーテル治療が必要な患者などまず来ない。せっかく修得した技術なのに、惜しい気もするが、ルネはこの二週間、病院勤務とは別のやり甲斐を感じていた。

目の前の患者さんに、「ありがとう。安心しました」と言ってもらえる喜び。治療の内容に差はあっても、患者さんの不安に差はない。日々の暮らしの中で起こる病気や健康の不安を解消することは、医師として十分に意味がある。

身支度を整えたあと、ルネは朝食の準備にかかった。コーヒーを淹《い》れ、ヨーグルトをかけたグラノーラを用意する。テレビはつけない。代わりに音楽を聴く。最近、ハマっているのは辻井伸行のピアノだ。三週目がはじまる今日は、初日に診た患者の二度目の診察だ。みんな変わりはないだろうか。

食事を終えると、ダウンパーカーを羽織り、耳当てをつけて一階に下りた。矢口クリニックは電車を使うと歩く距離が長くなるので、自転車で通うようにしている。外に出ると、初冬の冷気が頬をさわやかにした。青空が広がり、吐く息の白さが一段と濃い。

裏手の駐輪場へ向かいかけると、ふと後ろに人の気配がした。自転車の前で鍵を取り出そうとしたとき、どこからともなく数人の男が近寄ってきた。異様な雰囲気に振り向くと、見知った顔があった。浦安署の立川だ。横に近藤も控えている。

立川は用意した紙を掲げて見せ、低く言った。

「白石ルネ。殺人容疑で逮捕する」

全身に電撃のような痺《しび》れが走った。アドレナリンの濃度が急上昇したのがわかる。

立川が腕時計で時間を確認し、被疑事実とともにルネに告げる。近藤が近づき、素早くルネに手錠をかけた。

信じられない。どうして、こんな突然に。

ルネは混乱し、冗談かヤラセ芝居なのかと疑った。

なぜか、笑みがこぼれる。

数人の男に囲まれながら、ルネは絶望のときでも、なお人は笑うのだとはじめて知った。

第六章　不均衡

1

浦安厚世病院の事務部長、野沢元治は、部下に買いにやらせた夕刊を受け取ると、待ちきれないように机に並べた。全国紙五紙が白石逮捕のニュースを一面に載せている。当然ながら、社会面にも大きく報じられている。

夕刊を束ねると、野沢は駆け出したくなるのを抑えて、エレベーターホールに向かった。開いている箱に乗り込むと、最上階のボタンを押して、「閉」のボタンを六度ほども連打した。

だれよりも早くこの快事を院長とともに喜びたい。小走りに廊下を進み、院長室の扉をノックすると、「どうぞ」といつもより早い応答があった。

「野沢でございます。院長先生、ついにやりました。上月先生のおっしゃった通りでございます」

「当然だ。あの先生がいい加減なことを言うはずはない」

白石逮捕の情報は、昨日、弁護士の上月から橘に密かに伝えられていた。上月くらいの古株になると、警察の内部に特別な人脈があるのだろう。

「ご覧ください。どの新聞にもデカデカと出ていますよ。逮捕されたからには、白石ももう終わりです」

野沢が戦利品のように新聞を差し出すと、橘は身体を起こして満足そうに眺めた。野沢は畏まりながら、新たな情報を伝える。

「上月先生に電話でうかがいますと、白石は糸山先生という弁護士に相談していたようですが、有罪判決を受け入れて執行猶予を求めるよう勧めると、厚かましくも無罪を主張して、自分から弁護士をクビにしたそうです」

「弁護士なしで逮捕されたのか。バカなヤツだな」

「おっしゃる通りです。これで白石の有罪はほぼ確定でしょう」

「となれば、ここからが正念場だ。当院の評判を落とさないためにも、早急にアピールが必要だ。明日の午後、記者会見をセットしてくれ。新聞だけでなく、テレビ局も集めて、できるだけ早くにな」

「承知いたしました。会見のメンバーは、前回と同じ小向副院長と加橋副看護部長でよろしいですか」

「いや、今度は私ひとりでやる」

意外な答えに、野沢は一瞬、戸惑ったが、橘の平然とした表情に何か秘策があるのだなと察し、御意とばかり低頭した。

2

70インチテレビの大画面で、橘が深々と頭を下げている。

応接ソファにゆったり構えた大牟田寿人は、画面を見て嘲るように笑った。

「まったく、ザマぁないですな」

「大牟田先生の入職の日に、橘院長の謝罪会見が放映されるなんて、何とも奇《く》しき偶然ですねぇ」

中央連同病院の事務部長、神谷優《まさる》が皮肉な笑みを洩らした。神谷と並んでいるのは、この病院の院長、佐々木《ささき》満男《みつお》である。画面では、橘が前回の記者会見以上に重苦しい表情で白石ルネの逮捕を報告し、横川の遺族に対しては、すでに賠償の話も進めている旨、説明した。その悲痛な顔を見て、大牟田が憎々しげに吐き捨てる。

「表情は深刻ぶってるが、言葉にまったく誠意が感じられんでしょう。橘はきれい事が大好きで、口ではいいことばかり言いますが、実際の行動が伴いませんからね。賠償の話もどこまで信用できるのやら」

「そんなにひどいんですか」

神谷が聞くと、大牟田は待ってましたとばかりにぶちまける。

「ひどいなんてもんじゃないですよ。厚世会の本部にはへいこらするくせに、院内ではパワハラ、セクハラのし放題でしたからね。口を開けば自慢話か人の悪口しか言わず、イエスマンばかり集めて、チヤホヤされて悦に入ってるんですから、どうしようもないお子チャマ医者ですよ」

「ひどいですなぁ。それでよく病院長が務まるもんだ」

佐々木が呆れたように言い、さらに水を向けた。

「病院長がそんな体《てい》たらくなら、病院そのものもひどいんだろうねぇ」

「もちろんですよ。病院憲章に〝患者さま第一主義〟なんて掲げてますが、実際は収益ばかり気にする〝お金さま第一主義〟ですからね。厚世会は毎月、全国の関連病院の収益報告会をやってるんです。成績の悪い病院の幹部は降格されるので、みんな必死で稼ぐんです」

「稼ぐと言えば、厚世会には上納金の制度があると聞きましたが」

「そうなんです。毎月、関連の施設から、数十万円単位の上納金を取り、経営が苦しい診療所もお目こぼしなしです。さらにひどいのが、厚世会の病院搾取システムですよ。関連病院は、すべての物品をKSSという厚世会の取次会社から購入しなければならないんです。KSSは大量の仕入れで業者に大幅の値引きをさせ、関連病院には正価で売って利鞘を稼ぐんです」

「その金が選挙にまわるわけだな」

佐々木が言うと、神谷は黙ってうなずいた。

「大牟田先生にはまだまだ厚世会の内情を聞かせてもらえそうですな。神谷君もいい人を見つけたねぇ」

病院長にほめられても神谷は愛想笑いひとつしない。さっきから見ていると、佐々木より神谷のほうが地位が上のようにも見える。入職の手続きをする中で、神谷が病院の事務部長だけでなく、真民党の広報局次長を兼ねていると聞いた。彼は党本部から派遣された人間なのだ。

門前仲町のバーで話したとき、選挙絡みでお力添えをと言われたことの意味を訊ねると、次のように説明された。

――真民党が議席を確保している選挙区に、厚世会の政治団体が候補者を立てる動きがあるのです。座視するわけにいかないので、今、厚世会に対するネガティブ・キャンペーンを画策しているのです。

恨みのある浦安厚世病院の悪口を言える上に、部長待遇が与えられるというのだから、大牟田にとってはこれ以上ない話だった。

テレビ画面では、橘が顔を歪めて謝罪の弁を述べている。大牟田がふたたびくさしはじめた。

「まったくいい加減なことを、よくも恥ずかしげもなく言えるもんだね。だいたいこの橘という男は……」

「シッ」

神谷が鋭く制した。大牟田がむっとした顔で口をつぐむと、神谷は取ってつけたように取り繕う。

「失礼しました。この病院長、なかなかの役者だなと思いましてね」

「そうですか。私にはただの口先男にしか見えませんがね」

負け惜しみのように言うと、画面で橘がいきなり立ち上がって、マイクを片手に声を震わせた。

『最後に、これだけは言わせてください。今回のことは、白石容疑者の暴挙を見抜けなかった院長の私の責任であります。患者さまの命を救えなかったことは、医師として、最大の痛恨事であり、無念でなりません。悪いのは我々病院の幹部で、現場の職員たちは決して悪くありません。彼らは事件発覚のあとも、以前と変わらず、熱心に医療に取り組んでいます。どうか、彼らを責めないでください。医師や看護師たちはほんとうに、まじめで優秀なんです。どうか彼らを信じてやってください。お願いします！』

最後はマイクを握りしめたまま、顔をクシャクシャにして、あふれる涙を手のひらで拭った。無数のフラッシュが焚かれ、会場にいる記者たちが猛烈な勢いでメモの手を動かしている気配が伝わってきた。

「何だよ、これは。猿芝居もいいとこじゃないか」

大牟田が鼻で嗤うと、神谷は鋭い視線を向け、声を押し殺すように言った。

「いや、インパクトがありますよ。かつての証券会社社長の号泣会見と同じだ。これがテレビやネットで再生されたら、世間はこの院長に同情するでしょう」

「どうでしょうかね」

不服顔を向けると、佐々木はどちらにも賛意は示せないというふうに、曖昧に笑った。

神谷が声を強める。

「とにかく、ネガティブ・キャンペーンを急ぐ必要があります。浦安厚世病院が汚名をそそぐ前に、厚世会全体にマイナスのイメージを定着させなければなりません。病院の会報、党の広報誌のほか、一般メディアとSNSでも拡散しましょう。大牟田先生には内部情報をぜひよろしくお願いします」

佐々木もうなずきながら続く。

「病院の仕事も大事ですが、広報に関わることでしたら、そちらを優先していただいてけっこうですから」

つまり、厚世会の悪口を言い続けていれば、仕事もせずに遊んでいられるということか。それなら文句はない。

「わかりました。任せてください」

大牟田は偽りの忠誠心で頭を下げた。

3

逮捕状が執行されたあと、ルネは浦安署で顔写真を撮影され、両手の指紋を採られた。自分が容疑者であることを、否が応でも意識させられる。

その夜は留置場に留め置かれ、翌朝、紺色のレインコートのようなものを着せられて、裏口から外に出された。離れたところにマスコミが集まっていて、ルネがうつむくと、女性の警察官がフードを顎まで下ろしてくれた。それでもカメラのシャッター音が一斉射撃のように耳に突き刺さる。この姿が新聞やネットに出るのだなと思うと、つらさと惨めさが込み上げた。速水にも申し訳ないが、父敏明のことを思うとさらに胸が詰まった。

いったん千葉県警の留置場に入れられ、午後には検察庁で取り調べを受けた。

検察庁の取調室は、浦安署のそれより広く、椅子や机も上等な感じがした。女性の事務官が横の机に座っていたので、会釈をすると軽く微笑んでくれた。

しばらくすると、黒っぽいスーツ姿の男性が、分厚いファイルを抱えて入ってきた。無駄のない足取りで机の向こう側に座り、姿勢を正してルネに向き合った。

「刑事部検事の大内義彰《おおうちよしあき》です」

都会的なスマートなイケメンで、髪は軽くウェーブし、目元は涼しく、唇は薄く引き締まっている。机の上で組んだ両手の指は、爪がきれいに切りそろえられていた。

「よろしくお願いします」

ルネは頭を下げながら、恐怖を感じた。この人は健康で優秀で、ずっと日の当たる道を歩いてきたにちがいない。優秀であるが故に、そうでない者への思いやりに欠け、健康であるが故に、他人の苦痛に共感しない傲然とした雰囲気をまとっている。

大内はファイルを開き、手早くページを繰って取り調べをはじめた。ルネの人定事項を確認してから、おもむろに訊ねた。

「逮捕状の罪名は殺人罪。被疑事案の要旨を認めますか」

「いいえ。そこに書かれていることはまったく事実ではありません。わたしに殺意などなかったし……」

「よけいなことは言わなくてよろしい」

ルネを遮り、主導権が自分にあることを誇示するように右手を突き出した。

「事件に関わる内容はおいおい確認しますが、その前にあなたは医師になって何年になりますか」

「十一年目です」

「事件があった当時は八年目ということですね。専門は？」

「脳外科です」

大内は書類に目を落としたまま、ルネの経歴を順に問い質した。一通り終わると、ファイルから供述書を取り出し、手慰みのようにページを繰ってつぶやいた。

「浦安署での事情聴取では、そうとう自分に都合のいい話を並べ立てたようだな」

言葉遣いがぞんざいになる。黙っていると、大内は供述書をルネのほうに向け、もったいぶったようすで指摘した。

「たとえば、治療の中止を決める段階で、被害者はほぼ脳死状態だったというところ」

「それは事実ですから」

ルネが言い終わるが早いか、いきなり大内が両手で机を激しく叩いた。

「でたらめを言うなっ！」

思わず身をすくめると、その衝撃も収まらないうちに、大内は激烈な怒りを露わにしてまくしたてた。

「あんたが書いたカルテのどこにそんな証拠があるんだ。脳死を証拠立てるような記録はいっさいないし、脳死判定もしていない。脳死はあんたの希望的観測だ。患者の容体を自分に都合よく捻じ曲げて、決めつけたんだ。あんたはそれでも医者か。医者なら最後の最後まで、治療にベストを尽くすのが当然じゃないのか。それとも今の病院は、治療が厄介になったら、すぐに『きれいなまま逝かせてあげましょう』などと言って、治療を中止するのか。患者の命を何だと思ってる。家族にとってかけがえのない患者の存在を、どう考えているんだ」

問いかけながら答えを待つそぶりもなく、早口に続ける。

「あんたは山登りが趣味らしいな。どこか登りたい山の予定でもあったのか。治療が長引くと山登りの計画がおじゃんになると思ったんじゃないのか。それで早めに厄介な治療を終わりにしようと思ったんだろう！」

　あまりの剣幕にルネは呆気に取られたが、最初の衝撃がすぎると、大内の言い分が半ば言いがかりにすぎないことに気づき、逆に落ち着きを取りもどした。

「山登りの計画などありません。横川さんの治療を早めに終える理由も必然性も、わたしにはいっさいありません」

　相手の目をしっかり見つめて返すと、大内は忌々しそうに顔を歪め、そのあとでいたぶるように言った。

「そんなことはないだろう。あんたは病院に泊まり続けで、疲れ果てて、治療にうんざりしていたと証言している看護師がいるぞ。食事もロクに摂れないと、ボヤいていたそうじゃないか」

　食事が不規則になっていたのは事実だが、だからと言って、治療をやめようなどと思うはずがない。

「横川さんの治療を中止したのは、ほぼ脳死状態だったからです。数日前から多臓器不全が進行して、ＤＩＣという全身の出血状態も増強し、大量の下血もありました。腎不全で尿量が減少し、肝不全も進んで黄疸も出て、呼吸状態も悪化の一途をたどっていたのです。脳死同然の状態だったことはまちがいありません」

「医学用語で煙に巻くつもりか。こっちが素人だと思ってバカにしてるのか」

「そんなつもりはありません」

「たしかに、私は医学のことはよく知らない。だがな、こちらには専門家の鑑定書があるんだよ。あんたのカルテと看護記録、それから当時のことを知る関係者に聞き取りをして、被害者の状況を鑑定してもらった。結論は、被害者が脳死であった証拠はなく、治療の余地は十分にあり、救命の可能性もゼロではなかったと書いてある」

大内はファイルから書類をはずして、ルネの前に押しやった。鑑定人の欄に、武蔵医科大学の神経内科教授、宮野《みやの》幸雄《ゆきお》と書かれている。ルネも名前を聞いたことがある。安楽死に反対の立場を取っている人物だ。

「この教授の鑑定は公平ではありません。それに、実際の患者さんを診察せず、カルテだけで判断するなら、どんな記録でも救命の可能性がなかったとは断定できないでしょう。ないことの証明はむずかしいのだから」

「鑑定結果が気にくわないから、鑑定人にケチをつけるというわけか。幼稚な作戦だな。カルテの記録だけで判断したわけではないと言ってるだろ。被害者の容体を知っているあんたの上司や担当の看護師にも聞き取りをしてるんだ」

小向や堀田が自分に不利な証言をしたのか。どうして味方になってくれない。そんなに自分は嫌われていたのかと、ルネは唇を噛んだ。

「それからな、治療の中止が家族の希望だったという話。これもずいぶんあんたに都合のいい言い分のようだな」

ルネの落胆を捉えるように、大内は冷ややかに言った。

「我々も遺族に話を聞いたが、自分たちから治療の中止を望んだことなど、一度もないと証言しているぞ。治療の中止は、あんたに無理やり誘導されたからだと言ってる。家族は素人だから、自分の言いなりになると思ったのか」

皮肉るような言い方に、ルネは気を取り直して抗弁した。

「そんなはずはありません。ご家族はわたしの説明を聞いて、納得の上で治療の中止に同意されました。患者さん自身が以前から、無益な延命治療は受けたくないと言ってたから」

「やっぱり勧めたんじゃないか。悲惨な状況になる前に、治療の中止を勧めたんです」

「強引になんか勧めてません」

「あんたはそのつもりでも、遺族が強引だったと言ってるんだ。当人たちがそう感じてるんだよ。それは否定できないだろう」

そんなはずはない。そう思うが、自信がなくなる。だが、最初に気管チューブを抜いてほしいと言ったのは妻の保子だし、厚子も自分で気管チューブを抜こうとした。それを制止して、冷静に家族と話し合うよう促したのが、どうして強引にとなるのか。

そのことを説明すると、大内は動じる気配も見せずに言った。

「息子さんが言うには、あんたがいきなり脳死に近い状態だなどと言ったせいで、娘さんが取り乱したんだ。あんたがショックを与えなければ、気管チューブを抜いたりするはずがない」

大内の口調は断定的で、反駁《はんばく》などいっさい受け付けそうになかった。

「それから、あんたは被害者が前から延命治療を拒否していたと主張しているようだが、カルテのどこにもそんな記載はない。被害者が昏睡状態なのをいいことに、家族を説得するためにでっち上げたんじゃないのか」

「ちがいます。横川さんはご自分の従兄が心筋梗塞で倒れたとき、延命治療でひどい状況になったのを見て、自分は受けたくないとおっしゃったんです。カルテには書きませんでしたが、そうおっしゃっていたのは事実です」

「今となってはなんとでも言えるだろう。死人に口なしだからな」

皮肉っぽく言われ、ルネはとっさに反論する。

「横川さんが倒れたとき、救急車を呼ぶなと息子さんに言ったのが何よりの証拠です。浦安厚世病院に運べと命じたのは、無益な延命治療をしないわたしにご自身を委ねたかったからです」

「警察でもそう主張したらしいな。しかし、息子さんは別のことを言ってるぞ。父親が浦安厚世病院に運べと言ったのは、これまでの経過がわかっている病院なら、最後まで治療にベストを尽くしてくれるだろうと思ったからだとな。あんたはその思いを踏みにじったんだ」

そんな。横川の遺言にも近い言葉が、真逆に捻じ曲げられている。どんな言葉も後付けの解釈で、検察の都合のいいように変えられてしまう。検察官はそういう解釈のプロなのだ。

ルネは改めて恐怖を感じながら、最後の抵抗を試みるように言葉を絞り出した。

「横川さんを見送ったあと、娘さんも息子さんも、わざわざナースステーションにお礼を言いに来てくれました。それはわたしのやったことに納得し、感謝していたからじゃないですか」

「ちがうな。あんたが二人をうまくたぶらかしたからだ。むずかしい専門用語の説明で、家族の判断能力を奪い、自分の思う通りに誘導したんだ。かわいそうに、娘さんも息子さんも、父親を殺されて、その上、礼まで言わされたんだから、気の毒にもほどがある。あんたは手抜き治療で患者を死なせながら、遺族に礼まで言わせるように仕向けたんだ。虫も殺さないような顔をして、よくもそんな卑劣なことができるもんだな」

濡《ぬ》れ衣《ぎぬ》だ。手抜き治療だなんてひどすぎる。ルネは抗弁しようとしたが、唇が震えるばかりで、動揺と混乱をこらえるのが精いっぱいだった。

「わかっただろう。あんたは自分で自分をだましているんだ。正しいことをしたと思ってるかもしれんが、事実を知った被害者の遺族は、今あんたを恨んでいる。あんたが自分の都合で意図的に患者の死を早めたからだ。つまり、殺意をもって気管チューブを抜き、筋弛緩剤を看護師に注射させて、被害者を殺害した。逮捕状に書いてある通りだろう」

ルネは大内を見つめたまま、首を縦にも横にも振ることができなかった。わずかでも動くと、自分のすべてが崩れてしまいそうだった。

4

「昨日の電話には、ほんと困りましたよ。姉さんは勘が鋭いから」

「だが、賠償金のことははっきりとは言わなかったんだろ」

「なんとなくまずい気がして、詳しい話は会ってからと言っときました」

石毛の車で錦糸町にある厚子のブティックに向かいながら、信一は助手席で殊勝そうに頭を下げた。

前日、テレビで浦安厚世病院の橘の記者会見を見たらしい厚子が、信一に電話をかけてきて、賠償金のことを問い合わせた。院長が賠償の話を進めていると言っていたが、病院から何か言ってきたのか。信一は答えに困り、義兄さんに世話になっているから、いっしょに説明に行くとその場をごまかした。

「それにしても、厚子はなぜ今まで黙ってたんだろうな。あいつのことなら、もっと前から騒ぎだしてもいいはずだが」

ハンドルを切りながら石毛がつぶやくと、信一が答えた。

「僕も変だなと思ってました。でも、どうやら姉さんは、あの白石という医者に負い目があるようなんです」

「負い目？」

「親父を見舞いに行ったとき、ひどい状態を見て、親父はもう助からないと直感したらしく、気管のチューブを抜こうとしたそうなんです。それを白石に止められて、そのあとで、自分から治療の中止を頼み込んだんだそうです」

「そりゃあ報道されてる事実とずいぶんちがうな。まさか、厚子はその話を警察にしたんじゃないだろうな」

「気管チューブを抜こうとしたことは話したみたいです。でも、そのとき、自分は錯乱していて何があったのかよく覚えていないとごまかしたと言ってました。正直に話したら、自分が親父を見捨てたように受け取られかねないので、とっさに言い繕ったんでしょう。僕が警察に聞かれたときには、姉は白石の説明がショックで取り乱したんだと言っておきました」

「それならなんとかごまかせるな。そろそろ錦糸町だ。信一君は俺がさっき言った通りうまく説明するんだぞ」

「……はい」

声に力がない。大丈夫なのかという顔で石毛がにらむ。

厚子のブティックは、錦糸公園にもほど近い集合住宅の一画にあった。ブティックといっても、ブランド品は扱っておらず、地元の中高年女性が割安に外出着を買えるというのがウリの店である。石毛は近くのコインパーキングに車を入れ、信一といっしょに店に向かった。

「姉さん。来たよ」

信一が声をかけると、店にはアルバイトらしい若い店員がいて、「マダム、お客さん」と奥に声をかけた。

「厚子はマダムなのか。笑わせるぜ」

石毛は小声で洩らし、信一を先に立たせて奥の事務所兼倉庫のような部屋に通った。

厚子はお気に入りらしい白のパンタロンに、派手なブラウスを着て、マフラーのようなスカーフを巻いている。

「どうしてあんたが出てくるのよ」

石毛の顔を見るなり、厚子が不機嫌そうに顔をしかめた。

「俺も出しゃばりたくはないんだけどさ、信一君に相談されたから、少しでも力になれればと思ってな」

芝居がかった石毛の返答を無視して、厚子は信一に訊ねた。

「で、昨日の件、どうなってるの」

「報告が遅れてごめん。実はこの前、病院の事務部長がうちの事務所に来たんだ。やっぱり白石先生の治療に問題があったらしくて、謝罪と賠償金の支払いをするから、それで許してもらえないかと言ってきた。僕一人じゃ判断できないから、義兄さんに相談して、弁護士を紹介してもらったんだ」

「どうしてあたしに相談しないのよ」

「だって、姉さんは白石先生のことを話すといやがってただろ。警察でもいろいろ聞かれて、気分が悪いって怒ってたから、仕方なく義兄さんに相談したんだ。仕事でも世話になってるから」

厚子はかつての夫を憎々し気ににらみ、不服そうに弟を見た。

「で、賠償金はいくらだと言ってるの」

「二千万円」

信一の声が上ずった。このままでは疑われると思った彼は、しゃべることでその場をごまかそうとした。

「それで納得してくれるなら、現金でも振り込みでも、即座に対応すると事務部長は言ってた」

「二千万？　そんなもんなの。だって、白石先生は逮捕されたんでしょう」

信一が救いをもとめるような視線を向けると、石毛は巧妙に話を逸らした。

「相場は知らないが、厚子はあの白石という医者に、何か負い目を感じてるのか」

厚子が何の話というように取り繕いながらも、わずかにたじろぐ。

「別に負い目なんか感じてないわよ。ただ、テレビとか新聞で言ってることは、ところどころ事実とちがうと思うだけ」

「おまえの気持もわからんでもないが、よけいなことは言わんほうがいいぞ。白石って医者が悪者でないとなったら、次はこっちにとばっちりが降りかからんともかぎらんからな」

暗に、厚子が父親を見捨てた悪者にされかねないと仄めかしている。厚子もそれを気にしているようで、話を安全なほうにもどす。

「で、信一はその申し出を受けるつもりなの」

「弁護士さんが言うには、裁判になると時間もかかるし、費用もかさむから、それで話がまとまるなら、手を打つほうがいいだろうって」

厚子は唇を噛んで沈黙した。どうするのが得策か計算しているようすだ。厚子にはあまり考える時間を与えるなと言われている信一は、急いで話を進めた。

「で、その二千万円なんだけど、弁護士さんにまず成功報酬として一割を払わなければいけないんだ」

「一割って、二百万円も？」

厚子が信じられないというように目を剝き、苛立った声で弟を追及した。

「弁護士はアドバイスしてくれただけでしょう。それでどうして二百万円も払うのよ」

「いや、アドバイスの前にいろいろ調査をして、裁判の準備もして、その上で方針を考えてくれたから、けっこう時間と手間がかかってるんだ。病院にも話を聞きに行ってくれたみたいだし」

石毛に教えられた通り説明すると、さらに石毛が補足した。

「弁護士の成功報酬は、一割から二割が相場だぞ。その弁護士は俺の知り合いだから、着手金なしで動いてくれたんだ。本来なら、成功報酬の前に百万単位の着手金を取られるんだから」

訴訟関係に疎《うと》い厚子は、不満ながらも仕方がないという顔で、信一に聞いた。

「で、残りの一千八百万はどうするのよ」

「義兄さんにも世話になったから二百万円渡して、姉さんと僕が六百万円ずつ、残りの四百万円を母さんでどうかなと思うんだけど」

「なんでこの人に二百万円も渡さなきゃいけないのよ。関係ないでしょ」

「そう言うなよ。俺だって信一君から相談を受けて、弁護士事務所に付き添ったり、いろいろ協力したつもりだぜ。それもこれも、俺自身が親父さんにずいぶん世話になったからだよ。親父さんの敵討ちだと思ったから、忙しい中、時間を割いたんだ。俺たちは同じ仲間じゃないか」

「仲間って何よ。うまいこと言って、分け前にあずかろうったって、そうはいかないんだからね」

厚子が石毛に不信の目を向けると、信一が即座に反論した。

「そんな言い方はないよ。義兄さんはほんとに親身になって動いてくれたんだ。姉さんは何もしてないじゃないか。それで六百万円もらえるんだよ。少しくらい義兄さんにお礼したって罰は当たらないだろう」

「何もしてないって、それはあんたが相談に来なかったからじゃない。あたしが交渉してたらもっと上手にやれたわよ」

言い返しはしたものの、厚子にいつもの強硬さはなかった。実際、何もしていないのは事実だし、いざ、裁判になればどうなるか厚子にも自信がなかったからだろう。

すべては石毛が予測した通りの展開だった。やはり石毛は姉のことをよくわかっていると、信一は感心した。厚子がそれ以上の反論をしないので、石毛は余裕の表情でまた話を変えた。

「ところで、この店は流行ってるのか。さっきから客が一人も来ないみたいだが」

「うるさいわね。たまたまよ。来るときは来るんだから」

「それにしても、六百万あれば助かるだろう。信一君の店だってそうだよな」

信一は黙ってうなずく。

「まあ、そういうことだから。あとは信一君と俺で話をまとめるから。六百万は賠償金がこちらに渡り次第、振り込むよ」

石毛が話を終えようとしたとき、厚子が待ったをかけた。

「まだ納得したわけじゃないわよ。この話、全部ほんとうなんでしょうね。弁護士に払ったら領収証を確認させてよ。母さんへの振り込みもあたしがチェックするからね」

信一が不安そうに石毛を見る。石毛はそれを無視して、あきれたふうを装って言う。

「疑り深いヤツだな。領収証はもちろん見せるさ。お袋さんへの振り込みも、通帳を見ればすぐ確認できる。それでいいだろ。じゃあ、俺たちはこれで帰るからな。信一君、行こうか」

石毛に促されて信一は席を立ち、店のほうへ出ていく。厚子はその場に残って見送りもしない。

店を出てから、石毛は無言のままコインパーキングに向かった。車を出してから、独り言のようにつぶやく。

「あの調子だと、厚子は病院に賠償金の額を確認するかもしれんな。向こうの事務部長に、問い合わせがあったら口裏を合わせてもらうように頼んどいたほうがいいかもしれん」

「義兄さん。やっぱり姉さんにはほんとうのことを言ったほうがよくないですか。僕の取り分の二千二百万円を折半してもいいです。一千百万円あったら、姉さんも納得するでしょう」

石毛は一瞬、眉間に険しい皺を寄せたが、すぐに表情を緩めて言った。

「信一君、それはぜったいによくない。賠償金が六千万円だと知れたら、厚子はもっと大騒ぎをするぞ。そうなったら俺はいいが、沼田先生に迷惑がかかる。それにいったん二千万円と言いながら、実は六千万円だなんて言ったら、厚子はますます疑いを強めて、ほんとうのことも信じてくれなくなるぞ。ここまで来たら、あとは二千万円で押し通すしかないんだよ」

声は穏やかだが、前を見つめながら運転する石毛の表情には、はっきりした苛立ちが浮かんでいた。

5

面会室に向かいながら、特別な面会人だと告げられて、ルネはだれが来たのかすぐには思い浮かばなかった。速水、矢口医師、それに高血圧発作で入院したあと十日ほどで退院した敏明も、すでに何度か来てくれている。ほかに特別と言われる面会人がいるだろうか。

扉を開けると、アクリルボードの向こうに、目の覚めるようなオレンジ色のジャケットに、大きなプラスチックレンズの眼鏡をかけた女性が、心配そうな笑顔で座っていた。

「寺崎先生。どうしてここに」

弁護士の寺崎美千代だった。ルネがパイプ椅子に座ると、寺崎は小柄な身体を前のめりにした。

「あなたが逮捕されたと聞いたから、大丈夫かなと思ってね。もっと早く来たかったんだけど、わたしも忙しくて」

「ありがとうございます。その節はお世話になりました」

「いいえ。お力になれなくて、申し訳ないと思っていたのよ。で、いい弁護士は見つかったの？」

「それが……」

ルネは顔を伏せるようにして、糸山弁護士との経緯を説明した。契約を解除したことを告げると、寺崎は自分の対応を悔やむような弱々しい笑みを浮かべた。

「最初にもっと詳しく説明をしておけばよかったわね。日本の刑事裁判では、検察が起訴した段階で、九九・九パーセント有罪判決と言われてるの。だから、情状酌量に訴えて、執行猶予を勝ち取ろうとした糸山先生の戦略は、あながちまちがいじゃなかったかもしれない」

そうなのか。しかし、ルネはもちろん納得できなかった。

「わたしはまちがったことはしていないんです。わたしがやった処置は、純粋に横川さんとご家族のためを思ってしたことです。何ら恥じるところはありません。カルテの記載が十分でないとか、脳死判定をしていなかったとか、不備があったことは認めます。でも、それは手続き上のことでしょう」

「白石さん。今はその手続きが重視される時代なの。いくら正しいことをやったとしても、手続きが不十分だと、正当とは認められないのよ」

「そんな……」

寺崎も味方になってくれないのか。ルネは半ば失望に駆られて言った。

「やったことが正しくても、手続きが不備だと不正と断じられるんなら、逆に手続きさえきちんとすれば、不当な行為でも正当と認められるんですか」

「不当な行為には、きちんとした手続きはできないでしょう」

「できますよ。たとえば不当な安楽死です。家族と医者が結託すれば、手続きなんか簡単にねつ造できます」

寺崎は答えない。今、ここでそんな議論をしても仕方がないという顔だ。

ルネが口を閉ざすと、寺崎は改めて訊ねた。

「じゃあ、弁護士はいないのね。このままだと国選になるけど、ほかに弁護士の当てはある？」

「ありません。寺崎先生にお願いできませんか。先生が患者側の弁護士だということはわかっています。でも、なんとか特別にお願いできないでしょうか」

ルネはとっさにアクリルボードに額がつくほど頭を下げた。藁をもつかむ思いだった。

寺崎は「うーん」と唸ってこめかみを掻き、やがて顔を上げて言った。

「そうね。あなたの場合は刑事裁判だし、患者さんを相手にするわけじゃないから、引き受けてもいいかもね。だけど、わたしも無責任に受けられないから、まずは資料を見せてもらえる？」

「もちろんです。ありがとうございます」

資料は糸山の事務所から、段ボール箱二箱に詰めたものを持ち帰っていた。速水に頼んで、寺崎の事務所に運んでもらえばいい。

「とにかく、あなたの手続きに不備があったことは事実だから、それをどう覆すかね。

無罪を勝ち取るには、あなたに有利な状況証拠を固めて、裁判官に行為の正当性を強く印象づける必要があるわ。それができるかどうかね」

「大丈夫です。カルテには最低限の記録はしていますし、当時の処置のこともはっきり覚えてますから、具体的に証言できます。遺族ともしっかり話し合えば、理解してくれるはずです」

ルネは必死に訴えたが、寺崎はその視線を避けるように答えた。

「とにかく資料を見させてもらうわ。弁護を引き受けるかどうかは、それから決めます」

6

ノックが聞こえ、井川夕子が入ってくると、橘はそれまでの険しい表情を緩めて言った。

「仕事中にすまないね。そこに座って」

作り笑いでソファを勧める。橘の横には副看護部長の加橋郁子、井川の横には主任に昇格した堀田芳江が座っている。

加橋から井川が動揺していると聞いたのは、ついさっきのことだ。橘はすぐに井川を呼ぶよう命じ、加橋に井川のことを注進した堀田にも同席するよう求めた。

井川は、白石ルネが病院をやめたのは自分のせいだと気に病んでいるらしかった。いったんは堀田がなだめたが、白石の逮捕でふたたびぐらつき、警察での事情聴取のときも、受け答えがしどろもどろになったらしい。

　橘は今回の件に一応の決着がついた段階で、院長を辞任するよう厚世会の本部から指示されていた。専務の藤森からそう伝えられたとき、橘はついに自分は綱渡りの綱から落ちたのかと失望した。だが、下には救いのネットが張られていた。

　──浦安厚世病院を退いたあとは、厚世会の本部に来てもらう。

　──と、申しますと……？

　──しばらくは総務部付だが、ほとぼりが冷めたら理事になってもらう予定だ。

　それはまさに橘が望んでいた地位だった。今回の件がマスコミに洩れたときは、本部内でも橘の責任を問う声が上がったが、白石逮捕のときの記者会見で男泣きをして見せ、浦安厚世病院の評判低下を最小限に抑えたことで、藤森が本部入りを推してくれたらしかった。まさに九死に一生を得た形だった。

　院長室の顔ぶれを見て、井川は白石の件で呼ばれたことを察したのだろう。緊張した面持ちで顔を伏せた。橘は相手を警戒させないよう、穏やかな調子で言った。

「君はうちの病院に来て何年かね。四年目？　なかなかよく頑張っているようだね」

　ほんとうはすぐにでも怒鳴りつけたいところだが、気持を抑えて微笑む。

「当院は年次より患者に対する実績を評価して、優秀な看護師を引き立てるようにしている。ここにいる堀田君がいい例だ。逆に評判が芳しくない者には、それなりの対応をせざるを得ない」

堀田がにこやかな笑みを向けると、井川は恐る恐る顔を上げた。自分に二つの道が示されているのを感じているのだろう。

見せかけの優しさを消し、橘は本題に入る。

「今日来てもらったのは、近々はじまる白石君の裁判についての打ち合わせだ。君も証人に呼ばれるだろう。事実確認をしておきたい」

橘はあらかじめ用意してあったファイルを取り出し、井川に関わるところを開いた。

「十月二十六日、君は堀田君と二人で準夜勤務に就いたんだね。そして、横川さんの治療を中止することを知らされた」

「はい」

順に経過を読み上げ、井川に確認する。ポイントとなる箇所に差しかかり、橘の声に慎重さが増した。

「主治医の指示で、君が手術部にミオブロックを取りに行った。三アンプルを持ってきて、まず二アンプルを点滴に入れた」

「はい」

「で、残りの一アンプルを三方活栓から側注した。それは主治医の指示だった」

井川は返事ができずに顔を伏せる。橘は苛立ちを抑え、逆にゆっくりと訊ねた。

「どうした。君自身の看護記録にそう書いてあるだろう」

井川が消え入りそうな声で答える。

「たしかに書きましたが、白石先生の指示があったかどうか、はっきり思い出せないんです」

橘の口から思わず舌打ちが出た。

「それは三年以上も前のことだからだろう。君が自分で書いているんだ。まちがいはない。それとも何か。記録に嘘を書いたというのか。この件があとで問題になるとは予測できなかったはずだろう。それなら、どこに嘘を書く必然性があるのかね」

井川はうつむいたまま、チラと堀田を見る。それに気づいた橘が堀田に訊ねた。

「あの晩、君も準夜勤務だったんだろう。何かおかしなことがあったのか」

「何もありません。井川さんはいつもの通り記録していました。あたしも何も言っていません」

井川がふたたび堀田を見た。橘はそれを無視して言う。

「君は白石君が病院をやめたことを気にしているらしいが、彼女は警察に逮捕されたんだぞ。それだけのことをしているんだ。病院をやめるのは当然だし、君が気に病む必要などまったくない。そんなことより、君自身のことを考えたほうがいいんじゃないのか。さっきも言ったように、厚世会は実績主義だ。有用な人材は優遇するが、そうでない者は優遇しない」

橘は自分の声に険悪な響きがまじるのを抑えられない。それを察してか、加橋が助け船を出した。

「井川さん、よく考えて。院長先生はあなたが病院に協力してくれれば、悪いようにはしないとおっしゃってるのよ」

「そうだ。君だって看護師としてずっと働いていきたいだろう」

橋は努めて穏やかに言った。井川は考える力を失ったように、「はい」と、声を震わせた。

「裁判では看護記録の通りに証言する。いいね」

「……はい」

「よろしい。それじゃあ仕事にもどりなさい」

井川はそそくさと立ち上がり、一礼すると逃げるように院長室を出て行った。

「加橋さん。彼女は大丈夫かね」

「そうですね。もともと気の弱い子だから、心配ですね」

「しかし、前に白石君がここで弁明しようとしたとき、はっきりと先生の指示だから静注したと言ってたじゃないか」

「あれはあたしがそう答えるようにアドバイスしたからです」

堀田が割り込むように声をあげた。

「君がか。どうしてだ」

「白石先生が井川さんを陥れるかもしれないと思って、前もって注意しておいたんです。

今度も大丈夫ですよ。あたしが彼女をもう一度、説得しておきますから」

請け合うように言うと、堀田はあざとい笑顔を浮かべた。

＊

「井川ちゃん。ちょっといいかな」

後ろから追ってきた堀田に呼び止められて、井川が振り向いた。

「ちょっと、こっち」

前にも話をした非常階段の踊り場に連れて行かれる。

「さっきの話だけど、あなたほんとうに白石先生の指示を覚えていないの」

どう答えようかと迷っていると、先に堀田が続けて言った。

「覚えてなくても記録があるんだから大丈夫よ。動かぬ証拠よ」

「でも、あれは堀田さんが書けと言ったから、書いたんですよ」

「書いておいてよかったでしょう。でなかったら、井川ちゃんがうっかりミスで横川さんを死なせたってことになりかねなかったんだから」

そう言われると、井川はどう答えていいのかわからなくなる。しかし、自分のミスで白石先生を窮地に追いやったままでいいのだろうか。白石先生はいい人だったし、自分にも優しくしてくれた。患者さんの評判もよかったし、カテーテル治療の技術はほかのだれより優れていた。

「井川ちゃん。人が好すぎるのも問題よ。井川ちゃんはわざとミオブロックを側注したの？　ちがうでしょう。うっかり側注したのは、白石先生の指示の仕方にも問題があったからだと前にも言ったでしょう。だったら、あなたがひとりで責任を負う必要はないのよ」

そうかもしれない。だが、このまま白石先生に罪を着せてしまっていいのだろうか。顔を上げられずにいると、堀田がひとつため息をついて話しだした。

「あのね、ずいぶん前だけど、こんな映画を見たの。旧ソ連が舞台の映画でね、ワイン工場の幹部がノルマの達成を迫られて、十分に熟成していないワインを出荷しようとするの。未熟なワインを出すと、工場の信頼度が下がってしまう。そのとき、若い労働者が幹部の脅しに屈せず、敢然と出荷を止めて、工場の信頼を保ったって話。映画は若い労働者の勇気を讃えて終わるんだけど、現実だったら、あとでたいへんなことになったでしょうね。幹部にはにらまれるだろうし、仲間からも冷たくあしらわれたり、ひょっとすると工場をクビになるかもしれない。映画やドラマなら正義を貫くのもいいけど、現実ではやめたほうがいい。だって、あとあとのことがあるからね。白石先生の件でも、下手なことを言ったら、今度はあなたが容疑者にされてしまうのよ。それでもいいの？」

堀田の話を聞きながら、井川は不安神経症の発作に襲われそうになった。

「大丈夫。記録があるんだから。井川ちゃんは何も心配することないのよ、ね」

背中に手をまわし、優しく撫でてくれる。井川はその手を振りほどきたいと思うが、身体を動かすことはできなかった。

7

逮捕から二十二日目の一月五日、ルネは担当検事の大内により起訴された。

その翌日、千葉県警から保釈された。逃亡や証拠隠滅の恐れはないと判断されたのだろう。

帰宅後、ルネはすぐに寺崎に連絡を取り、打ち合わせの約束を取りつけた。速水から届けられた資料を読んだ寺崎から、状況は厳しいが、弁護は引き受けるとの返事をもらっていた。

事務所に行くと、寺崎は前回同様、執務机の前のテーブルに書類やファイルを山積みにしたまま、明るい声でルネを迎えた。

「白石さん、元気そうじゃない。それにしても検察もひどいよね。どうせならお正月前に保釈してくれればいいのに」

ルネが微笑むと、寺崎は目の前の書類を片付けながら続けた。

「だけど、検察も時間がなかったんでしょう。担当の検事はきっと、正月返上で書類作成に追われたと思うわ」

そうなのか。戸惑うルネをしり目に、寺崎はテーブルの下に置いたダンボール箱から資料を取り出して、説明をはじめた。

「あれからいろいろ調べてみたの。あなたが疑問に思ってることの答えがいくつかわかった。まず、横川さんの遺族の豹変。これは結局はお金よ。横川さんの死は安楽死で、それは違法だから賠償金が取れると吹き込んだ人がいたらしいの。額はわかんないけど、病院側がかなりの賠償金を申し出たから、それをもらうためにあなたを悪者にしたというわけ。ひどい話よね。病院も同じで、世話になっておきながら、目の前にお金を積まれると平気で嘘を並べるんだから。病院も同じで、賠償金を医師会の保険から引き出すためには、あなたの行為が不正だと証明されなければならないのよ。正当な行為に保険金はおりないからね。それから、病院があなたの言い分も聞かずに、いち早く遺族に賠償金を申し出たのは、病院が標榜している〝患者さま第一主義〟を守るためらしい。つまりは組織防衛ね。あなたは上司や看護師に、知らないうちに嫌われてたのかと落ち込んでたけど、そうじゃなくて、あなたに不利な発言をしたのは病院の都合上ということなのよ」

それでも釈然としないが、知らないうちに嫌われていたよりはましだ。

「わたしが話を聞いた病院の関係者は、立場上、はっきり言いにくいみたいだったけど、あなたを悪く言う人はいなかった。病院はマスコミに騒がれて、下手をすれば存続の危機にも陥りかねない状況だったから、院長はじめ、厚世会の本部も必死に対策を講じたようね」

それが二度にわたる記者会見や、ルネひとりを悪者に仕立てた嘘の情報だったのか。

横川への処置に疚しいところはないにせよ、結果的に自分の行為が病院を危機に陥れたことに、ルネは複雑な思いを抱いた。

「それから、この件をマスコミにリークした犯人もわかったわよ」

「だれなんです」

マスコミにリークして得をする人間がいるのかと思ったら、寺崎の口から出たのは意外な名前だった。

「病院の顧問弁護士をしている上月先生よ。弁護士会の集まりで、たまたま事情を知ってる弁護士が教えてくれたの。上月総合弁護士事務所の職員が、先生の指示で報日新聞に告発の手紙を送ったらしいわ」

「どうしてそんなことを」

「そりゃ、ことを大きくしたほうが自分たちのプレゼンスが高まるからでしょう。それにもともと、浦安厚世病院の事案は部下に担当させていたのに、この件では自分が院長に呼びつけられて、上月先生は怒っていたらしい」

立場が上の人ほど、つまらないことで腹を立てるというのはほんとうのようだ。

寺崎はここからが本番とばかりに、大きなプラスチックレンズの眼鏡を持ち上げてルネを見た。

「検察は起訴したからには、何が何でも有罪判決を勝ち取ろうとしてくる。それを返り討ちにするのはそうとうむずかしい。だから、有罪を認めて、情状酌量で執行猶予を勝ち取るという戦略もあるけど、あなたの気持はどう？」

「もちろん、完全無罪を主張します」

「でしょうね。わたしもそのほうが弁護のし甲斐があるわ。ただね、そのためにはよっぽど周到な準備が必要になる。公判は二、三カ月後にスタートするでしょうから、それまでにどれだけ有力な証言が集められるかね」

「どんな証言を集めればいいんですか」

「まず、横川さんに救命の可能性がなかったことの証明ね。検察はすでに鑑定書を出しているけど、鑑定医に問題があるというのね。鑑定医の過去の発言や書いたもので偏りが証明できれば、再鑑定に持ち込むことは可能だわ。それより、現場を知っている医師や看護師に証言してもらうことはできないかしら」

証言できるとすれば小向か堀田だが、いずれも警察で病院側に有利な供述をしているようだから、覆すのはむずかしいだろう。ルネが首を傾げると、寺崎は看護記録のコピーに目を止め、何度か読み返してから訊ねた。

「ミオブロックの投与は、点滴のときも静脈注射のときも、両方ともに『主治医指示により』と書いてある。これがどうも引っかかるのよね。わざとらしいというか、しつこいというか、ほかの記録にはそんなにないでしょう」

たしかに、この日の記録には、『主治医指示により』という記載が四回ある。二回は胃チューブを抜くときと、ホリゾンという鎮静剤を側注したときだ。それ以前の記録には、『主治医指示により』は、ないことはないが、それほど頻出していない。

「問題になる筋弛緩剤のところにだけ、二度も続けて書いているのは、何らかの意図が働いたとは考えられないかしら」

「意図というのは？」

「わからないけど、記録した看護師の保身とか」

たしかに、井川はこの記録があるおかげで、責任を回避できている。しかし、この記録を書いたときに、そんな先のことに備えるような発想ができただろうか。彼女は当時、看護師になってまだ半年だったのに。

「とにかく、ここが裁判では最大の争点になりそうね。カルテの記載が正しいことが証明されれば、ミオブロックが直接の死因ではない、すなわち、白石さんが患者を死なせたのではないと判定できるからね。でも、だとしたら、いったい横川さんはなんで亡くなったの」

「多臓器不全の末期で、ほぼ脳死状態だったからですよ。ほんとうなら気管チューブを抜いた段階で、ほどなく心臓も止まったはずなんです。それが予期せぬうめき声のために薬を使っただけで、横川さんの死そのものは自然な経過だったんです」

「なるほど。それを裁判官に納得させれば、無罪を勝ち取れるわね。だけど、今からそれを証明できる？」

「むずかしいですが、横川さんの死因がミオブロックだったという証明もむずかしいはずです。実際、横川さんは自然な死を迎えつつあったんですから」

「だけど、ミオブロックが静脈注射されていたなら、それが原因で呼吸が止まるんでしょう」

「だからミオブロックを側注しろなんて指示するわけがないんです。そうだ、それは山際先生なら証言してくれるはずです」

ルネは山際がミオブロックを勧めたとき、静注すると安楽死になるから使えないと言ったことを寺崎に説明した。

「その山際先生は証言台に立ってくれそう?」

「頼んでみないとわかりませんけど」

矢口クリニックで会ったとき、山際はルネのセリフを覚えていると言った。しかし、その場の流れで、迷惑をかけるつもりはないと言ってしまった。

「とりあえず、もう一度連絡を取ってみたら。証言は傍証にしかならないだろうけど、ないよりはあったほうがいいから」

「わかりました」

＊

二日後の土曜日、ルネから寺崎に報告の電話がかかった。

「山際先生に会って、証言をお願いしてきました」

弾んだ声から、よい結果だったのだなと寺崎は直感した。

「証言を了解してくれたのね」

先取りするように言うと、ルネは声を弾ませるどころか、跳びはねそうな勢いで答えた。

「わたしがミオブロックの側注を指示するはずがないということだけでなく、もっと決定的なことを証言してくれそうなんです。寺崎先生。これで大丈夫です。検察がどんな主張をしようと、わたしの無罪は確定です！」

8

ルネの初公判は、三月十八日に千葉地裁で開かれた。

正面玄関にはマスコミが詰めかけているだろうから、寺崎とともに裏口にまわったが、そこにも記者たちが待ち構えていて、左右からマイクやICレコーダーを突きつけられた。ルネは顔を伏せ、記者たちをかいくぐるようにして、公判が開かれる801号法廷に向かった。

控え室に入ると、寺崎がむずかしい顔でルネに言った。

「今回は裁判官が三人なんだけど、裁判長の浅尾《あさお》宗介《そうすけ》さんは、どうも医者嫌いらしいのよね」

「何ですか、それ」

とっさに意味が理解できなかった。寺崎がため息をついて説明する。

「裁判官はもちろん公平中立が建前だけど、やっぱり偏りがあるのよ。裁判官も人間だからね。浅尾さんは、前に健康診断で医者に何かいやなことを言われたらしくて、それ以後、健診を受けてないというの」

「でも、裁判とは別問題じゃないんですか」

「そうでもないのよ。とにかく裁判官の心証が大事だから、反感を持たれないようにしないとだめよ。ふつうは反省の態度を示すのがいいんだけど、あなたの場合、それだと罪を認めたことになりかねない。かと言って、毅然としていても反抗的と見られてしまう。自分は無実を信じているけれど、判決には従いますという謙虚な態度がいいかもね」

寺崎は親切でアドバイスしてくれたのだろうが、ルネは承服できなかった。

「中学生が先生に叱られに行くのじゃあるまいし、そんなに態度が重要なんですか」

「裁判とはそういうものよ」

寺崎の達観したような言葉に、ルネは不安になった。事実より口のうまいほうが勝つと言われたような気がしたからだ。裁判とは結局、どれだけ自分の思い通りに裁判官を言いくるめられるかという場なのか。

廷吏がやってきて、入廷を促された。傍聴席はすでに満員で、最前列に速水と敏明が座っているのが見えた。敏明は血圧の心配もあるのに、何度か東京に来てくれ、ほぼ毎日、励ましの電話をくれた。報道関係者の席には、あれからもしつこく取材を求めてきた宇野の顔もあった。

被告人席に座ると、検察官席では公判部の検察官が二人、分厚いファイルをこれ見よがしに並べて傲然と構えている。

やがて奥の扉から三人の裁判官が入ってきた。

「起立」

廷吏の号令で全員が立ち上がり、裁判官の着席を待って腰を下ろした。裁判長の浅尾は医者にいやなことを言われたというから、メタボでも指摘されたのかと思うと、逆にやせぎすで顔色も悪かった。唇がどす黒いのは喫煙のせいだろう。さては喫煙の有害性でも指摘されたか。

ルネがそんな観察をしている間に、起訴状の読み上げがはじまった。年長の検察官は、大内とはまた別の古風なエリート臭を放ちながら、いかにも事実を述べているというふうに棒読みした。

続いて、裁判官から黙秘権の説明があり、被告側の罪状認否が問われた。

「起訴状の内容を全面否認し、無罪を主張いたします」

ルネが寺崎の指示通りに答えると、寺崎は検察側が提出した供述書や鑑定書を、ほぼすべて不同意とした。

続いて、検察官による冒頭陳述が行われたが、それは事実とはほど遠い架空のストーリーのようだった。曰く、「白石医師は厄介な治療を早く終わらせようと考え……」「家族に医学的知識がないことに乗じて、強引に言いくるめ……」「予想外の急変に動転した結果、一刻も早く患者を殺害することで事態を収拾しようとしたものである」。

よくもこんな荒唐無稽なでっち上げをまじめな顔で語れるものだと、ルネがあきれていると、傍聴席で記者たちが熱心にメモを取っているのが目に入った。裁判官を見ると、三人とも真剣に聞き入っている。まさか、本気にしているのか。恐ろしくなって寺崎に目を向けると、彼女は表情を変えずただ平然としているのみだった。

次に弁護人の冒頭陳述があり、寺崎はルネの主張通りの内容を読み上げたが、あらかじめ用意されたもので、検察官の陳述に個別に反論するものではなかった。

(わたしならもっと効果的に反論できるのに)

そう思ったが、ルネに発言の機会は与えられず、ただ焦れったい思いで成り行きを見守るしかなかった。

初公判はそんなもどかしさのまま終わり、ルネは先行きに不安を抱いたが、まだ裁判ははじまったばかりだと自分をなだめた。

三週間後に開かれた第二回公判では、検察側の鑑定人、宮野幸雄と、弁護側が新たに鑑定を依頼した脳神経外科医の長谷部《はせべ》貢《みつぐ》が証言に立った。

宮野の鑑定では、横川達男には救命の余地があり、死亡の原因はミオブロックの投与による窒息であるとのことだった。

これに対し、長谷部の鑑定では、横川に救命の可能性があったかどうかは不明で、死因についても、ミオブロックを含む投与薬剤の影響か、多臓器不全による自然な死であるかの判定は困難というものだった。つまり、断定も否定もできないという煮え切らない結論である。

証言を聞きながら、ルネはそれはちがう、そんなことはなかった、もっと別の所見を見てほしいと、何度も口をはさみたくなった。横川の状態をいちばん把握しているのは主治医の自分なのに、なぜ診断を認めてくれない。宮野は患者を診てもいないくせに、なぜ、事実と異なる断定を下すのか。長谷部はルネがあれほど強く断言したのに、なぜそれを受け入れてくれないのか。

ルネは前回同様、居ても立ってもおれないほどのもどかしさを覚えたが、やはり発言は許されなかった。

裁判とは、当事者に無言の行を強《し》いつつ、第三者が勝手な物語を作る場なのか。ルネは歯がゆい思いでいっぱいだったが、もちろん状況を変えることはできなかった。

9

その後、公判は月に一、二回のペースで開かれた。

第三回は浦安厚世病院の院長、橘洋一郎、第四回は同病院の事務部長、野沢元治の証人尋問だった。いずれも横川達男の死について、自らの責任回避と、病院の誠実な対応を強調するばかりで、弁護人はもちろん、検察官さえげんなりするような保身と建前の連続だった。

六月十日に開かれた第五回公判では、午前に横川達男の息子の信一、午後に娘の石毛厚子が証言台に立った。ルネにとって、遺族の発言は重大なものだったが、マスコミ報道を見るかぎり、まともな証言は期待できそうにはなかった。

案の定、信一は検察官の問いに対してこう答えた。

「父がまさかあのまま死ぬとは思っていませんでした」「治療を続けてもらいたかったけれど、白石先生に強引に治療の中止を承諾するよう迫られ……」「白石先生の説明は、専門用語も多く、こちらを見下すような態度もあったので、何も言えませんでした」

わたしがいつあなたたちを見下したの、いつ強引に承諾するように迫ったのと、ルネは何度も立ち上がりそうになった。きちんと説明したのに聞いていないと言われ、言うはずもないことを言ったと言われ、口調から態度まで、ドラマの悪役そのもののようになじられた。いくら賠償金を得るためとはいえ、ここまで事実を曲げられるものか。信一を見つめながら、ルネは虚しさと情けなさの深みにはまり、ほとんど呼吸も覚束《おぼつか》ないほどだった。

続いて弁護側の反対尋問になり、寺崎が信一の横に立って聞いた。

「証人はお父さまが死ぬと思っていなかったとおっしゃいましたが、気管チューブを抜くと、亡くなるということは理解していたのではないですか」

「そうは思っていませんでした」

嘘だ！　ルネはまたも叫びそうになった。信一が抜管の意味を確認したとき、生命機能が停止すると説明したら、やっぱりそうなんですねと言ったじゃないか。寺崎はそのセリフを聞いていないから、強く追及できないのだ。現場にいた自分が糺《ただ》したら、信一も事実を認めざるを得ないだろうに。歯ぎしりする思いだったが、ルネに尋問する権利はなく、ただ見守るしかないのは、見えない猿ぐつわをはめられたような苦しみだった。

「カルテには、十月二十三日に妻の保子さんが見舞いに来たとき、『気管チューブを抜いてほしいとの希望あり』とあります。お母さまは、お父さまの治療の中止を望んでおられたのではないですか」

「そんなはずはありません」

「しかし、看護記録にも、『妻見舞い。そうとう疲れたようす。主治医に抜管の希望あり』とありますが」

「どう書いてあっても、母が父の死を望むようなことを言うはずがありません」

「そうですか」

えっ、と、ルネは信じられない思いで寺崎を見た。なぜもっと追及してくれないのか。保子はたしかにそう言った。夫が寝たきりになったら困ると、前々から悲観的なことを言っていたのだ。そのことは寺崎にも伝えたはずだ。

ルネが薄茶色の瞳を目いっぱい開いて見つめると、寺崎は別の角度から信一に問うた。

「お母さまを証人申請しましたが、息子さんは拒否なさっています。なぜですか」

「母はもともと神経質なところもあって、裁判で証言させられると、過去のつらさを思い出して、健康上に重大な支障を来《きた》しかねないからです」

「わかりました」

ここでもまた引くのか。信一の答えは明らかに検察官の入れ知恵じゃないか。「重大な支障を来しかねない」なんて、信一のふだんの語彙《ごい》にあるはずがない。弁護士だったら、検察官に対抗する説得くらい思いつけないのか。

いや、寺崎も専門家として自分のためにできるだけの弁護をしてくれているのだ。ルネはそう思い返して、なんとか苛立つ自分を抑えた。

寺崎は事前の打ち合わせの通り、信一にとって厳しい追及をはじめた。

「賠償金についてうかがいます。現時点で証人は病院からいくらの賠償金を提示されていますか」

「異議」

検察官が素早く反応した。裁判長は異議を認め、寺崎に質問を変えるよう促した。

「では、賠償金を受け取るためには、白石医師が有罪であることが必要だと、病院から言われませんでしたか」

「異議あり。本件の審理と直接の関係がありません」

検察官は先ほどより強く反論したが、裁判長は刹那、間を置いてから、信一に「証人は質問に答えて下さい」と促した。証人に黙秘権はなく、嘘を言えば偽証罪に問われる。そのことは事前に伝えられているはずだ。信一がどう答えるかは、ルネにとって重要なポイントだ。

信一は落ち着きのない目線を検察官席に向けてから、小声で答えた。

「そんな記憶はありません」

困ったときにはそう言えばいいと、検察官に教えられていたのだろう。しかし、裁判官の心証はクロにちがいない。傍聴席からもざわめきが洩れた。効果的な反応を得たところで、寺崎は反対尋問を終えた。

午後に行われた厚子の証人尋問は、はじめからどこか異様な雰囲気だった。質問に立った検察官は妙に不機嫌で、まるで被告人側の証人を相手にしているかのようだった。厚子自身も戸惑いを隠せないようすで、尋問の途中で何度も言葉に詰まったり、発言を取り消したりした。

尋問の中心は、やはり彼女が自ら父親の気管チューブを抜こうとしたときの状況だった。厚子が横川の気管チューブを抜こうとした理由は、少しでも父を楽にしたいと思ったからで、それが死につながる認識はなかったと、ルネにすればまたも事実と異なる証言に終始した。

反対尋問で、寺崎が厳しく追及する。

「気管チューブを抜いたら窒息すると、白石医師が言ったとき、証人は『それでもいいわよ』と言わなかったですか」

「……覚えていません」

「面談室で白石医師が状況を説明しているとき、あなたは『何もかもやめて』と、治療の中止を求めたのではありませんか。白石医師が改めて治療中止の意味を説明したときも、あなたは強硬に治療の中止を求めたのではないですか」

「……覚えていません」

「では、翌日にあなたがご家族全員を集めたのはなぜですか」

「よく覚えてませんが、白石先生にそうしろと言われたからだと思います」

「なぜ、そう言われたと思いましたか」

「……わかりません。父の下血を見て、混乱していましたので」

覚えていない、わからないは、証人が不都合な証言を拒むときの常套手段だ。当然、裁判官の心証に影響するが、厚子は「混乱していた」のひとことを付け加えて、実際にわからなかったのだと印象づけることに成功していた。

ルネは残念でならなかった。嘘を言わなくても、どんどん事実が曲げられていく。悔しいが何も言えない。ルネは裁判の後半に登場する山際の証言に思いを馳せて、なんとか自分を落ち着かせた。

10

速水祐樹は仕事をやりくりして、これまでの五回の公判をすべて傍聴した。

審理が終わると、ルネに付き添って話し相手になる。寺崎がいっしょのこともあれば、ルネの父、敏明が同席することもあった。

弁論を聞くかぎり、寺崎は弁護士として信頼できそうに思えた。しかし、ルネの印象は必ずしも同じではないようだった。

鑑定医が証言した第二回の公判のあと、ルネは法廷でのもどかしさを寺崎にぶつけた。

「鑑定医の判断は一般論ばかりで、実際の横川さんの状態とは大きく異なっていました。どうしてもっと強く反論してくれなかったんですか」

ルネの気持もわかるが、医師でない寺崎に、ルネと同じレベルで反論しろというのも無理な話だ。それにルネが効果的だと思っても、裁判官がどう思うかは別問題である。救いは寺崎が感情的にならずに、ルネの気持に寄り添ってくれたことだ。

「白石さんが苛立つのも無理はないけど、闘いの場は病院ではなくて裁判所なの。だから弁論はわたしに任せてほしい。裁判は医学的な正しさではなく、法的な正しさを争う場所だから」

「そんな……」

ルネの絶望したような表情は、哀れなほどだった。

前回、前半の大きな山場である遺族の証人尋問が行われた段階では、明らかに状況は不利だった。続いて予定されている元の上司や看護師たちの証言でも、状況が大きく変わるとは思えない。ルネは最後に山際の証言によって、一気に裁判の流れを覆せると信じているようだったが、速水はルネほどには楽観的ではなかった。

寺崎にこっそり聞くと、彼女もどうなるかわからないとのことだった。予測は五分五分。もちろん、証言がないよりはましだが、どんな有力な証言でも、公判でどちらに転ぶかはやってみないとわからないという。裁判ではよくあることらしかった。

そのことはルネには言えなかった。彼女にすれば、今は山際の証言だけが心の支えになっている。よしんば、ルネの思惑通りになったとしても、それはそれでまた別の問題を孕んでいる。山際の証言で、ルネの無罪が確定したなら、今度は直接ミオブロックを投与した井川が罪に問われる立場になりかねないのだ。

そのことを仄めかすと、ルネは顔色を変えて、「それは困る」と言った。「井川さんを悪者にはしたくない」とも。

「だけど、君に落ち度がなかったのなら、検察は別の容疑者を特定せざるを得なくなるだろ」

速水が言うと、ルネはムキになって反論した。

「そんなのおかしい。あのとき、井川さんだって精いっぱい頑張ってくれたのよ。あれは殺人でも何でもない。ひとりの患者さんを懸命に看取ろうとしただけよ。なのに、だれかを罪に問うなんて、そっちのほうがまちがってる」

しかし、現実には過失致死罪もあり得る。いくら悪意がなくても、人が死ねば責任を負う者が罪に問われる。ルネは自分にも井川にも罪はないと主張するが、果たして裁判で通用するかどうか。

それ以外にも速水を悩ますものがあった。速水と同じく、毎回、傍聴席に姿を見せる宇野の存在だ。休廷時間に洗面所でいっしょになったとき、宇野は親しげに話しかけてきて、自己紹介のあと、ルネとの関係を聞いた。

「ただの知人ですよ」

そっけなく答えたが、宇野は速水の迷惑そうな顔を無視して、一方的にまくしたてた。

「今回の裁判は、日本の医療に大きな影響を及ぼす可能性がありますね。下手をすると、患者の命が医師の裁量によって左右されかねない。七人もの患者を尊厳死させた承久市立病院の内科部長が、家族に何と説明したかご存じですか。『阿吽の呼吸』ですよ。冗談じゃない。医者の勝手な判断で、十分な説明もなく、患者が死の闇に葬られたんです。考えただけでも恐ろしいじゃありませんか」

内科部長が「阿吽の呼吸」と言った背景には、たしか別の意味合いもあったはずだが、速水は敢えて口をつぐんだ。反論すると、ますます絡んでくるのが明らかだったからだ。

「失礼します」

背を向けたあとも、速水は宇野のガラス玉のような目が自分を見つめているのを感じた。宇野がルネを仕事のテーマに据えているのはまちがいない。どんな扱いをするつもりか。

唯一、速水をほっとさせてくれたのは、ルネの父、敏明だった。

初公判ではじめて顔を合わせたとき、六十八歳でメタボぎみの敏明を見て、速水はいかにも覇気のない印象を受けた。病院や警察を非難するでもなく、検察官の陳述に怒るわけでもない。口数は少なく、ただその場で娘を見守っているだけのようだった。

しかし、傍聴や会食で何度か同席するうちに、速水は敏明に敬意を払うようになった。余計なことはいっさい言わず、裁判のことは門外漢だからと口出しをしない。言いたいことも、聞きたいことも山ほどあるだろうに、感情を抑えて、ただじっと付き添っている。そのことのたいへんさを、速水は徐々に理解した。

故郷で年金暮らしをしているという敏明のルネへの接し方は、気遣いと信頼に満ちていた。万一、裁判の結果がルネにとってつらいものになったとき、彼女を支えられるのは、この父親以外にないだろうと速水は思った。

11

七月一日に開かれた第六回公判は、ルネの元上司、小向潔の証人尋問だった。

小向は入廷してから証言を終えるまで、一度もルネと目を合わせなかった。検察官の質問に、「安楽死はもちろん、尊厳死の許可も与えた覚えはありません」と答え、横川の死が自分の与《あずか》り知らないところで行われたことを強調した。

これに対し、寺崎が反対尋問で追及した。

「あなたは白石医師が気管チューブを抜くことに、賛成したのではないですか」

事前の打ち合わせで、ルネは小向に抜管の報告をした記憶は明確にあるので、否定できないはずだと寺崎に伝えていた。果たして、小向はそれを認めた。

「たしかに賛成はしました。しかし、横川氏には自発呼吸があるとのことだったので、抜管はウィーニング（人工呼吸からの離脱）へのトライアル（試行）だと理解したのです」

またそんな嘘を言うのか。あのとき、抜管すれば横川の呼吸はすぐに止まるだろうと言ったはずだ。小向はいい上司のはずだったのに、自分の身が危うくなると、平然と嘘をつくのか。ルネは人への信頼というものが崩れていくのを感じた。

三週間後に開かれた第七回公判に呼ばれたのは、当時の病棟看護師長、加橋郁子だった。

加橋も小向同様、横川の安楽死が自分の知らないところで行われたと主張した。

「看護サイドの責任者として、事後に看護記録をチェックしなかった落ち度は認めます。しかし、担当の看護師からも特別な報告がありませんでしたので」

自己正当化をする加橋に、寺崎はルネから聞いていた当時の状況を確認した。

「あなたは、横川さんの状態について、『回復する見込みはほぼゼロ』と言ったのではありませんか」

「記憶にありません。でも、もし言ったとすれば、回復の見込みは完全にゼロではないという意味だったと思います」

ルネは加橋にも失望した。彼女は統率力があり、現場の看護師たちへの目配りも十分だった。ルネのことも評価してくれ、同じ女性の医療者として、尊敬できる人だと思っていたのに、それも自分の甘さだったのか。

公判終了後、いつものように速水が慰めてくれたが、ルネは悲しみと空しさに打ちひしがれて、会食に行っても料理の味がわからなかった。

しかし、落胆ばかりしてはいられない。次の第八回公判は、午前に横川の担当看護師だった堀田芳江、午後に横川の看取りに立ち会った井川夕子の証人尋問があるからだ。

八月十九日。いつものように寺崎の車で裁判所に行くと、駐車場で裁判所に向かう堀田の姿が見えた。こちらに気づいた堀田は気まずそうに目を逸らし、そそくさと正面玄関の中に消えた。あなたもそうなのかとルネは気落ちしたが、尋問がはじまると、堀田は思いがけないことを言った。検察側の尋問で「白石被告はどんな医師でしたか」と聞かれてこう答えたのだ。

「白石先生は信頼できる素晴らしい先生で、わたしはずっと尊敬してました。患者さんにも親切で優しく、治療にも熱心でした」

ルネは思わず堀田の横顔を見つめた。裁判で自分に好意的な証言を聞くのははじめてだ。検察官は不機嫌そうな表情を浮かべ、続けて訊ねた。

「横川氏の治療が長引いたとき、白石医師にうんざりしたようすはなかったですか」

「疲れてはいたと思いますが、特にうんざりはしていなかったと思います」

「証人は家族説明のときにも同席していますね。白石医師が治療の中止を強引に説得したことはなかったですか」

「多少は強い説明はあったかもしれませんが、それはご家族があまりに治療にこだわりすぎたからだと思います」

検察官は予想外の証言だというように、咳払いをして不快さを露わにした。

堀田はルネのことを悪く言わず、むしろ弁護してくれている。そう思うと堀田に感謝の眼差しを向けずにはいられなかった。自分は彼女に嫌われていると思っていた。だから、取り調べで不利な証言をした看護師は、堀田にちがいないと思い込んでいた。だが、それはまちがいかもしれない。ルネはだれを信じていいのかわからなくなった。

「最後にもう一度、証人に確認します。横川氏の治療の中止を決断したとき、白石医師はそれを尊厳死だと認識し、場合によっては安楽死もやむなしと考えていたと思いますか」

堀田は答えに詰まり、落ち着きなく視線をさまよわせたあと、小さく答えた。

「はじめはそのつもりではなかったと思いますが、横川さんが苦しみだしたので、結果的にそうなったのだと……」

安楽死もやむなしと考えたことなどあり得ない。ルネはそう思ったが、堀田からすれば、この答弁は致し方ないだろう。反対尋問で寺崎もその点を繰り返し質問したが、堀田は曖昧な証言を繰り返すばかりだった。

午後からは、いよいよ井川の証人尋問になった。

尋問の最大の焦点は、筋弛緩剤ミオブロックの投与が点滴か、静注かということである。検察官は自信に満ちた口調で井川に質問した。

「気管チューブを抜いたあと、横川氏が苦しみはじめたとき、白石医師のようすはどうでしたか」

「動揺しているようでした」

「白石医師は鎮静剤の静注を指示したあと、いったん病室を離れています。証人はそのときどう思いましたか」

「たいへんな状況なのに、どうして出て行くのかと不安になりました。先輩の堀田さんが病室にいる間はよかったですが、堀田さんがほかの患者さんを看に行ったので、ほんとうに心細かったです」

あのとき、堀田は吸引で出血させてしまい、厚子に「ヘタクソ」と罵られたことに腹を立てて、重症管理室を出てしまったのだ。

「白石医師が病室にもどったとき、態度は変化していましたか」

「前より落ち着いたようすで、わたしにミオブロックを三アンプル、手術部まで取りに行くよう指示しました」

「そのあとは？」

「最初に二アンプルを点滴内に入れて、クレンメを全開にして落としました。でも、まだ横川さんの声が止まらないので、最後の一アンプルを三方活栓から側注するよう言われました」

ちがう。わたしはそんな指示はしていない。覚悟はしていたが、身体が反射的に前のめりになった。寺崎が素早くルネの膝を押さえる。

「なぜ、追加を静注に切り替えたのだと思いますか」

「点滴では十分な効果が得られなかったので、確実にうめき声を止めるためだと思います」

「ミオブロックを静注すれば安楽死になることを、証人は知っていましたか」

「はい。でも、この場合、仕方ないのかとも思いました。主治医の指示でもありましたし」

そこで検察官は尋問を終えた。

続いて寺崎が反対尋問に立った。寺崎もここが勝負の分かれ目だとわかっているので、質問もいつになく執拗だった。

「証人は、ミオブロックの静注は白石医師の指示だったと証言していますが、具体的にはどういう言葉で指示されたのですか」

「ずいぶん前のことなので、言葉までは覚えていません」

「たとえば、白石医師は、『三方活栓から』と具体的に言いましたか」

「そうは言ってませんが、側注するときは、わざわざ三方活栓からと言わないのがふつうです」

「では、『側注して』と指示されたのですか」

それだけはぜったいに言っていないと、寺崎には前もって伝えてある。井川は口をつぐみ、いったん顔を伏せてから裁判長に向き直って答えた。

「はっきりと覚えていません」

「看護記録についてうかがいます。横川さんの看取りの記録は、証人が書いたことにまちがいありませんか」

「はい」

「記録はいつ書きましたか」

「横川さんのご遺体を霊安室に運んでから、後まわしにしていた仕事を先に片付けて、それから書きました」

「白石医師に確認しながら書かなかったのですか」

「先生はもう医局にもどっていましたから」

「記録を書くについて、だれかに相談しませんでしたか。あるいはアドバイスを受けたとか」

「いいえ」

「たしかですか」

「……はい」

寺崎は間を置き、井川が言い直さないかと待ったが、そのそぶりはなかった。ルネも同じ期待を抱いていたが、空振りに終わったことで複雑な気持になった。これで井川は、場合によっては偽証罪にも問われかねない。

しかし、一方で、ルネは井川の態度があまりに堂々としていることも気がかりだった。人は嘘をつくとき、なんらかの疚しさを感じるものだ。それは多かれ少なかれ表情に表れる。これまで証言した橋にせよ、小向や加橋にせよ、わずかに顔が引きつったり、口元が微妙に強ばったりしていた。ところが、井川にはそんな兆候がまるで見えなかった。もしかして、彼女はほんとうに後ろめたさを感じていないのか。

彼女が嘘をついていないのなら、ひょっとしてわたしがミオブロックの静注を指示したのか。突発事に混乱し、事態を収拾させようとしてとっさに禁断の指示を口にしてしまったのか——。

ルネは一瞬、己が信じられなくなった。不安が湧き上がり、動悸がした。落ち着け。そう自分に言い聞かせ、目を閉じた。あのとき、自分はたしかに動転していた。しかし、山際に相談したとき、ミオブロックの静注だけは許されないと言ったじゃないか。ならば病室にもどってその指示をすることなどあり得ない。

そこまで思い返して、ルネはようやく平静さを取りもどした。

質問を続ける寺崎を茫然と見やりながら、ルネは刑事に追い詰められて、冤罪を認めてしまう容疑者の心境がわかる気がした。

12

「山際先生。今日はよろしくお願いします」

九月九日の第九回の公判は、ルネがもっとも心待ちにしていた山際逸夫の証人尋問だった。

公判前の控え室には、ルネと山際のほかに、寺崎と速水、敏明がいた。山際は濃紺のポロシャツとチノパンというラフな出で立ちで、裁判の証言でも形式張ることを拒絶しているようだった。

「で、状勢はどうなんだ」

「思わしくありません。特に前回、井川さんがわたしの指示でミオブロックを静注したと証言しましたから」

ルネは井川があまりに堂々と答えたので驚いたことを山際に伝えた。

「嘘を言っているようには見えなかったんです。もしかしたら、彼女はほんとうにわたしの指示だと思い込んでいるのかもしれません」

「井川はな、院長や加橋さんの前でイヤというほどリハーサルをさせられてるんだ。口調や表情から目線の動きまで、新米女優並に指導されて、完璧な演技を身につけて公判に出てきたんじゃないか」

「そうなんですか」

「あり得るわね」

寺崎がうなずいた。ルネがまだ訝《いぶか》しげに聞く。

「でも、山際先生はどうしてそれをご存じなんですか」

「看護師があちこちでヒソヒソ話をやってたのさ。院長は箝口令を敷いて、ＳＮＳも禁止だとか言ってたが、人の口に戸は立てられないってヤツさ。で、堀田はどんな証言をしたんだ」

「彼女はわたしに味方してくれたようでした」

素直に感想を言うと、山際はふたたびあきれた。

「おまえはほんとにお人好しだな。堀田は相手の前ではいつもいい子ぶるんだ。院内でおまえの悪口を言いまくってるのはあいつなんだぞ。しかも、別のだれかが言ってたみたいにして貶めてるんだから、たちが悪い」

ルネが何も言えずにいると、寺崎が慰めてくれた。

「わたしもお人好しだけど、白石さんはそれ以上に人がいいみたいね」

「子どものときからそうだったんです」

それまで黙っていた敏明が控えめに言った。「人を疑うことを知らず、世の中はいい人ばかりみたいに思ってるんです。心配だったので、妻に相談すると、お人好しのどこがいけないの、人が悪いよりよっぽどいいと言われました。ははは」

力なく笑う。いかにも母らしいとルネは思った。オルガは自分にも他人にも厳しかったけれど、答えはいつもまっすぐだった。

山際がややバツが悪そうに自嘲する。

「逆に俺なんかかなり人は悪いですが、裁判にはそれくらいがちょうどいいでしょう。でないと輪をかけて悪人の検察官に言い負かされてしまいますからね。リハーサルも何もしてませんが、何を追及されても堂々と答えてやりますよ」

「ありがとうございます。山際先生だけが頼りなんです。どうかよろしくお願いします」

ルネが今一度頭を下げると、山際は黙ってうなずいた。

寺崎の尋問は、まず横川の状態の確認からはじまった。山際はルネが治療の中止を決断する前から、横川を救命できる可能性はきわめて低かったと証言した。

「その場合、治療を続けていたらどうなっていたでしょうか」

「それはもう想像を絶する状況になったでしょうね。身体が生きたまま腐っていくんだから」

寺崎は続いて、気管チューブを抜いたあと、横川が予想外に苦しみだしたときのことを訊ねた。

「山際先生はそのとき、どうアドバイスされたのですか」

「鎮静剤が効かないのなら、筋弛緩剤を使えばいいと言いました」

「そのとき白石医師は何と」

「ミオブロックを静注すると安楽死になるから、それは許されないと。だから、私は点滴で使えばいいだろうと言いました。喉頭筋は筋弛緩剤への反応も早いので、点滴を早めに落とせば、大丈夫だと思ったのです」

あのとき、山際はミオブロックを高濃度にして、クレンメ全開で落とすことで、静注と同等の投与になると示唆したのだ。さすがにそのことは言えなかったようだ。

さて、ここからが本番だ。寺崎は手元のファイルを閉じ、プラスチックレンズの眼鏡を持ち上げてから、証人席の山際の横に立った。

「横川達男さんが亡くなったあと、証人はどうされましたか」

「自分の患者の部屋に行きました」

「それはなぜですか」

「微量点滴のポンプが不調だったので、再設定するためです」

「それからどうされましたか」

「しばらく調整を繰り返したんですが、うまく作動しないので、別のポンプと取り替えるため、準備室にもどりました」

「準備室はナースステーションのとなりですね。準備室にはだれかいましたか」

「だれもいません。ナースステーションでは、準夜勤務の看護師が横川氏の看護記録をつけていました」

「記録をつけていたのは井川夕子さんですね。井川さんは何と」

「同じ準夜勤務の堀田看護師に、ミオブロックは静注してもよかったのかと聞いていました」

「それに対して、堀田看護師は何と」

「怪しむような声で、それが白石先生の指示だったのかと確認していました。井川看護師が曖昧な返事をすると、もしちがってたら、ヤバイよと、驚いたように言っていました」

「それで？」

「井川看護師がどうしようと不安そうな声をあげたので、堀田看護師は、心配だったら、『主治医指示により』と書いておけばいいのよ、そしたら井川ちゃんの責任じゃなくなるからとアドバイスしていました」

廷内に衝撃が走った。傍聴席からもざわめきが起こった。これまで検察側の最有力証拠とされてきた看護記録に、重大な不自然さがあることが暴露されたのだ。年長の検察官は険しい表情で唇を嚙み、若いほうの検察官も動揺を隠せずにいる。

「静粛に」

裁判長が傍聴席に静粛を求め、廷内が鎮まるのを待ってから寺崎が言った。

「つまり、看護記録にある『主治医指示により』という文言は、自発的な記述ではなく、何らかの意図を含んだものだということですね」

「そうだと思います」

「質問を終わります」

寺崎は衝撃の証言を引き出したことを逆にはにかむように、そそくさと弁護人席にもどった。

ルネはこの場に井川がいないことに安堵した。もし同席していたら、山際の発言に強いショックを受けただろう。自分の勘ちがいが白日の下にさらされ、隠蔽工作まで暴露されたのだから。

しかし、もちろん、ルネは井川に罪を押しつけるつもりはなかった。寺崎も同じ意見で、だからこそ看護記録の記載の意味合いを、敢えて深く追及せずに尋問を終えたのだった。

続いて、年長の検察官が反対尋問に立った。厳しい調子で山際に質問する。

「証人は横川達男氏の救命の可能性はきわめて低かったと証言しましたが、可能性がゼロだとまでは言えないのではありませんか」

「それはそうです。横川氏にかぎらず、どの患者も死ぬまでは救命の可能性はゼロとは言えません。言えるとしたら神さまだけでしょう」

皮肉な答えに傍聴席から失笑が洩れる。検察官は咳払いで傍聴席を牽制し、険しい表情で続けた。

「白石医師は最初、ミオブロックを二アンプル、点滴内に注入して、横川氏のうめき声を抑えようとしました。しかし、効果がないので、もう一アンプルを追加した。最初の二アンプルが点滴で効果が不十分だったのなら、追加は静脈注射に切り替えるのが自然ではありませんか」

「いいえ。効果が不十分な場合、同じ方法で薬を追加することはごくふつうです。ましてや、私がミオブロックの使用を提案したとき、白石先生は静注では安楽死になるので許されないと明言しているのです。静脈注射の指示を出すはずがありません」

「しかし、白石医師はその場で取り乱していたのでしょう。功を焦って、ミオブロックを静脈注射するよう指示した可能性も否定できないのではありませんか」

「異議。仮定の質問で証人を誘導しています」

寺崎がすかさず異議を申し立てると、裁判長はそれを認め、検察官に質問を変えるよう促した。検察官は言葉に詰まり、憎悪に満ちた目を寺崎に向けてから続けた。

「では、証人にうかがいます。看護記録には、堀田看護師の示唆があったとのことですが、井川看護師は、白石医師の指示がなかったのに静注したと話していたのですか」

「そうは言っていません。しかし、井川看護師がかなり動揺していたのは事実です」

ここで検察官はわずかに間を置き、声の調子を変えて続けた。

「そもそも証人は、白石医師が捜査を受けている段階では何も言わなかったのに、なぜ、今になって証言する気になったのですか」

「捜査の段階では、看護記録のことを聞かれなかったからです。裁判で証言する気になったのは、白石医師に対する病院の対応や、警察や検察のやり方があまりにひどいと思ったからです」

「白石医師から相談を受けたのはいつですか」

「彼女が警察から保釈された少しあとです」

「どこで相談を受けたのですか」

「私のマンションです。土曜日で家にいましたから」

「それまでにも白石医師が訪ねて来たことはありましたか」

「いいえ」

「証人が白石医師のマンションを訪ねたことは」

「ありません」

何をしつこく聞いているのか。検察官の意図が見えない。ルネが眉をひそめると、検察官はひとつ咳払いをして、世間話のような調子で訊ねた。

「証人は白石医師とは同じ職場の同僚で、ナースステーションでも談笑などしていたようですが、お二人の関係はどのようなものでしたか」

「どのようなって、ただの同僚ですよ」

山際の声が苛立った。

「証人も白石医師も独身ですね。特別、親しい関係というわけではなかった？」

「失礼なことを言うな！」

山際が一喝すると、思いがけず裁判長から指示が飛んだ。

「証人は冷静に答えてください」

山際は裁判長にも険しい目を向け、自分を抑えるようにして答えた。

「特別な関係ではありません」

「証人は堀田看護師と井川看護師のやり取りを、まるで昨日、聞いたばかりのように再現しましたが、一字一句、まちがいない自信はありますか」

「あります」

山際は即答した。

「四年近くも前のことなのに？」

「たしかにそう聞きました。まちがいありません」

山際の答えは半ばやけくその強弁のようにも聞こえた。

「以上で、質問を終わります」

検察官は興奮する山際を置き去りにするように、あっさりと席にもどった。

13

山際の証言は、裁判の流れにどれくらい影響を与えたのか。

証言した本人は、検察官の質問が不愉快だと言って、公判が終わるとさっさと帰ってしまった。敏明もまた、長時間の傍聴に疲れたからと諏訪市に引き揚げた。

ルネは速水とともに寺崎の事務所に寄って、山際の証言の効果について話し合った。

「今日の山際先生の証言は、インパクトがあったでしょう」

「たしかに傍聴席のみんなは驚いてたよ。前のほうにいた記者連中も色めきたって、懸命にメモの手を動かしてたからな」

「その効果は裁判官たちにも伝わったんじゃないですか」

「そうね」

ルネにうなずきながら、寺崎は今ひとつ浮かない表情だった。

「何か気になることでもあるんですか」

「裁判は水ものだからね。それに反対尋問で、検察官がうまく効果を薄めてしまったから」

「どういうこと」

ルネの疑問に、速水が思い当たるように寺崎に確認した。

「山際先生を挑発して、感情的にさせてしまったことですね。答弁が感情的になると、それだけ信憑性が下がるということでしょう。特に、『一字一句、まちがいない』みたいに強弁すると、逆に疑わしく思うのが人間の心理ですから」

「検察側も必死なのよ。有罪率九九・九パーセントのプライドがあるから」

寺崎が言い、バッグからファイルを取り出してテーブルにドサンと置いた。

「この裁判は通常の刑事裁判とはちがうのよ。世間の注目度も高いから、有罪判決を勝ち取れば、検察官は手柄になる。逆に無罪判決になればキャリアに傷がつく。だから、なりふり構わず攻めてくるのよ。それだけにわたしもやり甲斐があるんだけどね」

最後はその場を和ませるような軽口の口調だった。

「それより、僕は宇野の動きが気になるんだ。この前、休憩時間に話しかけてきたから適当にあしらったら、今日は妙なことを聞いてきてさ。厚世会本部のことを調べてるみたいなんだ。厚世会が国会議員の選挙に乗り出す噂があるらしいけど、ルネは聞いてない？」

「知らない」

「宇野は、その絡みでルネが病院から切られたのじゃないかと聞いてきた。そんな気配があったのか」

ルネに思い当たるところはなかった。黙って首を振ると、寺崎がテーブルの上を引っかきまわしながら、必要な書類を集めはじめた。

「さあ、次はいよいよ被告人質問よ。やっと白石さんに発言の機会が与えられるの。でも、くれぐれも気をつけてね。検察官はきっとまたあの手この手で挑発してくるだろうから」

被告人質問は、いわば検察側との一騎打ちだ。ここで負けるわけにはいかない。ルネはそう気を引き締めたが、検察官がどんな手で攻めてくるかはわからない。ルネの胸にあるのは、自分を信じろという神頼みにも近い思いだけだった。

14

九月の最終木曜日に開かれた第十回公判は、まず寺崎による弁護人質問からはじまった。

「横川さんに対して、今の率直な気持を聞かせてください」

「わたしの未熟さが原因で、いろいろな問題を起こしてしまい、申し訳ない気持でいっぱいです。でも、もしも横川達男さんが生きていたら、きっとわたしを責めるようなことはおっしゃらないと思います」

「治療の中止を決めたことは、時期尚早だったとは思いませんか」

「あのまま治療を続けていれば、横川達男さんは悲惨な状況になる一方でした。ですから、そうなる前に治療の中止を決めたのは、ぎりぎりのタイミングだったと思います」

寺崎とのやり取りは、事前に打ち合わせがしてあった。フルネームをおりまぜるのは、横川とルネの信頼関係を少しでも裁判官に印象づけるためだ。

「気管チューブを抜いたあと、鎮静剤を使用したのはなぜですか」

「横川達男さんのうめき声を止めるためです。でも効果はありませんでした」

「それでどうしました」

「ミオブロックを使いました」

ミオブロックは鎮静剤と同じ目的で使ったという流れである。寺崎はさらに強調するように念を押した。

「ミオブロックは安楽死にも用いられる薬ですが、被告に安楽死の意識はありましたか」

「まったくありません」

寺崎の戦略は、ルネに殺意はなかったということを裁判官に印象づけることだった。殺意がなくても、人を死なせたら過失致死罪に問われる。それに対しても、寺崎は対策を用意していた。

「横川さんの治療にずっと携わってきた主治医として、横川さんの死因は何だったと判断していますか」

「直接の死因は多臓器不全による心停止です」

「死の直前に使われた鎮静剤と筋弛緩剤は、原因ではないということですね」

「そうです」

寺崎が質問を終えると、年長の検察官が自席から出てきて、ルネの横に立った。

「浦安厚世病院では、電子カルテが採用されていますね。横川氏のカルテには、同氏が亡くなった翌日にも記載があったという記録があります。記載したのは被告人ですね」

「そうです」

「何を書いたのですか」

「退院時のサマリーです」

「あとから問題になったときに備えて、不都合な記載を削除・訂正したのではありませんか」

「ちがいます」

「改めて訂正する必要がないほど、あらかじめ完璧なカルテにしてあったということですか」

ずるい質問だ。単純に肯定すると、保身のためのカルテを完璧に書いたという印象を与えかねない。ルネは頭をフル回転させて答えた。

「事実を正確に記載したので、翌日まわしにしたサマリー以外、訂正の必要はなかったということです」

「被告人は横川氏が生前、延命治療を拒否していたと証言していますが、カルテにはそれに関する記載が見当たりません。横川氏の意思を客観的に証明するものはありますか」

ないことがわかっていて聞いている。横川の意思を曖昧なものに印象づける作戦だ。

ルネは努めて簡潔に答えた。

「延命治療の拒否は、外来での診察中に聞いたことです。横川達男さんは、ご自分の従兄の延命治療を見て、自分はぜったいにいやだとおっしゃいました。カルテに記載しなかったのは、外来で経過を診ていた時期で、唐突に終末期の意思を記載するのは不自然だと思ったからです」

検察官はルネの答えを無視して、ファイルから書類を引き出し、次の質問に移った。

「被告人は、横川氏の治療の中止は家族の希望でもあったと主張していますが、信一氏の供述書にはこうあります。『私たちは最後の最後まで治療を続けてほしかったのです。それなのに白石先生が、もう何をやっても無駄、早く死なせてあげたほうが患者のためだと言って、ほとんど無理やり治療の中止を我々に認めさせたのです』。これについてはいかがですか」

供述書の中身を聞くのははじめてだった。信一はそこまで事実を曲げた供述をしていたのか。脳卒中センターに移ったあと不眠不休で治療してきたのに、こんなふうに言われるなんて。ルネは悲しさと悔しさが込み上げ、思わず感情が揺れた。だが、ここで取り乱したら負けだ。瞑目し、呼吸を整えて、裁判長に向けて答えた。

「わたしは、常に横川達男さんのことを考え、治療に全力を尽くしました。もう何をやっても無駄とか、早く死なせてあげたほうが患者のためというような、配慮に欠ける発言をした覚えはありません」

言い終わるやいなや、検察官が声を荒らげた。

「じゃあ、あなたはご遺族が嘘の供述をしたというのか。ただでさえ大切な父親が重篤な状態で、医学の専門的なこともわからず、ただ祈るようにして回復を待っていた家族に、自分が投げつけた冷酷な言葉を忘れたというのか。もちろん、言った通りの言葉ではないかもしれん。だがな、家族はそう受け取ったんだ。きつい言われ方をしたと感じたんだ。だからこそ、否応なしに治療の中止に同意せざるを得なかったんだ。ちがうか」

まるでルネが家族を恫喝《どうかつ》したかのような口振りだ。しかし、ルネは動じなかった。検察官はきっとどこかで急に声を荒らげると、寺崎から聞かされていたからだ。ルネは今一度、裁判長に冷静に訴えた。

「ご家族がそう受け取ったというのなら、わたしの説明に至らない点があったのかもしれません。しかし、横川さんが亡くなったあと、ご家族がわざわざナースステーションまでお礼を言いに来てくださったのです。無理に治療の中止に同意させられたと思っていたなら、そんなことをするでしょうか。そのときのようすと供述があまりにちがうので、わたしは戸惑っています」

ルネが落ち着きを取りもどしたのを見て、検察官はふたたび声の調子を変えた。

「ご家族は被告人の説明しか聞いていなかったから、感謝したんじゃないですか。その後、被告人のやったことが殺人に当たると知らせてくれる人がいて、ご家族が事実に目覚めたというわけでしょう。まあ、いいです」

本来は質問のみをすべきなのに、検察官は巧妙に自分の主張を紛れ込ませてから、次の質問に移った。

「気管チューブを抜いたあと、横川氏がうめき声をあげたとき、被告はどう考えましたか」

「静かな看取りを考えていたのに、思いがけない状況になって、まず横川さんとご家族に申し訳ないと思いました」

「その場には幼いお孫さんもいたようですから、まずいことになったと思ったんじゃないですか」

「だから、一刻も早くこの事態を収拾しなければと」

「事態を収拾するとは？」

「横川達男さんを静かに看取ることです」

「横川氏を最後の苦しみから解放しようとしたのですね、死なせることによって」

ルネが否定する前に、検察官が強い口調で畳みかけた。

「それは結局、安楽死と同じではありませんか。先ほど被告は弁護人の質問に、安楽死の意識はまったくないと答えましたが、言葉が思い浮かんでいなかっただけで、考えていたことは同じではないですか。あのとき、自分のほんとうの気持はどうだったのか、今一度、しっかり思い出してみてください。ほんとうに自分の心の中には、横川氏を安楽に死なせようとする気持がなかったのかどうか」

ルネは言葉に詰まった。あのとき、自分の脳裏には、たしかに横川を早く楽にさせたいという気持があった。しかし、それを認めるわけにはいかない。彼女は歯を食いしばり、裁判長だけを見つめて必死に訴えた。

「あのとき、わたしは横川達男さんのことを思い、その場に居合わせたご家族のことを必死に考えて、できるだけのことをしたんです。それ以上のことは言えません」

「できるだけのこと、それはすなわち、横川氏を静かに看取ること、死なせてあげることですね。供述書にもそう書いてある」

検察官がファイルから取り出した書類をルネに突きつけた。チラと見たが、何が書いてあるのかわからない。検察官が冷酷な声で続けた。

「静かにであれ何であれ、被告人は横川氏を死なせることを意図していた。それは取りも直さず殺意でしょう。殺意は怒りや憎しみによるものばかりではない。慈悲の殺意もあるのです。あなたにそれが否定できますか」

猟師体験ツアーで、慈悲の殺害を認めたことが頭をよぎった。それはまちがっていない。しかし……。

ルネは激しく動揺した。身体が震え、息苦しくて、今にも意識を失いそうになった。

「どうなんです。はっきり言ってください」

検察官の声が見えない群衆の怒号を背負っているかのように聞こえた。

「……わかりません」

消え入りそうな声で答えると、検察官は小さく鼻で嗤い、質問を終えた。

15

副看護部長室の自席で、加橋郁子は苛立っていた。

机の前では、井川夕子が叱られた小学生のようにうなだれて立っている。

院長の橘から、内線電話で井川と堀田芳江を呼ぶように言われたのは、ほんの数分前だった。恐る恐る用件を聞くと、「連れてくればわかる」と怒鳴られ、受話器を叩きつけるように切られた。白石の裁判がらみであることはまちがいない。

公判がはじまってから、事務部長の野沢は毎回、部下を傍聴席に送り込み、裁判の成り行きを橘に報告していた。先日は第十回の公判があり、被告人質問が行われたが、裁判の行方がどうなるかは、まったく予断を許さない状況のようだった。

その前の公判では、山際が証言台に立つことになっていたので、事前に副院長の小向が何を証言するのかと問いただしたが、山際は口を割らなかった。それで公判には野沢自身が傍聴に行ったのだが、もどってきた野沢は、青い顔で加橋と小向に院長室へ行くように言った。そこで聞かされた報告は、病院側にとってはまさに青天の霹靂だった。

――井川が看護記録を書くときに、堀田がわざわざ『主治医指示により』と書いておけと言ったというのか。

橋が机を叩かんばかりに怒りを露わにし、野沢は亀のように身をすくめた。橋が激怒するのも無理はない。これまで、白石のカルテには自分の行為を隠蔽する動機があったのに対し、看護記録はそのような意図がない、だから信憑性が高いと判断されていたのが、山際の証言で看護記録にも疑念が浮かび上がったのだ。

報告を受けた翌日、橋は前日と同じメンバーと山際を呼び出し、証言の理由を糺した。

——なぜと言われても困ります。事実を証言しただけですから。

——それがどういう意味を持つか、わかって証言したのか。君も病院の職員だろう。だったら、なぜ病院に不利益をもたらすようなことをする。これは明らかに病院への敵対行為だ。

橋は強い口調で叱責したが、山際は悪びれることなく言い返した。

——たしかに私は病院の職員ですが、被用者であって雇用主ではありません。それに、病院はもっと職員を擁護すべきです。みんな病院のために一生懸命働いているんだから。

——まともな職員ならとことん守る。しかし、白石は家族の意に反して患者を安楽死させた犯罪者なんだぞ。擁護などできるわけがないだろう。

——お言葉ですが、まだ犯罪者と決まったわけではありません。家族の意に反してというのも、はじめからそうだったわけではなく、遺族が賠償金目当てに言いだした可能性が高いのじゃありませんか。それに安楽死だって、白石先生自身は否定しているのだから、もう少し中立的な調査があってもいいでしょう。私が今回の証言をしたのも、病院側があまりに白石先生に冷淡だからですよ。

山際は医師として自分の腕に自信があるのだろう。その上、出世も望んでいない。だから、こんなに強い態度に出られるのだ。

——君の処遇は考えておくから。下がってよろしい。

橘は捨てゼリフのように言ったが、山際は何の痛痒も感じていないようだった。

そのあと橘は、井川と堀田をどう処置すべきか小向と加橋に相談した。小向はすぐに動くべきではないと進言した。動けば山際の証言が重大だと認めることになるからだ。ここはしばらく静観したほうがいい。加橋もその意見に賛成だった。橘は次の公判まで待つと言ったが、今日、ついに決断を下したのだろう。

ノックが聞こえ、堀田が部屋に入ってきた。

「遅くなりました。病棟でちょっと患者さんのお相手をしてましたので」

堀田はいつもどうでもいい言い訳をする。それを無視して、加橋は不機嫌な顔で席を立った。

「院長先生がお呼びなの。わたしもいっしょに行きますから」

井川と堀田を従えて院長室に向かいながら、加橋は副看護部長としてどう振る舞うべきか考えた。管理職である自分は、部下を守る立場にある。同時に、病院の利益を損ねるわけにもいかない。これまで加橋は、できるだけ部下に配慮し、みんなが気持よく働ける職場作りに腐心してきた。そのほうが看護師たちも一生懸命働くだろうし、患者にも喜んでもらえる。ひいては病院の評判を高めることにもなる。それは自分の生き甲斐にもつながることだった。しかし、今、井川たちを守れるだろうか。

井川をかばうことは、橋に逆らうことを意味する。それはできない。橋は患者を研究対象と見がちな大学病院に見切りをつけて、治療に専念できる厚世会に入った立派な医師だ。自分もその理念に賛同したからこそ、橋に忠誠を尽くしてきた。今は心を鬼にする以外にない。

加橋はそう覚悟を決めて、院長室の扉をノックした。

「堀田と井川を連れてまいりました」

橋は眉間に深い皺を寄せ、糊の利いた白衣を翻して応接用のソファに座った。三人に顎で着席を促す。

「例の裁判のことだが、先日、脳外科の山際君が証言台に立ったのは知ってるな。井川君の看護記録について、困った証言をした」

二人をにらみつけるように聞く。

「堀田君。君は井川君が看護記録を書いているときに、どんなアドバイスをしたんだ」

堀田はわざとらしく首を傾げて見せ、「字はていねいにとか、記録は正確にとか」と、まるで見当ちがいの答えをした。橋は苛立ち、途中で遮って訊ねた。

「ミオブロックの静注について、『主治医指示により』と書いておけばいいと言ったんじゃないのか」

「そんなこと言ってません。言うはずがありませんよ。あのころ、井川さんはまだ新米だったので、いろいろアドバイスはしましたが、前にも言った通り、看護記録の内容に口出しした覚えはありません。ねえ、井川さん」

断固とした口調で念を押す。井川が反射的に身を引いた。明らかに動揺している。堀田が何か言いかける前に、橋は井川に答えを迫った。

「どうなんだ。井川君」

院長の険しい口調に、井川はこれ以上ないほど肩をすぼめる。わずかな沈黙のあと、消え入りそうな声で答えた。

「すみません。わたしは、よく覚えていません」

堀田がさらに弁解しかけたが、橋はそれを片手で制し、「君は黙っていろ」と一喝した。堀田はショックを受けたように、口を半開きにしたまま喘いだ。

「君らがここで何を言おうが、裁判で山際が証言してしまった以上、看護記録に疑いが生じたことは動かしようがない。判決がどうなるかはわからんが、場合によっては白石が無罪になる可能性も出てきたということだ。それがどういうことかわかっているのか」

加橋ははっと胸を衝かれた。これはたいへんなことになる。白石が無罪になれば、それで一件落着とはならないのだ。当事者だからわかっているのか。そ
井川の顔色が変わり、小刻みに身体が震えだす。

れを見越したように、橘が冷ややかに言った。

「井川君。今度は君が罪に問われる立場になるんだ」

井川は液体窒素でも浴びせられたかのように固まった。堀田がチラと井川を見る。自分には関係ないという顔だ。

「場合によっては殺人罪、よくても過失致死罪だ。そんなことになれば、病院としても大いに困ることになる」

橘の言わんとすることはこうだ。白石が有罪なら、マスコミは医師である彼女を非難するだろう。しかし、看護師の井川に責任があるとなると、攻撃の矛先は病院に向けられる。マスコミは常に立場の強いものを餌食にするからだ。

「井川君。君はたしか富山の出身だったな。高岡市だと聞いているが」

井川が驚いたように顔を上げた。

「看護学校も地元なんだろう。東京に憧れてこっちに出てきたのかもしれないが、都会は何かと暮らしにくいんじゃないか」

加橋は橘の物言いに息を吞んだ。彼は井川を退職させるつもりだ。今のうちに退職させておけば、井川が罪に問われても、すでにうちの職員ではないのでと批判もかわしやすい。

「裁判の流れは未だ不明瞭だが、いつ検察や警察が動きだすかわからない。浦安にいたら、今度は君がマスコミに追われることになるぞ。そうなれば仕事はもちろん、生活さえままならなくなる。君だけでなく、ほかの看護師たちも取材攻勢を受けるだろう」

「わたしに、やめろとおっしゃるんですか」

井川は不安と心外の目を橘に向け、救いを求めるように加橋を見た。

(病院に協力すれば、悪いようにはしないと言ったじゃないですか)

無言の訴えに、加橋はたまらず目を逸らす。たしかにそう言った。わたしもあなたを守ってあげたい。井川はまじめで素直な看護師だ。だから、期待もしていた。しかし、今はどうすることもできないのだ。

橋の冷ややかな声が響いた。

「やめろと言ってるのではない。私は君のことを考えて言ってるのだ。今後、君がつらい思いをしないですむように」

退職すれば、井川は後ろ盾をなくしてしまう。それはあまりに過酷なことだ。だが、井川が職員であり続けると、病院全体が非難を浴びることになる。何の落ち度もない職員たちも、非難の目に晒される。橋はそれを避けたいと考えているのだ。

(井川さん、わかってちょうだい)

加橋は忸怩《じくじ》たる思いで井川を見た。部下を守れない悔しさ、組織に従わざるを得ないつらさ。いくら言っても言い訳にしかならないだろう。加橋は自己嫌悪を感じながらも、現実の前に屈服せざるを得なかった。

16

「信一君か。例の裁判だがな、いよいよ白石は有罪で決まりらしいぞ」

横川信一は、スマートフォンから聞こえる石毛乾治の声が、妙に弾んでいるのを感じた。

「沼田先生が知り合いの弁護士から聞いた話だが、担当の検事がえらく張り切ってるらしい。マスコミが注目してる裁判だから、本腰を入れてるんだろう。看護記録にケチをつける証言も出たらしいが、大勢に影響はないみたいだ。何しろ、遺族代表の信一君の供述が効いてるからな」

「そうですか。ならよかったです」

信一はあくまで石毛に従順だ。

「ところで、その後、厚子は何も言ってこないか」

「大丈夫です。この前、姉に現金で六百万を渡したあと、母の郵便貯金にも四百万円を振り込んで、振り込み書のコピーを渡しましたから」

浦安厚世病院は、裁判の結果を待たずに信一の口座に賠償金の全額を振り込んでいた。信一はすぐに全額を引き出し、厚子に賠償金を現金で受け取ったと言って、約束の金額を手渡したのだった。

「沼田先生には領収証を二通、用意してもらうからな。厚子には二百万のほうを見せるんだ。俺の領収証はいるか」

「いいですよ、そんな他人行儀な」

「わかった。必要ならいつでも言ってくれ。それから病院のほうだが、そっちは大丈夫だろうな」

「はい。向こうの事務部長も、姉さんの噂は聞いてるみたいで、呑み込み顔でオーケーしてくれました」

厚子が万一、賠償金の額を確かめに来たら、病院側からは明かせないことになっていると説明してほしいと、野沢事務部長に頼みに行ったのだ。厚子が口うるさい家族であることは、野沢も聞いていたようで、わかりましたと了解してくれた。

「それならいいが、あとはくれぐれも信一君の通帳を見られないようにすることだな。それを見られたら、いくら俺でも言い逃れはできんから」

「もちろんですよ」

信一は元義兄の言葉を、悪い冗談だと言わんばかりに受け流した。

通話を終えてから、信一は疲れたため息をついた。すべては石毛の指示通りに進めているが、何か落ち着かない。具体的に疑われているわけではないが、勘の鋭い厚子は不自然なものを感じているようだ。約束の金額を渡すときも、念のため二千万円の現金を持参して目の前に並べたが、「ほんとうにこれで全部なの」と、怪しむような視線を向けてきた。

「あんた、このごろいやに石毛とつるんでるみたいじゃないの」

そんなふうにも聞いてきた。たしかに、白石の件が問題になってから、石毛と会う回数は増えている。

「仕方ないだろ。親父の件でいろいろ世話になってるし、仕事の紹介だってしてもらってるんだから」

当然のように答えたが、厚子は必ずしも納得していないようだった。

石毛からの電話があった日の午後、厚子からも電話があった。どうでもいい話のあとで、不意打ちのようにこう訊ねた。

「あんた、このごろ羽振りがよさそうじゃない」

「何がだよ」

通帳を見せろと言われたらどうかわすか。信一はとっさに理由を考えた。紛失して新しいのを作ってもらっている。いや、紛失はいかにも嘘臭い。通話から気が逸れた瞬間、厚子が思いがけないことを言った。

「祥子さんにいろいろ聞いてるのよ」

「えっ」

思わず声をあげてしまった。祥子にも厳重に口止めしてあるから、不用意なことを洩らすはずがない。そう思ったが手遅れだった。

厚子は電話口で刹那、黙ったあと、確信を込めた声で言った。

「信一。あんた、あたしに何か隠してるね」

＊

そのころ、大牟田寿人は、中央連同病院の事務部長室に呼ばれていた。

事務部長の神谷は応接椅子に腰掛けているが、大牟田は椅子を勧めてもらえず、その場に立ったままだ。神谷がテーブルに広げた手紙を指先で叩いて言う。

「浦安厚世病院の橘院長からクレームが来ています。名誉毀損で訴える準備をしているとあります。原因はこれです」

テーブルからプリントアウトした書類を取り上げ、大牟田のほうに投げて渡す。橘院長と加橋副看護部長の不倫疑惑をあげつらったツイッターだ。いくつものリツイートが並び、断定はしていないが、看護師の証言として、《まちがいない》《腕を組んで歩いているのを目撃した》などとツイートされている。

「あなたが医局のパソコンから発信したものです。先方は発信元を特定して、説明を求めています」

大牟田は一瞥して、とぼけるように歪んだ笑いで答えた。

「これのどこが問題なんです。看護師の証言は又聞きですが、事実ですよ」

というのは、もちろんでっち上げだ。しかし、証言がなかったと証明することは不可能だろう。大牟田はそう高をくくっていたが、神谷のほうが一枚上手だった。

「橘院長の行状については、興信所に調査を依頼しました。結果、院長と副看護部長が特別な関係にあるとは考えられないという報告が届いています。名誉毀損で訴えられた場合は、こちらが敗訴するのはほぼ確実とも言われました。この責任はどう取ってくれるのですか」

「興信所なんかアテにならんでしょう。もっとよく調べてくださいよ。今、院長は白石の裁判で頭がいっぱいだから、愛人にかまってるヒマがないだけじゃないですか」

強気に言ってみたが、神谷は倦《う》んだように首を振っただけだった。

「それに厚世会のＫＳＳという取次会社の件も、あなたが言っているほど悪辣な利鞘稼ぎはしていないようです。ほかのスキャンダルも、調べてみたらいずれもウラが取れませんでした。先生にはネガティブ・キャンペーンの情報をお願いしましたが、ガセネタを頼んだ覚えはありません」

「ガセネタって、私は少しでも連同病院のお役に立ちたいと思ったから……」

大牟田が不本意だとばかりに言いかけたが、神谷の露骨なため息で遮られた。

「弁解はけっこうです。とりあえず先生はしばらく医局でおとなしくしていてください。処遇については、後ほど考えますから」

「処遇、というのは」

「だから、後ほど考えます。どうぞお下がりください」

一方的に言われて、大牟田は憤然と事務部長室を出た。

バカにしやがって。何が処遇を考えるだ。もしも雇用契約を破棄しようものなら、こっちこそ労基署に訴えてやる。

大牟田は医局の当直室に直行し、怒りに任せてベッドに横になった。腹が立つ。やはり自分は病院組織にはなじまない。また、麻酔科のバイト医にでももどるか。

そう考えていたとき、ポケットでスマートフォンが震えた。ディスプレイには見知らぬ番号が並んでいる。局番は実家のある栃木県芳賀《はが》郡の番号だ。

「もしもし」

通話ボタンを押して耳に当てると、思いがけない相手が出た。

「こちら、茂木《もてぎ》病院の内科の岡田《おかだ》と言います。大牟田久代さんのご家族のケータイでまちがいありませんか」

「はい」

不吉な予感が走った。息を呑む間もなく、相手は深刻な声で言った。

「今朝方、大牟田久代さんが脳出血で倒れられました。こちらの病院に搬送しましたが、現在、意識不明の重体です」

17

裁判は前回の被告人質問で証拠調べを終了し、結審までに検察官による論告求刑と、弁護側の最終弁論を残すのみとなった。

十月二十一日。第十一回公判で行われる論告求刑の前に、寺崎は「前もって注意しとくけど」と、ルネに控え室で耳打ちをした。

「検察官はとんでもない話をでっち上げてくると思うけど、気にしちゃだめよ。論告求刑は、検察側の一方的なストーリーで、とにかく裁判官に有罪判決を出させるためだけに組み立てたフィクションなんだからね」

「あることないこと言うってことですか」

「検察側には事実なんか関係ないのよ。起訴したからには、有罪判決を取りつける。しかも、できるだけ厳しい内容で。それがすべてなの」

裁判はほんとうのことを裁いてくれるのではないのか。ルネは深い諦念と、世間知らずな自分の甘さに、言いようのない落胆を嚙みしめた。

ルネたちが被告人席に着き、開廷が告げられると、検察官は裁判長に促されて論告求刑書を堂々たる口調で読み上げた。

寺崎が言った通り、その内容はいったいだれの話かと思えるほど、事実からかけ離れたものだった。よくもまあ、こんなデタラメを裁判官の前で臆面もなく言えるものだ。自分たちに都合のいいことばかり並べて、恥ずかしくはないのか。

ルネは険しい視線を向け続けたが、検察官は完全に無視して、これぞ事件の真相だと言わんばかりに胸を張って朗読を続けた。そして最後にこう主張した。

「被告人は、善意のつもりであったのかもしれませんが、善意だからといって、これを黙過すれば、今後、医師による恣意的な尊厳死や安楽死が横行する事態を招きかねません。尊厳死と安楽死が法制化されていない現在、不十分な手続きでなされたそれを野放しにするわけにはまいりません」

一呼吸置いて、まるで神の託宣でも告げるように言った。

「以上の事情を考慮し、相当法条適用の上、被告人を、懲役五年に処するのが相当であると考えます」

検察官は読み上げた書類を裁判官に提出し、どうだというように薄笑いをルネに向けた。

医師として持てるかぎりの力を尽くして行った治療が、懲役五年に値するというのか。ルネの胸に深い絶望感が込み上げた。

「相手にしちゃだめ。行きましょう」

寺崎に促されて、ルネは被告人席から退出した。

四週間後に開かれた第十二回公判の最終弁論は、ルネにとって最後の自己主張のチャンスだった。寺崎はルネと十分な意見交換をしたあと、最終弁論は自分に任せてほしいと言った。ルネが自分で思いの丈を主張したい気持はわかるが、そうすると裁判官にはどうしても自己弁護、下手をすると言い訳に聞こえてしまう。それより弁護人が訴えることのほうが共感を得やすい。ルネ自身が沈黙していれば、被告人は何も発言できない弱い立場という印象を与えることもできる。

ルネは寺崎の申し出を受け入れ、その代わりに最終弁論の書面は、彼女が納得いくまで練り上げるよう求めた。要点は検察官の論告の過ちを厳しく指摘すること、さらには、本件が高度な医学的判断に関わるもので、表面的な状況のみを取り上げると判断を誤ることを、裁判官に理解させることである。

寺崎はまず、ルネの人となりから陳述をはじめた。ルネがカテーテル治療の専門家として、多くの患者を救ってきたこと、患者や家族からも親切で面倒見がよいことに定評があったことなどを述べ、横川達男の治療についても、脳卒中センターに移ってから死亡の日まで、ずっと病院に泊まり込んで、献身的に治療を続けたことを強調した。

検察官が批判した脳波などを取らなかったことについては、こう反論した。

「横川達男氏は、病院到着時には心肺停止状態にあり、十分以上も無酸素状態に置かれていました。心拍は再開したものの、患者をずっと診てきた主治医にとって、ほぼ脳死の状態であることは明らかであり、深昏睡《しんこんすい》、角膜反射の消失等の所見から、脳波がフラットであることはすでに疑いようのない状況でした。その上で脳波の検査を求めるのは、単なる手続きにすぎません。死に瀕している患者に、そのような形式的な検査を行うのは、非人間的な行為と言わざるを得ません」

治療の中止をルネが単独で決断したという批判に対しても、次のように反論した。

「気管チューブの抜管は、患者の死を意味し、そのような重大な決断について、それま

でしょうか。治療の中止は、患者の臨終を悲惨なものにしないためのものであって、家族に対しても、患者との最後の別れをできるだけ穏やかにするためのものです。そのような決断を、責任をもって下せるのは、主治医をおいてほかにあり得ません。第三者の医師が、事なかれ主義や、医師自身の保身から、治療の継続を求めたら、悲惨な延命治療は避けられないからです」

ミオブロックの投与に関しても、寺崎は鋭い解釈を披露した。

「被告人がミオブロックの静注を指示することは、ぜったいにあり得ないことです。被告人自身、ミオブロックの使用を示唆した山際医師に対して、静注すると安楽死になるから、それは許されないと明言しています。可能性としては、介助についた看護師が、指示を取りちがえて静注したことも考えられますが、いずれにせよ、ミオブロック投与の目的は、横川氏のうめき声を止めることであり、被告人、看護師の両者ともに同氏を死なせる意図は毛頭ありませんでした。実際、横川氏の死は多臓器不全によるもので、ミオブロックが直接の死因となった根拠はどこにも見いだせません。それにもかかわらず、本件を殺人罪として取り扱うのは、甚だしく合理性を欠くものと言わざるを得ません」

さらに寺崎は検察官の悪意に満ちた最後の主張にも論駁《ろんばく》した。

「医師は患者の命を預かっているのです。命を救う専門家である医師が、それを軽々しく扱うことなど、あり得るでしょうか。不十分な手続きを容認すれば、医師による恣意的な尊厳死や安楽死が横行するなどという猜疑《さいぎ》は、誠心誠意、患者の治療に尽くしている医師に対する侮辱、いえ、冒瀆《ぼうとく》にも等しいものです」

そこで寺崎は用意した文書から目を上げ、まっすぐに裁判長を見つめて言った。

「人の死は、神聖かつ厳粛なものです。人生の総決算であり、締めくくりであります。形式上の手続きを優先して、非人間的な検査を行ったり、患者の治療に深い関わりのない第三者から合意を調達したりすることが、ふさわしいとはとても思えません。人の命はかけがえのないものではありますが、だれしも死を拒絶することはできません。であれば、せめてそれを穏やかなものにするのが、医師の務めではないでしょうか。それを容認しないとなれば、医師は患者を悲惨な延命治療に導く残忍な案内人にならざるを得ません。患者と家族と医師自身にとって、こんな過酷かつ不合理なことがあるでしょうか」

熱意を込めた問いかけに、裁判官は表情を動かさなかったが、傍聴席には明らかに共感の空気が広がった。寺崎は静かに言葉を継いだ。

「医療の現場には、常に不確定要素があり、予測不能な事態も起こり得ます。特に今回の事例では、抜管後に患者がうめき声をあげるという思いがけない状況が発生し、被告人はその場で必死に考え、可能なかぎり望ましい処置を施しました。それを結果論的な判断で、法の枠に当てはめることは、断じて適切とは考えられません。あの場面で、いったいだれが、被告人がとった以上の対応ができたでしょう。被告人の脳裏にあったのは、患者と家族のためによかれという思いだけでした。一〇〇パーセントの善意からベストを尽くした被告人を、殺人罪に問うのはあまりに過酷であり、理不尽と言わざるを得ません。万一、被告人の処置が殺人罪に当たると判断されたなら、医療現場は大混乱に陥り、適切な治療が行われなくなる危険性も無視できません。被告人および、横川氏の臨終に関わった医療者に、殺意はもちろん、悪意は皆無であって、被告人らの行為はすべからく、善意から出たのは明らかであります。以上により、被告人は無罪であることを、強く主張いたします」

寺崎は陳述を終えたあとも、五秒ほど動かず、真摯な目線を裁判長に向け続けた。厳粛な空気が広がり、傍聴席が静かな感動に包まれるのをルネは感じた。寺崎はルネが思っていた以上の熱い弁論をしてくれた。

検察官席を見ると、二人の検察官は仏頂面で目線を手元に落としている。今度はこちらが余裕の笑みを向ける番だ。そう思って微笑んだが、年長の検察官は被告人席を見ようともしなかった。

寺崎が自席に着くと、裁判長がルネに話しかけた。

「これで審理を終わりますが、被告人は最後に何か述べておきたいことはありますか」

ルネは大きく首を振って答えた。

「いいえ。弁護人にすべてお任せしていますので、付け加えることはありません」

裁判長はひとつうなずき、陪席の裁判官と日程を打ち合わせてから全員に告げた。

「それではこれで結審とします。判決の言い渡しは、年明けの一月十三日、午後にこの法廷で行います」

「起立」

廷吏の号令に、ルネは勢いよく立ち上がった。

18

「それじゃ、お大事に」

「ありがとうございます。年末のぎりぎりまで診察してもらって、ほんとに助かりますよ」

「だって、病気には年末も年始もないでしょう。どうぞ、よいお年をお迎えください」

十二月三十日。午前診の最後の患者を、ルネは明るい笑顔で送り出した。

二階の院長室から下りて来た矢口が、「終わりましたか。お疲れさま」と、ねぎらいの言葉をかけてくれた。年内の診察はこれで終わりなので、すでに白衣は脱いでいる。

「矢口先生。今年はいろいろお世話になり、ありがとうございました。わたしのような立場の者に診察の場を与えていただき、ほんとうに感謝しています」

「こちらこそ、白石先生に来ていただいて大助かりでしたよ。先生の熱心なことには、ほんとうに頭が下がります。裁判の結果も気になるでしょうに」

もちろん気にはなる。だが、いざ白衣を着て患者を前にすれば、雑念は消える。目の前の患者は、病気の不安を抱え、医師である自分を信頼してくれているのだ。よけいなことを考える余裕などない。

「わたしはこうして現場にいられることが、何よりの喜びなんです。だから、矢口先生には心から感謝しています。今夜はささやかですが、そのお礼の気持です」

この日、午後七時からルネは忘年会を計画していた。場所は寺崎の事務所にも近い千葉駅近くの中華料理店。招待客は矢口のほか、寺崎、速水、そして敏明だった。山際にも声をかけたが、先約ありとのことで残念ながら欠席だった。

ルネのマンションに泊まる予定の敏明とともに、開始の十五分前に会場の個室に行くと、すでに速水が先に来ていた。

「ああ、お父さんはどうぞ奥へ」

速水が素早く席を立って、敏明を奥へ通そうとする。

「いや、今日はお世話になった皆さんが主賓だから」と、敏明は遠慮して手前に座った。

そのうち、矢口が現れ、時間に五分ほど遅れて寺崎があたふたとやってきた。

「遅れてごめんね。わたしってどうしていつもこう忙しいんだろ。大掃除もおせちの準備も、年賀状もまだ書いてないのに、ずっと雑用に追われてるのよ」

「お忙しいところ、すみません。寺崎先生には少しでもお礼がしたくて無理を申し上げました」

ルネが恐縮すると、寺崎はさっさと奥の席に座り、「いいのよ。白石さんもよく頑張ったものね。今日はパーッと楽しくやりましょう」と、明るい声を出した。

ビールで乾杯のあと、豪華な中華料理を楽しみながら、話題は自然と裁判のことに向かう。敏明が姿勢を正して、寺崎に言った。

「寺崎先生の最終弁論には、思わず涙がこぼれそうになりました。ルネのことをこんなに深く理解し、力強く弁護してくださったことに心から感謝いたします。もし、これで有罪判決が出ようものなら、世の中、もう真っ暗闇です」

「その通り」と、矢口も続いた。「寺崎先生の弁論には、私も感動しました。あれで心を動かされない者はいないでしょう。我々医療者が、常に直面している医療の不確定要素にも言及していただき、実に説得力がありました」

「しかし、実際のところ、無罪を勝ち取る見込みはどれくらいなんでしょう」

速水が編集者らしく冷静に寺崎に訊ねた。

「五分五分としか言いようがないわね。人事を尽くしたのだから、あとは天命を待つのみよ」

「と言いながら、ほんとうは手応えありなんでしょう。次の公判で無罪判決が出て、あの気取ったエリート面の検察官が、悔し紛れに歯ぎしりするのが見えるようですよ」

速水が早くも紹興酒で赤らんだ顔を緩めると、寺崎はグラスをテーブルに置き、声を落とした。

「でも、少し気になることがあるの。最後に裁判官が白石さんに質問しなかったでしょう。それがちょっとね」

ルネも箸を置いて寺崎に訊ねた。

「有罪判決のときは、質問しないことが多いんですか」

「そうともかぎらないけれど、質問がないということは、裁判官の心証がほぼ固まっているということだからね」

「寺崎先生の最終弁論の前に決まっているとしたら、不利ということか。うーむ」

速水がグラスを持った手を止めて唸ると、矢口がフォローした。

「でも、寺崎先生の弁論で、最後に心証が変わったかもしれないじゃないですか。その可能性はあるでしょう」

「たしかに」と、ルネがあとを引き継いだ。

「実は、数日前に『週刊時大』の宇野さんが会いに来たんです。わたしに謝罪したいと言って」

「謝罪？」

速水が警戒するような目線を向ける。

ルネはそのときのことを詳しく話した。宇野はもともとルネの行為に批判的だったが、それは検察と同じような見方をしていたからで、ジャーナリストとしては当然のことだと説明した。しかし、裁判の傍聴を続けるうちに、現場の実情や、医療的な判断が徐々にわかってきて、疑問を持つようになった。決定的だったのは寺崎の最終弁論で、そこから宇野は新たな取材をはじめたらしかった。

「宇野さんは、わたしが診ていた患者さんやご家族を順にまわって、話を聞いたらしいの。そしたら、わたしのことを悪く言う人はだれもいなくて、亡くなった別の患者さんのご遺族も、わたしには感謝の言葉しかないと言ってくれたそうなの。病院でもいろいろ調べてくれて、看護師さんや技師さんは、わたしが自分の都合で治療を早く終わらせるようなことはぜったいないと証言してくれたらしい。結局、わたしを悪く言っているのは、病院の幹部と横川さんのご遺族だけだとわかったのよ。だから、もう一度、横川さんの最期についても、一から取材をしなおしたいと言ってた」

「それは意外だな」

速水が少し気を許したように目の前の料理に箸を伸ばす。大ぶりのエビチリを頰張って言う。

「そう言えば、この前の公判で、宇野は閉廷したあとも傍聴席から立たずに、じっと考え込んでいるみたいだった。あれは自分の取材方針がまちがっていたと感じてたのかもしれないな。あれほどルネを悪意の目で見ていた宇野が、寺崎先生の最終弁論で気持を変えたとしたら、裁判官だって影響を受けないはずはないよ、うん」

ひとり合点するようにうなずく。敏明も矢口も同じ思いのようだ。ただ、寺崎の浮かない表情は変わらない。

「そうだといいけどね」

寺崎は眼鏡の奥に笑みを見せたが、どことなく力がなかった。

19

判決の言い渡しが行われる一月十三日の朝は、新春らしい晴天で、濃紺の青空が眩しいほどだった。

年末年始を娘のマンションで過ごした敏明は、三が日が終わるといったん諏訪市にもどり、昨日、ふたたび浦安に来て、今朝はルネといっしょにオルガが好きだったライ麦パンとカッテージチーズの朝食を摂った。

ルネは自らの潔白を示すため、白のスーツを用意していたが、袖を通す前に糸のほつれを見つけてハサミで切った。ストッキングは伝線が行かないように、注意しながら引き揚げる。そんなことをしながら、緊張しているのを感じる。

「こういうとき、オルガならどう言うだろうな」

リビングにもどると、敏明がつぶやき、ルネを見て軽く微笑んだ。母親のことを思い出させて、気持をほぐそうとしているのだろう。合理的で性格の強いオルガなら、無駄に緊張したりはしないだろう。

「ママなら、今日のお昼ご飯はどこで食べようかって、言うかもね」

ルネも父親に笑みを向ける。たしかにそのほうが現実的な問題だ。

ふと、子どものころの記憶がよみがえった。ルネが十歳のとき、お気に入りだったアニメのフィギュアを公園に持って行って、だれかに盗られたときのことだ。敏明はまた買ってやるよと言ったが、ルネは涙をこらえ、いらないと答えた。公園に持って行って、みんなに見せたりした自分が悪いのだからと。それを聞いて、オルガがルネを抱きしめた。

――えらい。それでこそわたしの娘よ。

ルネを見つめ、心底、嬉しそうにうなずいた。オルガは自分の強さが、娘にも受け継がれているのを感じたのだろう。そのことを思い出して、ルネは少し気持が落ち着くのを感じた。

早めにマンションを出て、敏明と電車で地裁に向かった。二人に注目する乗客はいない。周囲から妙な目で見られないことに、ルネは安堵した。有罪、無罪、どちらの判決が出るにせよ、できれば騒がれたくない。早くこのゴタゴタから解放されて、診療に専念したい。それがルネの本音だった。

地裁の控え室に入ると、寺崎はまだ来ていなかった。彼女は次の裁判の準備に忙しいらしく、正月三が日も事務所で仕事だと言っていた。

時間ぎりぎりになって、敏明が傍聴席に移ると、入れ替わりに寺崎が控え室に入ってきた。彼女も勝負服らしい派手な黄色のスーツ姿だ。

「いよいよね。白石さんは大丈夫？」

「はい」

寺崎の問いかけに、ルネはふと不安を覚えた。大丈夫かと聞くのは、有罪判決に備えろという意味か。いや、寺崎は安易に「きっと勝つ」などと言う弁護士ではない。どんな判決でも動揺しないようにと、気遣ってくれているのだ。

廷吏が呼びに来て、法廷に入ると、傍聴席は初公判のときと同じように満席だった。腕章を着けた報道関係者が前列に陣取っている。左手には敏明と速水、中央に椅子からはみ出しそうな宇野の巨体も見える。検察官席では二人の検察官が、無言で手元のファイルを見つめている。

裁判官が入廷し、廷吏が全員に起立を求めた。裁判長の浅尾が着席し、事案の番号を読み上げて開廷を告げた。

「それでは判決を言い渡します。被告人は証言台へ」

ルネは胸を張って裁判長の正面に立った。

浅尾が黒い法服の袖を軽く振って、判決文を入れた紙挟みを開いた。改めて人定質問が繰り返される。その流れのまま、判決文が読み上げられた。

「主文。被告人を懲役三年に処する。この裁判確定の日から五年間、その刑の執行を猶予する。訴訟費用は被告人の負担とする」

一瞬、法廷に空白が広がり、時間が凍結した。殺人罪の有罪判決。懲役三年。その言葉が脳腫瘍の診断の告知のように響いた。これまでは言う立場だったが、今は自分が言われたのだ。動かしがたい現実が目の前にそそり立つ。

茫然と見開いたルネの瞳には、何も映っていなかった。時間が消え、音が消え、思考さえ消えたように感じた。

「判決理由は長くなりますから、被告人は座ってください」

辛うじてその意味を理解し、へたり込むように着席した。傍聴席から何人かが出て行く。おそらく報道関係者だろう。弁護人席に目を向けると、寺崎が厳しい表情で裁判長を見つめていた。浅尾は寺崎に一顧だに与えず、浅黒い貧相な顔を手元の文書に向けた。

「罪となるべき事実。……白石医師は……クモ膜下出血の発作による低酸素脳症で、意識が回復しないまま入院した横川達男、当時六十六歳に対し、……治療を早期に終わらせたい気持を抱き、……」

判決の理由はほぼ検察側が主張した通りの内容で、弁護側の主張はほとんど退けられていた。治療の中止に家族の合意があったことは、カルテや看護記録にも明記されていたのに、カルテの記載はルネがこの件が公になったときに備え、自己保身のためにあらかじめ虚偽の記載をした疑いが否定できないとされ、看護記録もカルテからの引き写しの可能性があるので、十分に信用することはできないと断じられた。死亡診断書もルネが安楽死を隠蔽する意図により作成されたもので、虚偽の可能性が高いと判断せざるを得ないとされた。

厚子が自ら父親の気管チューブを抜こうとして、治療の中止を求めたのも、大量の下血を見て錯乱した発作的な行為であって、冷静な判断とはいえないと退けた。さらには、ルネがそれを好機と捉え、いわば厚子の錯乱を悪用する形で、家族に治療の中止を受け入れるよう誘導したと断定された。

ルネたちが決定的な証拠と期待した山際の証言については、浅尾はこう論じた。

「山際医師の証言は、看護記録に疑念を抱かせるものではあるが、記録そのものが虚偽であるとまでは言えず、経験の浅い井川看護師が、先輩である堀田看護師に意見を求めるのは自然なことであり、堀田看護師が主治医の指示であることを明記するよう勧めたのは、実際、その指示があったからだと考えるのが妥当である」

そんなバカなと、ルネは浅尾の言葉が信じられなかった。山際の証言は、明らかに堀田のアドバイスが、井川の勘ちがいの責任をルネに押しつけるものだったと証明していた。それを無視して、さしたる意味がないように解釈するのは、ルネに対する悪意としか思えない。

――浅尾宗介さんは、どうも医者嫌いらしいのよね。

寺崎の言葉がよみがえった。そんな個人的な好き嫌いで判決が下されるのか。

「いかなる場合も医師は患者の救命を最優先にすべきであるにも拘わらず、……生命の短縮を認める本人の明示的意思表示もないまま、……家族にはことさら悲観的な情報のみを与えて、治療継続の望みを強引に絶たせ、……気管チューブを抜いたあと、被害者が苦しみだしたにも拘わらず、酸素マスクを使用することもなく……、鎮静剤の投与で被害者を絶命させることができなかったため、筋弛緩剤の投与により、被害者を窒息させて殺害したものである……」

述べられる判決理由は、事実誤認、素人判断、現実をまったく理解しないきれい事の連続だった。世間的にはこれで通るのかもしれない。しかし、医療の現場で、実際に刻々と状況が変化する中で、こんな机上の空論みたいな建前論が通用するはずがない。そもそも心肺停止の状態で入院した患者に、生命の短縮を認める意思確認などできるわけもなく、また、死を目前にした患者に、酸素マスクを使用することなど、医学的には何の意味もないことだ。

――あなたは何もわかっていない。

ルネは浅尾にありったけの強い目線を当てたが、浅尾の土気色の顔は心のない自動人形のようだった。

「……以上の諸事情を十分に考慮した結果、被告人を主文の刑に処した上、その刑の執行を猶予することとするが、刑責の重大さに鑑み、猶予期間は法律上許される最長期の五年とするのが相当である」

量刑の理由を述べて、浅尾は判決文を閉じ、閉廷を告げた。

ルネが被告人席にもどると、寺崎が目をしょぼつかせるようにして言った。

「ごめんなさい。わたしの力不足だったわ」

「いいえ。それはちがいます……」

首を振ったが、ルネはそれ以上の言葉を口にすることができなかった。

20

控え室にもどると、速水と敏明がやってきた。

速水は寺崎の顔を見るなり、我慢しきれないという口調でまくしたてた。

「寺崎先生。こんな判決ってあるんですか。判決理由は素人の僕が聞いたっておかしいことだらけだし、医療現場の実態をまったく無視してるじゃないですか。看護記録も堀田看護師のアドバイスで明らかに作為があった『主治医指示により』はそのまま受け入れたくせに、ルネに有利な箇所はカルテの引き写しだから信用できないなんて、あまりに一方的な判断じゃないですか」

「たしかにね」

寺崎は同意はしたものの、すでに結果が出てしまってはどうしようもないという顔だった。

「もちろん控訴しますよね。こんなバカげた判決は、断じて受け入れられない」

速水が頭の中が沸騰したように息巻くと、寺崎は反対に冷え冷えした声で訊ねた。

「白石さんはどうしたい」

「はあ……。今はまだ」

ルネは判決の内容を受け止めることができず、すぐには答えを出せなかった。敏明は速水の後ろから心配そうに娘を見守り、彼自身もつらい現実に耐えているようだった。

裁判所の玄関を出ると、待ち構えていた報道陣がルネたちを取り囲んだ。フラッシュを焚き、マイクを突きつけ、コメントを取ろうとする。速水は予測していたのか、ルネをかばうように報道陣を押しのけ、強引にタクシーを止めて、敏明と寺崎とともに後部座席に押し込んだ。自分は助手席に座り、とにかく出してくれと運転手に頼んだ。

後ろから追ってくる車がないことを確かめてから、速水は寺崎の事務所に向かうよう運転手に告げた。

事務所に着くと、受付の女性が残念そうな表情でお茶を用意してくれた。寺崎は「わたしはコーヒーがいい」と、コーヒーメーカーに常備してある作りおきから自分のカップに注いだ。

テーブルの上には、相変わらずファイルや書類が山積みだったが、ルネの裁判以外の資料らしきものも多くまざっていた。

「寺崎先生。ほかの裁判のご準備もあるのでしょう。わたしたちはすぐお暇《いとま》しますから」

ルネが気遣うと、寺崎は立ったままコーヒーを啜り、首を振った。

「いいのよ。今日は特に予定ないし、たぶん、ほかの仕事は手に着かないだろうから」

応接用のソファに座り、「ふう」と大きなため息をついた。

速水も判決から時間がたって、興奮が抑うつ気分に入れ替わったのか、出された日本茶を黙って見つめている。今後のことを考える気力は、まだだれの胸にも湧かず、しばらく宙ぶらりんの時間が過ぎた。

インターホンが鳴り、受付の女性が応答する前に、寺崎が早口に言った。

「マスコミの取材ならお断りよ」

「承知しました」

受付の女性がインターホンに返事をすると、相手は「『週刊時大』の宇野と申します」と名乗った。宇野と聞いて寺崎がどうすべきか目顔で問い、ルネが一瞬答えあぐねると、インターホンの声が続けた。

「取材に来たのではありません。山際先生もごいっしょなんです」

それならと、ルネがうなずくと、寺崎は「入ってもらって」と、受付の女性に言った。

「失礼します」

XLサイズの黒のスーツの前をはだけ、大柄な宇野がせわしなく入ってくる。後ろから長身の山際が深刻な顔で現れ、寺崎に軽く会釈した。

「山際先生。傍聴席にいらしたんですか」

「俺も判決が気になってたからな。しかし、まったく何なんだ、あの判決は」

憤然と言い、受付の女性に一礼して、宇野とともに用意されたパイプ椅子に座った。

座ると、今度は宇野がまくしたてた。

「今日の判決は、まさに裁判の偏向、専門知識の欠如を露呈したものです。現場を知らない裁判官が、同じく素人の検察官の論告を鵜呑みにして、世間受けする建前論に終始して下したものとしか思えない。傍聴席に山際先生がいらっしゃったので、声をかけさせてもらったら、先生も同じ意見でした。今日の判決が医療界に及ぼす悪影響は、とても見すごすことができない。即日控訴して、断固、闘うべきです」

速水が瞬きを繰り返しながら宇野を見る。彼の豹変ぶりが、今なお信じられないという面持ちだ。しかし、ルネは年末に宇野がわざわざ謝罪に来たことが、本心だったのだなという思いを強くした。

山際が宇野の言葉にうなずいて、危機感をにじませた。

「こんな判決が出るようじゃ、現場の医師はもう救急蘇生をしなくなるぞ。心肺停止で運ばれてきた患者に、手を出さなければ無罪、下手に蘇生させて、ひどい状況を避けるために治療を中止したら殺人罪になるんだからな。助かる命も助からなくなる。それでいいのか」

その場に深刻な空気が流れる。山際の言葉に、ルネは今回の判決が、自分ひとりの問題ではないことを感じた。

山際はさらに寺崎に強い口調で訴えた。

「白石のやったことは、手続き上の不備はあったかもしれませんが、基本的にはまちがっていません。彼女はまだ若いから、経験が不足していただけで、重症の病気を扱う医師は、遅かれ早かれ直面する状況です。方法や程度に差はあっても、日本中の病院で、実質的な尊厳死や安楽死が行われているのは事実です。それなのに、白石のケースだけを取り上げて、有罪判決を下すのは明らかにまちがっている。私は世の中が公平だとも、公正だとも思っていないが、均衡は保たれなければならない。その意味でも、ぜひ、控訴して白石に力を貸してやっていただきたい。どうかお願いします」

速水も興奮がよみがえったように口を開いた。

「今回の判決は、医療現場に無理やり法律の定規を当て、その目盛りで計ったものですよ。そんなものが容認されたら、医療現場は大混乱に陥るのは目に見えている。それで苦しむのは、医療者ではなく患者です。だれもが迎える死について、こんな杓子定規な建前論で割り切っていていいんですか。あの浅尾という裁判官に言ってやりたいですよ。あなたが死ぬとき、医者が治療を中止せず、無理やり苦しみを引き延ばされてもいいんですかって」

「ほんとよね」

寺崎が苦笑すると、山際が憤懣《ふんまん》に堪えないようすであとを引き取った。

「裁判官だけでなく、安楽死法に反対している連中にも言いたいね。彼らだって死ぬに死ねない状況で、苦しみだけが引き延ばされたら、頼むから死なせてくれと懇願するに決まってるんだ。実際にそういう状況になっても、命は尊いなどと言える人間がどれだけいる？　現場の医者は、明らかに死なせてやったほうがいい患者が存在することを知っている。だが、それを口にすると、すぐ命を見捨てるのかとか、患者に死ねと言うのかとか、正義を振りかざす連中がいるから、だれもが黙り込んでいる。白石は勇気をもって自分の正当性を主張したんだ。だから、断じて引き下がるべきではない」

「同感です」

宇野が低く押し出すように同調した。「少し前まで、私も正義を振りかざす側の人間でした。しかし、今、この裁判を傍聴し、寺崎先生の弁論を聞いて、一八〇度、考えが変わりました。オランダで安楽死法が成立したのも、その二十年以上も前から、勇気ある医師たちが、自らの危険を顧みず、ひたすら患者のために、安楽死を実行してきた過去があったからこそです。そういう意味で、白石先生の行為も大いに意義のあるものです。だれもが安らかな最期を迎えられるように、白石先生はどこまでも闘うべきです」

宇野の言葉に、山際と速水が大きくうなずいた。寺崎も同じ目でルネを見ている。

それまで黙っていた敏明が、ルネの前に来て娘の肩に手を当てた。

「ルネ。つらいだろうけど、頑張ってみたらどうだ。正しいことを貫くのは、たいへんだけれど、大事なことだぞ」

その場にいる全員の熱意がひしひしと伝わってくるようだった。判決の言い渡しから身体を押さえつけていた見えない重りが、幻のように消えていく。

「わかった。わたし、やってみる」

ルネは敏明を両腕に抱えて、その分厚い背中を抱きしめた。

ハグを終えてから、寺崎に言った。

「先生。控訴の手続きをお願いできますか。もう一度、わたしの主張を訴えてみます。現実を知る者が口を開かなければ、状況は変わらない。誤解されても、誹謗されても、わたしは自分の信じる道を主張し続けます」

宇野が忠実な友人のように身を乗り出す。

「私も及ばずながら文筆で応援しますよ」

山際と速水も口々に言う。

「俺もいつでもまた証言してやるよ」

「控訴審なら裁判官も変わるから、逆転無罪もあり得るだろう」

寺崎も立ち上がって、執務机のパソコンを起動させた。

「じゃあ、早速、控訴するわね。もう一度、戦略の練り直しよ。ああ、また忙しくなるわ」

不本意な判決から数時間、ルネは早くも新たな闘志が湧くのを感じた。道のりは長く険しいだろうが、運命に身を委ねる以外にない。自分のためにではなく、これまで多くの人がしてきたように、大義のために。

そう思うと、急に空腹を感じ、昼食をどうするか考えていなかったことにルネは苦笑した。

エピローグ

白石ルネに懲役三年、執行猶予五年の判決が出たとき、大牟田寿人は、自分が事件発覚のきっかけになったことなど意識する暇もないほど、診療所開設の手続きに忙殺されていた。

母親の久代が脳出血で倒れたという報せを受けたあと、彼はすぐさま故郷にもどり、母親が入院している病院に駆けつけた。幸い、久代は翌日には意識がもどり、左半身の麻痺は残ったものの、二カ月余りの療養で退院することができた。

その間、大牟田は中央連同病院をやめ、自ら母親の治療に専念するため、故郷で在宅医療のクリニックを開くことを決意した。数年前、院長が亡くなって閉院した医院が近くにあり、院長の遺族に頼んで施設を使わせてもらうことにしたのである。橘が名誉毀損の訴訟を準備しているというのは、中央連同病院に対するブラフだったらしく、その後の動きはなかった。

医院を開くとなると、必要なのは看護師だ。ハローワークで募集をかけると、どこで聞きつけたのか、堀田芳江が応募してきた。浦安厚世病院は退職したという。白石の件で主任に抜擢されたが、脳外科の山際が裁判で余計な証言をしたため、脳卒中センターから地域連携室に移されて、面倒な業務に追いまくられたらしい。同じ看護師の井川夕子が院長のパワハラで病院をやめさせられ、堀田もこのまま居残っても冷遇は明らかなので、自分から見切りをつけたのだという。

「あたし、こう見えてもお年寄りのお世話は得意なんですよ」

面接で意味ありげに笑う堀田を見て、こいつは何を考えているのかと怪しんだが、ほかに応募してきたのが七十歳のベテランすぎる看護師だったり、緊急対応は無理というパート志望だったりのため、とりあえず試用ということで堀田を雇うことにした。

堀田は大牟田の母親の病気のことも知っていて、実家に来て久代の世話を甲斐甲斐しく手伝ってくれた。下心がミエミエだとしても、当面、助かるのも事実で、大牟田も四十代後半という年齢を考えると、いずれ老いの孤独に見舞われるのは明らかだ。そうなったときのことを考えているとすれば、自分も堀田の下心をとやかく言えた義理ではない。そんなふうに考えるのは、もしかして堀田を受け入れる気になっているのかと、我ながらびっくりした。

大牟田が母親に元同じ病院にいた看護師だと紹介すると、久代はそれだけで堀田に好印象を持ったようで、「よろしくお願いします」と、不自由な左手をかばいながら頭を下げた。

この先どうなるかはわからない。だが、当面は堀田を正式に雇用して、あとは成り行き任せにするしかない。そう思うと、大牟田はいつになく気分が浮き立つのを感じるのだった。

＊

白石の有罪判決をだれよりも待望していた浦安厚世病院の幹部たちは、思わぬ事態に困惑していた。判決理由で、免責事項にあたる病院の管理体制の問題が指摘されたため、保険金の受け取りがむずかしくなっていたのだ。事件が白石の単独行動ではなく、小向と加橋への報告が正式なものと認められたからだった。

保険金が出ないとなると、それを請け合った事務部長の野沢は橋の信頼を失い、橋もまた厚世会の本部に見通しの甘さを露呈することとなる。予定されていた本部での理事就任も白紙にもどされ、橋はランクの低い地方病院に飛ばされるか、本部で飼い殺しにされるかのどちらかだろう。

野沢は表向きは橋に忠誠を尽くすそぶりを続けながら、新しく院長になった元外科部長にすり寄って自らの保身を図った。そこでしか生きていけない彼にすれば、当然のことである。

橋が院長を辞したのと同時に、副院長の小向もまた任を解かれることになった。本部からその通達が届くと、小向はあっさりと病院をやめ、生命保険会社の社医に転職した。六十歳をすぎた彼は、老眼で手術が困難になっており、現場で厄介な患者に振りまわされるより、気楽で高収入の道を選んだのだった。

副看護部長の加橋は、後ろ盾の橋がいなくなったことで、看護部長への昇格の目がなくなった。新院長のお気に入りが、いずれ自分を追い越していくだろう。そう思っていたとき、別口から声がかかり、個人病院の看護部長に来てくれないかと頼まれた。医師五人の小さな病院だが、それでも二十三人いる看護師のトップということで、加橋もまた新しい職場に移っていった。

浦安厚世病院では、もう一人の退職者がいた。山際である。彼は脳外科医としての腕を買われ、大学の医局に呼びもどされた。教授が直々に准教授のポストを用意していると言ってきたので、そのオファーを受けたのだ。

＊

横川家では、ルネに有罪判決が出る前から、大混乱が起きていた。厚子が信一にカマをかけて、賠償金の実際の額を聞きだしたのだ。父親の担当だった看護師に、たまたま街で出会ったと嘘を言い、病院中で賠償金の金額が評判になっていると話すと、信一の顔色が変わった。厳しく問い詰められて信一が事実を告白すると、厚子は激怒した。

すぐさま石毛に連絡して、賠償金分配のやり直しを求めた。石毛はのらりくらりとかわしながら、それでも相当の譲歩をしたが、厚子は納得せず、ついに訴訟を起こすと言い出した。

厚子の弁護士は、石毛と沼田の行為は横領に当たると煽り、対する沼田は沼田で自分の報酬は正当なものだと主張して、今は双方一歩も譲らないにらみ合いが続いている。信一は石毛と厚子の両方から責められ、ロクに仕事も手につかなくなって、ついにはストレス性の胃潰瘍になり、吐血して入院した。

妻の祥子は、夫の病気、収入の減少、子どもの教育などで、こちらも悩みが尽きなかった。虚弱な姑《しゅうとめ》の保子はいつ介護が必要になるかもしれず、そうなれば自分が世話をせざるを得ず、残りの人生を介護に費やさなければならないのかと、うつ病寸前まで追い込まれた。

思えば、賠償金の話が持ち込まれてから、すべてがおかしくなったのだ。それまでは倹《つま》しいながらも落ち着いた生活だった。こんなことなら、義父の死はそのままそっとしておいてほしかったと、知らず深いため息を洩らした。

保子は白石ルネの裁判中から体調が思わしくなく、信一たちもできるだけ状況を耳に入れないようにしていたが、厚子と信一がもめはじめると、心労を募らせ、寝込むことが多くなった。

争う娘息子の言い分など聞きたくないと、二人に背を向け、ひとり頭から布団をかぶる日が続いた。元はと言えば、夫の発作が発端だ。悔やんでもどうにもならない。病院でチューブや器械を取り付けられて、意識もないまま横たわっていた夫を思い出して、保子は布団をかぶったまま、胸の内でつぶやいた。

――お父さんは、ほんとうはどうしてほしかったんだろうか。

＊

ルネの控訴審には、寺崎に加えて刑事訴訟に強い弁護士が新たに加わり、無罪判決を勝ち取るための道を探る作業が続けられた。

もちろん、ルネは全面的に協力したが、よくよく考えれば、この裁判そのものが、現実離れした茶番ではないかという思いが込み上げた。ミオブロックの投与が点滴か静脈注射かが、相変わらず裁判の争点だが、点滴であっても、クレンメを全開で落としたのは、静注に近い効果を狙ったもので、結局は両者に実質的な差異はない。点滴なら無罪、静注なら有罪というのは、単に法律を弄んでいるにすぎない。問題の本質は、安らかな臨終を実現する善意の行為が、なぜ許されないのかということだ。

＊

速水は宇野がこのテーマでノンフィクションを書くときに、編集者として協力することを申し出て、宇野もそれを了承した。

その打ち合わせをしているとき、驚くべきニュースが届いた。連続尊厳死事件で取り調べを受けていた承久市立病院の内科部長が、不起訴処分になったというのだ。

宇野は処分を知るや、速水にまくしたてた。

「白石先生が一人の患者死亡で起訴され、有罪になったのに、七人も患者を死なせた内科部長が不起訴だなんて、あまりに理不尽じゃないですか。不起訴ということは、裁判所ではなく、検察が内科部長に無罪の判定を下したということですよ。そんなおかしなことがまかり通っていいんですか」

宇野によれば、検察の判断は、ルネの有罪判決を受けて、現場の混乱を避けるために、政治的な配慮が働いた可能性が濃厚とのことだった。すなわち、延命治療を中止すると、殺人罪になるという前例ができた今、現場の医師がはじめから延命治療をしない危険性が高まった、そこで場合によっては、尊厳死でも不起訴になるという前例を追加して、バランスを取ったというのだ。

宇野が憤懣に堪えないという声で続けた。

「私は承久市立病院の内科部長が起訴されることで、世間が覚醒することを期待したんです。裁判になれば、今の法律では当然、内科部長も有罪になるでしょう。患者が安らかに亡くなり、遺族も感謝しているのに、主治医が殺人罪になる。そんな不合理な状況になるのは、法律がおかしいからです。世間がそれに気づけば、尊厳死法制定の気運が高まり、さらには安楽死法への道も開けるかもしれない。そのせっかくのチャンスを、検察は自らへの批判を封じるために、つぶしてしまったんです」

「ぜひ、それを本に書いてください」

速水は宇野のノンフィクションが有意義なものになることを予感しながら、力強く言った。

＊

数日後――

午後の休診時間に、ルネが白衣を脱いで診察室で寛《くつろ》いでいると、速水と宇野が訪ねてきた。内科部長が不起訴になったことについて、ルネの意見を聞きに来たようだった。

宇野が憤然と言う。

「検察はこれで尊厳死も行えると示したつもりかもしれませんが、現場の医師はグレーな状況で、刑事訴追の危険に身をさらしながら判断を下さなければならない。これはまったく不健全な状況です」

速水も興奮した口調で言う。

「世間が尊厳死や安楽死に目を向けないのは、死を肯定する議論に関わりたくないからだ。命の尊さとか、生きることの大切さを言い募る連中に顔を向けているほうが、楽だからな。でも、そういう人が多いかぎり、状況は改善されない。自分に死が迫ってから、尊厳死や安楽死を望んでも遅いのに。そうだろ」

二人は意気投合しているようだったが、ルネは必ずしも同調できなかった。

「祐樹の言うこともわかるけど、世間の反応が弱いのは、致し方ない面もあるんじゃないかな」

「どういうことだよ」

「患者さんはみんな、病気を治してほしい、死にたくない、安心したいと思ってるのよ。そんなごく当たり前の気持の人を、責めるわけにはいかないでしょう。命の尊さを強調しすぎるのも偏っているけど、ことさら死を肯定するのも、無理があるような気がする」

ルネの表情に何かを感じたらしい宇野が、改まった調子で訊ねた。

「もしかして、白石先生は、横川達男さんへの行為を悔やんでいるのですか」

「悔やんではいませんが、無理に肯定もしたくないです。次に同じような患者さんを担当したとき、どうするかもわかりません。ただ、目の前の患者さんに対して、自分にできるかぎりのことをしようとは思いますが」

「それだけでいいのか」

速水が不満そうに訊ねた。問い詰める口調ではなかった。なのにルネはふいに強い不安に襲われた。それ以上、何ができるのか。

視界の色が消え、目の前がモノトーンになった。自分のよりどころをさがすように、ルネは壁に掛けた白衣を見た。

しかし、白い壁の前で白衣は輪郭がぼやけ、はっきりと見極めることはできなかった。

《参考文献》

・『私がしたことは殺人ですか?』　須田セツ子　青志社　二〇一〇年
・『殺人罪に問われた医師　川崎協同病院事件　終末期医療と刑事責任』
　矢澤曻治編著　現代人文社　二〇〇八年

＊本作は事実をモデルにしたフィクションであり、登場人物および団体は、実在のものとはいっさい関係ありません。

単行本　二〇二〇年十月　文藝春秋刊
DTP制作　エヴリ・シンク

文春文庫

善《ぜん》医《い》の罪《つみ》

定価はカバーに
表示してあります

2023年8月10日　第1刷
2024年4月20日　第2刷

著　者　久《く》坂《さか》部《べ》羊《よう》
発行者　大沼貴之
発行所　株式会社 文藝春秋

東京都千代田区紀尾井町 3-23　〒102-8008
TEL 03・3265・1211(代)
文藝春秋ホームページ　http://www.bunshun.co.jp

落丁、乱丁本は、お手数ですが小社製作部宛お送り下さい。送料小社負担でお取替致します。

印刷・萩原印刷　製本・加藤製本
Printed in Japan
ISBN978-4-16-792083-8

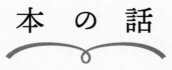